大周互娱
DA ZHOU HU YU

进击的男孩

大表哥许添◎著

江苏凤凰文艺出版社
JIANGSU PHOENIX LITERATURE AND
ART PUBLISHING, LTD

图书在版编目（CIP）数据

进击的男孩 / 大表哥许添著. --南京：江苏凤凰文艺出版社，2017.12

ISBN 978-7-5399-9323-2

Ⅰ. ①进… Ⅱ. ①大… Ⅲ. ①长篇小说—中国—当代 Ⅳ. ①I247.5

中国版本图书馆CIP数据核字（2017）第296148号

进击的男孩

作　　者　大表哥许添
出版统筹　黄小初
总 策 划　周　政
出版监制　杨翔森　曾筱佳
责任编辑　胡小河　姚　丽
特约编辑　颜小玩　许　逸
封面设计　仙　境
版式设计　李映龙
封面绘制　《进击的男孩》制作组
责任监制　刘　巍　江伟明
出　　品　大周互娱
出版发行　江苏凤凰文艺出版社
出版社地址　南京市中央路165号，邮编：210009
出版社网址　http://www.jswenyi.com
印　　刷　湖南凌宇纸品有限公司
开　　本　880mm × 1230mm　1/32
字　　数　220千字
印　　张　8.5
版　　次　2017年12月第1版　2017年12月第1次印刷
书　　号　ISBN 978-7-5399-9323-2
定　　价　38.00元

目录

CONTENTS

001 / **自序**

004 / **第一章**
梦想，就是用来实现的

011 / **第二章**
你需要一段时光全情投入，哪怕十天半个月都可以

018 / **第三章**
进击的男孩最初的样子

180 / **第四章**
低迷的时间再长，也一定有峰回路转的时刻，这个过程中，千万不要放弃

189 / **第五章**
做好人，会带来最大的运气

194 / **第六章**
选演员那点事儿

199 / **第七章**
筹备那点事儿

204 / **第八章**
选演员那些事儿 2

210 / **第九章**
拍摄日记

254 / **第十章**
万里长征刚刚走完第一步

257 / **进击的男孩女孩们，他们有话说……**

262 / **后记**

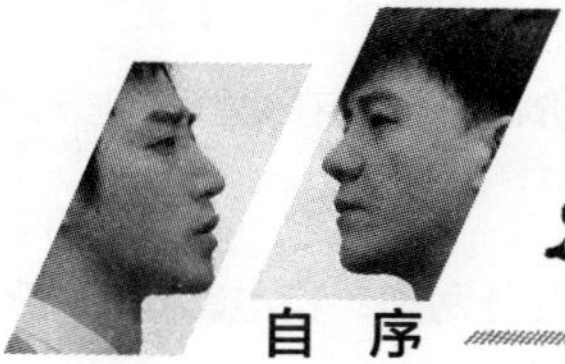

进击的男孩

自序

写下这个标题的时候，《进击的男孩》刚刚杀青没多久。我外出旅行，放松了一个星期，回到北京，就进入了2017年。

这几天我做影片的粗剪，往返于家和机房之间。也会见了一些朋友，虽然在拍摄时我并没有做什么宣传，但还是有很多人知道我拍了一部电影，大家都觉得蛮不可思议的：你根本不算是电影圈的人，这电影也不是知名IP，而是自己的原创，怎么可能喊着喊着要拍，结果就真的拍了，还一转眼就拍完了？而且这部电影我邀请了很多朋友来客串，他们回去之后的一些评价似乎已经在小圈子里流传开，因此大家都还蛮好奇的。

我约见的朋友分两类：和电影圈相关的朋友，无非是聊聊有没有后续合作的机会，抱怨一下2016年不那么如人意的电影市场，预测一下2017年会更好还是更差；和电影圈无关的朋友，倒是我更愿意多聊聊的，他们大多和我一样是局外人，都在泛媒体行业，也都有关于电影的梦想，他们似乎在我身上看到了些希望。于是，我会仔细和他们讲我这部电影的来龙去脉，最后坚定地告诉他们："没有想象中那么难，其实，你也可以拍电影。"

聊的人多了，我突然有一个强烈的冲动，想要把这个过程写下来。虽然此刻，我这部《进击的男孩》刚刚走完了它万里长征的第一步——粗剪刚刚完成。接下来还有精剪、定剪、特效、调色、音乐、混音等无数道后期的制作工序；还有宣传、发行、路演等一步步的工业流程；上映时间未定，上映后的口碑没有定论，所有人最关心和最后等着看的票房更是未知数。但是，没关系，路总归是一步步走的，而走出第一步是最需要勇气的。走出了第一步，后面的一切都会顺其自然。最后的结果当然重要，但也没那么重要，因为所谓天时地利人和，这取决于老天给我们的福报。

这就是为什么我现在想写这本书的原因。

当然，与其说是写拍电影这件事，不如说是在写一个小小的梦想实现的过程。

2017年1月11日

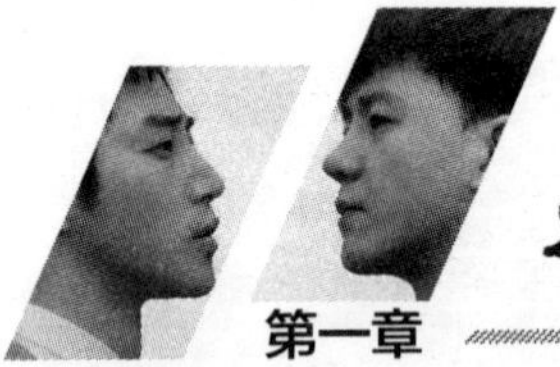

进击的男孩

第一章

梦想，就是用来实现的

在2011年之前，我从来没有想过拍电影，即使我曾经和电影的距离那么近。

我毕业后在中央电视台的《影视同期声》担任配音员，一个只闻声不见脸的很小的流水线工种，后来开始做策划、编导，再后来去了光线传媒的《影视风云榜》做制片人和主持人。这期间，我接触过很多片方、剧组、导演和演员。

我知道电影投资动辄数千万起（而一个栏目撑死也只是百万级别），操作也极其复杂，因此总觉得拍电影距离自己太遥远。那时光线传媒也刚进军电影业，参与制作一些电影，我们也偶尔看看片、帮着做做发布会，然后收获一个个好像都不怎么好的票房数字。我当时的感受是：电影，也就这么回事吧，和我好像没什么关系。后来我离开光线传媒，开始自己创业，接触自己非常喜欢的领域（为此我还放弃了现在价值数千万的原始股票，编辑说一定要加上这一句，哈哈），算是彻底转行，之后就一直做到现在。

创业，把原本媒体人仅存的一点光鲜体面一扫而空，奔波于产品、数据、平台、销售之间，距离电影业的圈子，就更远了。

所以我的电影梦，开始得突然。

我记得那是2011年10月，创业两年之后，我有了一个去台湾旅行的假期。我和合伙人SAM在高雄租了单车，骑着骑着，我突发奇想地说：“不如去看场电影吧。”

我们到了电影院，时间合适的只有《那些年，我们一起追的女孩》。我当时还挺不想看的，因为之前我在家看过很多台湾文艺片，《渺渺》《第36个故事》《一页台北》什么的。对于这种小清新格调的文艺片，我觉得不如回去看DVD呗！但是，这部《那些年，我们一起追的女孩》的海报设计得不错，蓝白相间，是我很爱的调调。主角虽然是新人，但长得也还可以，那时又没有别的选择，所以我们就看了。

电影情节笑中带泪，看得人红了眼眶，我看完是浑身起了鸡皮疙瘩出来的。这部电影将小清新发挥到了极致啊，温暖又感人，简直太有代入感了。

然后我就和SAM说："不行，我要拍电影，我要拍电影。"

SAM说："你犯什么病了？"

我说："我——要——拍——电——影。"

然后我就去了诚品书店，把所有关于《那些年，我们一起追的女孩》的东西都买了，小说、创作书、剧本书、原声大碟，甚至还有那件画着苹果的T恤。

虽然我还在旅行中，但我已经开始给身边所有的人远程推荐。

"你们一定要看一部叫《那些年，我们一起追的女孩》的电影，大陆还没上映。"

"那我们怎么看啊？"

"反正一定要看啊！"

紧接着，这部电影从台湾发酵，火爆华语电影圈。

我心中也开始燃烧起一朵小火苗。

这，完全就是我想要拍的电影啊。

我，应该也可以拍得出这样的电影吧。

从台湾回来之后，我带着抑制不住的兴奋看九把刀的创作过程。

在电影剧本书《最美的，徒劳无功》的封面上，他这样写：

我是作家，但我不是中文系毕业的。

我是导演，但我不是电影科系毕业的。

……

我认为要学会创作，关键是“心”。

……

既然非本科系又非本行的我能够写出好剧本，大家也可以。

这段话现在看好像稀松平常，可是在当时，给了我极大的信心。我一遍又一遍地翻看那本书，看他的各版剧本，照着他创作的台词回味电影里的剧情，感觉自己一直活在小清新的年少青春里，好像自己就是柯景腾，身边曾经也有过不同的沈佳宜。而且，对我来说最重要的是，九把刀不正是写了他自己的故事吗？写出自己的故事就可以拍电影，我也有自己的故事啊，这有什么难的呢？

每次想到这里，我都感到很兴奋。因为，我一直想讲我青春的那段故事。

我总体还算平顺的成长过程中，其实并没有经历过什么大的风浪，没有吵架后的离家出走，没有绝交反目，没有被过度追捧，也没有被肆意践踏，偶有铭心刻骨的爱和声泪俱下的痛，但也只是还好。我想，你们，大多也是这样的吧。

当然，再平淡的人生也有想要回味的章节，于我而言，就是在大学广播电台的那几年。

我对于广播的情怀很难用言语来概括。考上重点高中之后，爸爸送的那个SONY随身听启蒙了十四岁的我，然后我在高中三年中基本上是沉迷于此的。从开始的听，到后来想要自己做，然后打电话去广播电台报名当实习生。现在想来，广播是那段整日解析函数、计算小球碰撞加速度或者给化学方程式配平的痛苦的学习生涯中（没错，我是理科生）给我的最大的安慰。我考上大学之后，进广播电台也成了我最大的愿望，对，就像你们在电影里看到的那样。

很庆幸，我们大学的广播电台和其他那种进出随意、完全凭兴趣的社团不一样。广播电台严格选录人才，编制固定，从大一做到大四，必须从一而终。严格意义上讲，这是我所经历的第一个职场，有残酷的竞争，也有家庭般的温暖；有携手进击的奋斗，也有暗生情愫的感怀。它让我在十七岁那年就开始提前感知这个社会。我想，就像人忘不了初恋一样，我和广播电台的恋爱一下子就谈了四年。

而广播电台这个“职场初恋”，也直接影响了我对未来人生道路上的所有选择。大学毕业后，我坚定地要去广播电台工作，却阴错阳差地被录取到电视公司工作。然后我到北京读书，毕业后做节目，做活动，做唱片，做互联网……现在，我写书，做编剧，做导演，做演员。这些，应该都和广播电台，我这位“职场初恋”息息相关。

这段故事深埋在我心里已经很久了，我知道有一天自己一定会把它写出来，然后拍成电影。而且，我现在也知道要怎么做了不是吗？九把刀都告诉我了啊。我就每天想啊想，因为知道了实现梦想的方法，我也平白地有了底气。

于是我决定，就写一写我与这位“职场初恋”的故事。

虽然很快做了决定，我却迟迟没有动笔，也许是那几年刚好处在创业初期，出了很多状况，顺利和不顺利的事情交替着发生，顺利的时候人累死，不顺利的时候心累死。所以，第一，我没有正儿八经的时间和精力去写；第二，隔行如隔山，我无法想象我把剧本写完之后，又会怎样。

举个例子，做九十分钟的棚内节目，写台本只需花费一两天时间，录制最多需要一天时间，然后用一两天剪辑，再用一两天包装，就可以播出了。一个节目组十个人左右，就差不多能把节目制作出来了。而九十分钟的电影，写剧本估计得花费几个月，拍摄再耗费几个月，后期制作也需要几个月，一年之内能上映的话简直就是奇迹，一个剧组上百个人是基本配置。这一比较，我的头都大了。

所以，自然而然地，我把这件事往后无限期推迟了。只是每次看到书橱里九把刀的那几本书，我依然会感到很踏实。

在这段时间里，我一边打理着我的公司，一边见证了一部部号称内地版《那些年，我们一起追的女孩》的青春片的诞生。我总是心情复杂地去看，然后带着失望又有些侥幸的心情回来。对啊，在我眼里，这些片子似乎没有一部可以超越《那些年，我们一起追的女孩》的水准，我放心了。

但是，这和我又有什么关系呢？我现在只是离这个圈子很远的一个创业者。如果当年我没有离开光线传媒，我肯定会参与《致青春》《匆匆那年》《同桌的你》的制作吧，就算参与制作了《伤心童话》，也算做过电影啊。

现在呢？我只是一个观众。

2013年，我结束了一个创业项目，给自己放了一个很长的假。偶尔参与录制一些节目，《职来职往》《中国梦想秀》《我是大美人》什么的，再接一些商业活动主持人的工作赚点零花钱。然后，我用这些钱和朋友们去美国自驾游，去法国看花田，还去了加拿大滑雪。这些活动看起来很“高大上”吧，我自己也这么觉得，虽然自驾游时我只当乘客，花田的花一朵都没开，滑雪那几天我其实都在倒时差睡觉。对了，我在这一年里还发了一张三首歌的EP，去加拿大拍了其中一首歌的MV，找《美人鱼》的女一号林允拍了第二首歌的MV（不，应该是她先拍了我的MV之后才拍的《美人鱼》，你看，我的眼光和星爷一样好）。当我准备积极练习舞蹈，拍第三首快歌的MV时，那本《最美的，徒劳无功》被我从柜子里翻了出来。因为之前搬了几次家，那本书早已被我放在了储物箱里。

最美的，徒劳无功……这话怎么好像就是在说我呢？看上去忙忙碌碌，一切都很美，但实际上好像并没什么真正的收获。

我要的到底是什么呢？

这几年，我做着再熟悉不过的主持人工作，然后一直重复重复，创造一些我并不想要或者并不认同的价值。告一段落之后，不是要重新挑战吗？我挑战了，但唱歌、跳舞这种事情，我似乎真的没有什么天赋；挑战管理公司，我带十几个人的团队倒是没问题，但是公司已经有上百号人了，还是交给我的合伙人打理吧。那么，既然处于半休假状态，我就不停地旅行呗，可这一年我也跑得够多了，再跑下去，可能身体和钱包都受不了。

所以，你看，我就是一刻也闲不下来的人，传媒人好像都有这样的特质。

我拿着那本书翻了翻，又看到了九把刀写的那段话。我坐在地上想了很久，然后说："好吧，是时候开始了。"

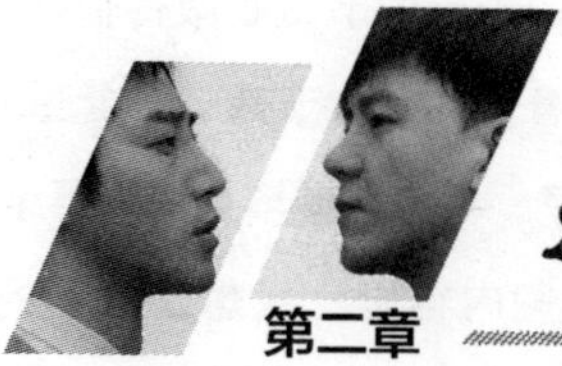

进击的男孩

第二章

你需要一段时光全情投入，
哪怕十天半个月都可以

我先是找出毕业的时候复印的大学广播电台的公共日记本《晴有风》，那里面记录了十四个小伙伴大概两年的青春。

时间真的过去太久，复印的墨都已经模糊了。我有些费劲地辨认着当年大伙儿的笔迹，蔡红蕾、徐晶、牛岚淼、孙亚辉、赵曙、马青……没看几篇，我就陷入了那些过往的回忆里。

日记里都是琐碎的事，比如今天见网友去了；数学不及格要重修了；广播电台楼下的花开得真好啊；我是新人，我特别爱这里，这种爱是发自内心的；今天的节目我做得很得意；凌晨三点的上海，我和我的广播电台陪着你；儿童节我们一起过吧；这是我的第一篇文章，但也是最后一篇了，因为我要毕业了，再见广播电台……林林总总。

我沉浸在这些内容里。我想让自己的情绪回到最初的时候，还好，在我的记忆里，那几年的很多画面是我永远也忘不掉的。我闭上眼睛，把那些画面一格一格地回忆出来，拿起笔，迅速地记下关键要素。

比如，有一年暑假我没回家，找了两份家教的工作，然后就住在台里。台里所在的大楼在装修，到处都是涂料的味道。除了工作，我没什么别的事情，每天百无聊赖地起床，去食堂打饭，然后回广播电台看书，听音乐，吃午饭，下午骑车出去工作，工作结束后回到台里吹空调。天色渐晚，我依然是一个人去吃饭。回到广播电台时，装修工人收工了，整栋大楼黑灯瞎火的，只有我一个人，我听着深夜广播沉沉睡去。我差不多一个月没有和人说话，就像患上了孤独症。对了，那个时候，学生几乎没有手机，电脑也不普及。所以有一天，看到台里的孙亚辉提前到了学校，我整个人都兴奋得快要哭了。

这种情绪，要怎么表现?

又比如，台里有一个大我两届的师哥叫将军，他并不负责做节目，却为所有的节目做后勤服务。在我进台之前，广播电台就是他的家。不管我什么时候去，他都在。据说从他大一进来的那天开始，一直到大四毕业离开那天，他每天都把台里收拾得干干净净，把每个节目组需要的报纸、杂志归类准备好，给大家买零食、打水，陪大家自习、聊天。但是，他一直在编制之外，我不知道他当时是如何承受着非议留下来的，应该只有真心热爱，才会愿意这样做吧。从大一到大四，他服务了七届台里的成员，和大家成了很好的朋友。后来我也以台为家，我们有了更多的接触。他毕业离开那天，台里只有他和我。他默默地收拾一切，离开时拍拍我的肩膀说："我走了，代我向他们说再见吧。"他走了之后，我忍不住号啕大哭。

这样的人物，要怎么表现?

再比如，我们广播电台史上最荣耀的一刻，就是我毕业那年全上海高校的主持人大赛。所有高校决出的十个选手中，我们台就占了三个。现在回想起来，我在台上饱受评委赞誉的即兴表演，神奇得就像一场梦。而徐晶完全失声之后的一段感天动地的演讲，原本就像是电影的剧情，那一天，我们成为全校的骄傲。

这种"燃"的场面，要怎么表现?

我一边慢慢梳理这些人物，一边回忆我们曾经历的故事。我拿着笔，在纸上罗列出了几个大事件。在这个阶段，用传统的笔和纸效率更高。首先，你可以在纸上把每个人经历的事件罗列出来，画出大的时间点。很显然，自己心目中的几位主角应该早就存在了，再按照他们的共同经历把一些大的故事整合一下，然后提炼出来。比如，熬夜录节目，发生播出事故，选举新台长，招新闹矛盾，一起外出旅行，学长离台，校园选秀，实习期的折磨等等。其次，你要设计好这几位人物的关系。我不喜欢玛丽苏情节，虽然我知道那样也许会更畅销，但是，我就是想更加写实一点。这个世界有人展示梦幻给人以慰藉，但我比较喜欢揭露真相。

男主角顾好，他的原型当然就是我，喜欢音乐，喜欢广播电台，从小学习成绩拔尖，但到后来，在强者如林的环境中，就变得竞争力和存在感都大大降低。虽然他一直在努力，而且也有他超凡的地方，但自信和自卑的情绪总是不停地交替出现。

所以，他对于校花，女神一般的师姐，一开始是绝对没有非分之想的。

而原本就比同龄男生要成熟的女生，作为独生子女，家庭自然是给予全力培养，最终造就了学习好、才艺佳、气质棒的校园女神，以至于走上社会之后成为女强人。女主角，师姐秦笑，就是这样一个人物设定。

于是她和顾好的互动有波折是肯定的，这就首先确定了这个故事中男女主角的感情线。男主角先是完全没想过和女主角能发生些什么故事，在一见钟情，动了些心思之后，追求女主角的欲望开始萌芽。两人有了一些接触，发现女神其实没那么遥远，他又屡屡阴错阳差地错过表白时机。在发现女神也有回应之后，又因为强大的竞争对手和好兄弟的心理创伤，他发现自己不能继续追求女神。之后两个人的地位差距越来越大，原本单纯的感情被残酷的现实无奈地改变……

这和灰姑娘变成白雪公主的传统故事是完全不同的。后来有人劝我：你能把男女主角的戏份换一下吗？因为小女生们爱看白马王子胜过看屌丝逆袭啊，你这个……

可是，我就想这样写，这样才真实。

现在回想，其实我骨子里想写的是一个励志故事，感情，应该只是这其中的一部分吧。

有了这样的男女主角设定，男二号的形象也就跃然纸上。贾涛，口无遮拦、诙趣可爱、自我感觉良好的男孩，乐天派，没有什么心眼儿，直来直往，敢爱敢恨。他陪伴在男主角身边，因为一些事结下深厚的友谊，当然中间也会有误会，但都无碍大局。他和男主角最后一定要有一个矛盾爆发点，这个点也很简单，那就是他也喜欢女主角。我觉得这样的男二号虽然没有什么突破性的设计，但是很合理，也很讨喜。

男三号陆鹏，必须让他稍微带点反派性质。因为在任何集体里，总有你看不惯或者老和你唱反调的人嘛。最要命的是，你还干不掉他。所以，陆鹏这个角色，从一开始出现，就是一副打败了男主角和男二号的成功者姿态。和男主角比较中庸的态度不一样，极端的男二号和男三号之间的矛盾，成了整个故事中比较“爷们儿”的部分。但是，我没设计打架的情节，因为我的大学生活中没出现过这个。

女二号陶靓，也是非常讨喜的角色，情商超高的小精灵，和男主角、男二号算是共同打拼的朋友，在大学中获得更多的是成长，最后继承了广播电台的事业，成了一个改革的推动者。我并没有给女二号设计什么感情戏份，因为如果就这么几个主角，彼此都交织着感情戏，会让人觉得太混乱了，而且缺乏真实感。总有人在大学里是不谈恋爱或者至少不以恋爱为主的吧。但是很遗憾，在你们最终看到的电影里，她除了谈恋爱，什么都没干。所以，我索性把她的名字彻底换掉，电影里的女二号叫马澜珊，她既是陶靓，又不是陶靓。

这几个人物的关系一旦定下来，其他的人物关系就定得相对顺利了。

雷丢丢，一个搞笑的女胖子。她的设定对应了她的男朋友，马大威，一个高大的妻管严。光看这两个名字，你大概就能猜出他们的性格和关系了吧。

当然，男主角的情敌不止一个，于是就出现了大师哥吕杨，一个在学校里叱咤风云的人物，广播电台的老台长，也对女主角情有独钟，这当然也成了男主角感情路上的一大障碍。但我太腹黑了，越是在学校里混得得意的人，我就会把他的职场生涯设计得越不顺利。包括男三号，他毕业以后的生活也被我设计成混得很惨。我觉得，这种反差才有现实意义，而且说实话，也更真实。

接下来，我又花了大概整整两天的时间，根据之前我罗列出的一个个事件来设计整个故事的结构，调整顺序，把主人公在事件中的角色定位设置好，删除一些没有戏剧冲突的环节，突出一些准备着力渲染的桥段。很快，草稿纸上，我圈出了几个大圆。我知道，整个故事就要出来了。

真正决定动笔，又是一件非常难的事情。

因为我对人物、对故事，都还处在一片混沌的状态。曾经我想，不管三七二十一，把所有的故事噼里啪啦叙述一遍，至少也是一种呈现方式。想到哪里就写到哪里，内容会很丰富，之后再调整成为剧本就好。

但我又不想这样做，因为其实对于故事情节的画面呈现，我早就在脑子里有自己的预设。直接就能想象出电影画面来，为啥还要写成小说浪费时间呢?

后来，我找了一个折中的办法。先动笔，尽量写，格式一定是剧本样式的，但内容上，如果我清晰地知道这一段故事最后呈现出的电影画面的样子，我就一点也不多写，甚至想着我之后一点儿都不多拍；如果想不清楚这一段要怎么拍，我就先把那一段写一个感觉和氛围出来，不写实；如果遇到一段台词和情绪非常饱满的故事情节，我会肆意地写，哪怕看上去非常像电视剧。反正管他的，一句话，跟着感觉走，我只要立刻动笔就对了。

当我打开电脑，写下S1（第一场）这两个字的时候，我知道，我开始了。

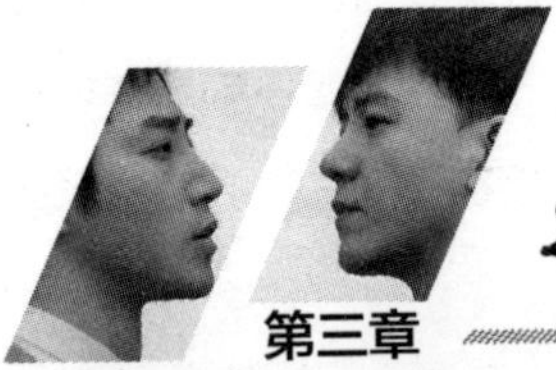

进击的男孩

第三章

进击的男孩最初的样子

这里当然应该放上第一版剧本的内容，让各位看看一个纯电影爱好者写出来的剧本最初最稚嫩的样子。可是，这毕竟不是一本工具书，考虑到阅读习惯的问题，我还是选择了用小说的形式让你们看到这个最原始的故事。而在后续我寻找投资的过程中，也有朋友建议我先发行小说，所以，第一版的剧本也确实改写成过小说。

之后，这个故事从初创的第一稿，到开机前的第二十八稿，再到定稿，剪辑稿，甚至拍完做后期的时候还在大量修改台词和调整结构的稿件，前后总共经历了三年的时间。现在再看我拍出的电影，和这个最初的故事，基本上也只是形似了。所以，虽然这版初稿存在很多的问题，但我还是很珍惜它。这三年的整个过程幸福又煎熬，当然也收获了无数的经验和惊喜。

我会在之后把心得都告诉大家，因为，在这个实现梦想的过程中，我真心体会了一把什么叫作“进击的男孩”。

进击的男孩（初稿）

1

2010年6月23日，中午十二点，虹桥路，上海广播电台的直播间。

这个我工作了三年的地方，今天显得格外亲切，因为两个小时的直播之后，我将踏上飞往北京的航班，向我心中的女神表白。

为了这一天，我准备了差不多六年的时间。

熟悉的片头响起，我推上话筒。

“上海广播电台103.7 love radio《全城都在点》，我是顾好。”

“我是董珂。”我的搭档说话还是那么利落。

“首先还是了解一下今天的娱乐头条。”我移动着鼠标，在电脑屏幕里上下点击着，“知名女主播秦笑今天凌晨……”

我脱口而出，然后，世界“嗡”的一声静止了，我隐约记得董珂用不解的眼神看着我。

我想要回神，可是回不过来。就像被困在梦魇中，手脚被绑住一般，在冷气房中，我浑身僵硬。

几乎在同时，董珂迅速推上音乐，抢过鼠标，帮我救场。

“是的，知名女主播秦笑呢，今天凌晨通过微博晒出了结婚证书。哇，真是要恭喜她了。大家知道秦笑也算是我们的同行，近些年发展得非常好，除了主持之外，去年还发了唱片，并且拿下了最佳新人奖。但是她的感情生活相当低调，从来没有传出过恋情，现在竟然要结婚了，不知道这位真命天子是何方人物呢？嗯，容我八卦地猜一下，应该不是圈内人，但肯定是个高帅富啦……”

董珂一边直播，一边斜眼看着我。我感谢她，她真能说，不愧是水话主持人一姐。

冷气“唰”地一下变得刺骨起来，我终于用尽全身力气挪开了我坐着的转椅，然后打开播音室厚重的门，冲了出去。

我从二十多层的楼梯一路跑下去，是的，我不能停，一旦停下来我可能就会瘫软。我不能和别人说话，我怕一说话就会忍不住掉下泪来。我就这么跑，一直跑出大院，回头看着飞碟形状的广播大厦，在极好的蓝天的映衬下，好像开始旋转起来。天气瞬间变得燥热，像是从冰库去到了屠宰场。我有点儿发晕，我是不是在梦里？刚才发生了什么？秦笑结婚了？在我即将和她表白的几个小时前结婚了？这不可能，我一定是在梦里。

我试图使劲打醒自己，但是醒不过来。

那我跑起来可以吗？直到跑出这个噩梦。

街上车水马龙，我却只能一路奔跑。

2

第一次见到秦笑并和她说话的那个中午，我刚经历了一场激烈的思想斗争。

说来话长，但其实就是一个面子问题。

那年，我刚过十七岁生日没多久，上大学二年级，已经是一个校园小红人。

别误会，我不是什么神童，考的也不是少年班，只是当年上学早，念小学时又跳了一级而已。光华大学是一所一本院校，虽然我上高中的时候完全没听说过，但据说如果有全国两百强大学排名，光华大学偶尔还是能进榜的。所以高考失误的我被调剂来这也是万幸了，只不过拿到通知书的那一刻，我“呵呵”了好几次。

针织纺纱工程系。

我原本的梦想是播音系。高中三年我的标配形象就是耳朵里整天塞着耳机，跟着广播哼哼唧唧。那年头，广播电台真火啊！《流行歌曲现在时》《玫瑰音乐时间》《飞一般音乐空间》……广播电台里那些声音好听的DJ们，日子过得那叫一个舒坦。一天只用上两个小时的班，播播歌，读读信，和明星们聊聊天，和听友们煽煽情，还有那么多粉丝给他们诉衷肠，寄礼物，享受了和明星差不多的待遇，就差上天了，这让我十分羡慕。

于是，我人生的第一个职业梦想诞生了——我要当主持人，就算当不了音乐节目主持人，凭我的兴趣和经验所在，也可以主持那种《午夜少男悄悄话》啊。

“您这个症状可能是包皮过长导致的，容易引起包皮嵌顿，您最好呢到我们包大夫这儿来看一下，乘坐10路公交车，在第二人民医院下车，包大夫的坐诊时间是每周二、四、六的下午……”

主持人，真的太好干了。

但想要当主持人，好像得考一所叫北京广播学院（中国传媒大学）的学校，但我所在的那个小城消息比较闭塞，根本不知道这些艺术类学校是每年提前招生的，直到我糊里糊涂地交完答卷准备填报志愿，才发现做主持人只是一场梦而已。

不过，来到光华大学的第一天，我的梦想开始有点儿被点燃的意思，因为这所学校的大喇叭听上去格外响亮。

“吸天地之灵气，引日月之光华，这里是光华大学广播电台。”

我刚露出向往的表情，就看到一群同学哄笑着走过。

一个身上穿着美特斯邦威最新款衣服的屌丝男孩指一指喇叭：“太上老君炼丹呢！”

我怎么知道他穿的是美特斯邦威？

拜托，那么大的MB两个字母，就像十年以后另外一个街头品牌的小海鸥一样，让穿着者感觉无比时尚而自豪吧。好歹我的针织纺纱工程专业也算和时尚圈沾点儿边，对LOGO还是很敏感的。

是的，秦笑还没出现，别着急，我已经快要踏进她的地盘了。

军训结束，再加上一个无聊的十一长假之后，各个社团终于开始招新了。什么学生会、团委、戏剧社、合唱团、舞蹈社、跆拳道社，我通通不感兴趣。我的内心，在期待一个更为神圣的使命。直到有一天，广播电台贴出招新海报。

招新的场面和现在的选秀差不多，队伍从食堂一直排到澡堂。那个年代，宿舍里没有电视，个人电脑也远未普及，互联网嘛，要排队进图书馆的电子阅览室才能上机聊QQ，所以广播，几乎是全校唯一正儿八经的媒体。我们班只有四个男生，住在一间宿舍，都是文艺积极分子，看着报名的人排起了长长的队，我的室友们打起了退堂鼓。

“哦哟，太多人排队了呀……”

“这么热的天，要晕掉的哦。”

“而且，我已经去芭蕾舞团了呀，很忙的呀，不好再去的呀。”

“我要去买毛线了！赶在下雪之前把我的秋裤织出来！”

一下子少了三个毫无竞争力的伙伴，那么，我必须更加铆足了劲儿啊！就凭我听了高中整整三年的广播电台，以及无数次模拟主持“悄悄话”的经历，也算传媒经验丰富了对不对？而且，我之前好像忘说了，我这人没什么特长，就是声音还不赖。

于是，排队、填表、笔试、面试、复试，整整忙活了一个月，之后，我终于等到了一纸通知，说是欢迎成为广播电台的试用台员。

试用是什么意思？管他呢，折腾了一个多月才进来的，我肯定是为数不多的佼佼者啊！

第一次开会那天，更加印证了我的想法。

广播电台坐落在食堂旁边的小花园里一栋独立的小楼上，应该是有些年头了。小楼上挂着一个大喇叭，很多同学中午在花园里吃饭，会随着喇叭里音乐的节奏律动。

“梦里面，空气开始冒烟。”

“朦胧中完美的脸，慢慢地出现。”

这歌播得太应景了。我记得在MV里，Jolin就像个美少女战士。

一个长得高高大大的师哥在屋里给我们训话。

师哥一副干干净净的模样，穿一件条纹细灯芯绒的墨绿色西装，衬得脸更白了。他个子很高，有着大大的眼睛，挺拔圆润的鼻子，鼻头超大，还有一个微微翘起的下巴，就像现在的彭于晏。我看了一眼自己，天气渐凉，我穿着一件薄薄的黑色小棉袄，显得太土了。

“我是你们大三的师哥，我叫吕杨。”师哥开口了，声音就像是低音炮，他的目光从我们身上依次扫过，“我是现任广播电台台长，广播电台每年只招六个试用台员，但今年报名人数超过了六百人，所以，你们真的算是百里挑一。”

“耶！”旁边一个特别“二”的声音响起。

我转头望去，觉得那人有点儿面熟。

哎，这不是那天指着大喇叭说“太上老君炼丹”的那个“美特斯邦威”吗！我顿时觉得这世界不可思议。

他看见大伙都朝他看，不好意思地笑了笑，继续愣愣地说：“我叫贾涛！我是03级锅炉的，很高兴认识大伙儿。”

“行，那你们都先自我介绍一下吧。”吕杨台长发了话，“大二的三位！”

一个留着传统小分头的男孩儿憨憨地举起了手：“我叫马大威，02级畜牧的。”说完我们就都笑了，综合性名校奇葩专业就是多，他继续说道，“我们这个专业吧，主要研究的是动物繁殖和优生优育，我来自大草原，所以从小对这些事儿就比较熟悉。以后，大家有这方面的需求也可以问我。”

大家一开始还不好意思地偷着乐，后来就忍不住笑出声来。

“我这次报考的是播音岗位。”马大威完成了他的自我介绍。

身边一个胖胖的女孩立刻接过话：“到我了到我了，我叫雷丢丢，是02级拉丁舞的。瞧我这身材，不好意思，这个假期吃胖了二十斤！呵呵呵呵！”她开始扭动起她“婀娜多姿”的身材，我担心紧身的竖条纹连衣裙马上就会被撑破，旁边的蕾丝已经炸开了线，线头飘在空中。

“我报考的岗位是编辑兼BE（播）音，但是最后按照编辑岗位被录取的，但我吧，应该也可以BE。”

好吧，这是个东北大妞。

第三个介绍的是一个大美女，特别像正在热播的《粉红女郎》里的万人迷。大波浪卷梳着偏向一边，普通话带着台湾口音，倒是显得很洋气：“我叫朱娇娜，02级电焊工程的。我报考的是播音哦。”

“电焊？”我们都惊到了。

“对啊，嗞嗞嗞，电死你，哼！”朱娇娜张牙舞爪起来，特别像西游记里吃人的妖精。

“行，欢迎我们02级三位大二的同学，”吕杨也忍不住笑了，露出他的大白牙，“接下来，大一的三位，刚才贾涛介绍了，还有陆鹏，是吧？”

我身边的一个大高个应声站了起来：“我……我叫陆鹏，我是03级，嗯，嗯，下水道的。哦，不不不，叫给排水。我老记不住专业的名字，因为我是被调剂进来的，我本来想考戏剧学院的，结果专业课过了，文化课差了一分。”

众人显然对这种话非常受用，立刻觉得他高人一等，有一种贵族流落到民间和我们这群平民为伍的感觉。

浑蛋！把我的词儿都抢了！

“我也是被调剂进来的，我是学针织的，回头给你们每人织一条围巾。”轮到我的时候，我立刻开始转换风格，走讨好路线。

“哎呀，那你能帮我织条毛裤不？”贾涛在一边凑热闹，“裤裆别开洞，我还能当围巾使。”

“他怎么有河南口音啊？”朱娇娜在一边窃窃私语。

“他是编辑，不能BE音。”雷丢丢和她解释。

“哦。”朱娇娜故意问，“哎，那你能BE吗？”

“我能啊！”雷丢丢说得特别认真。

3

我们六个人被分配到不同的组，从打下手开始做起。第一次独立完成节目，基本上是一个月以后了。节目每天播出两次，时间在中午放学和傍晚放学。轮到自己的节目播出的那天，我偷偷地躲在风萧萧兮易水寒的小花园里，哆哆嗦嗦地竖起耳朵听每一个细节，心里紧张得要命，因为那可是我头一天晚上几乎熬到下半夜才录制完成的诚意之作。

我被分配在文学节目《心路漫步》组，我的师父是一个叫作张澜的大三学姐，她的一头长发微微鬈曲，蓬松地飘散着，一不小心就甩到我的脸上，让我鼻子痒痒的，忍不住打喷嚏。她总是一副云淡风轻的样子，基本不和我寒暄，整个人特别“仙”，好像永远活在《读者》《知音》或者《青年文摘》里。

“你迷茫吗？这就对了，谁的青春不迷茫？”

“你孤独吗？这就对了，你的孤独，虽败犹荣！”

除了心灵鸡汤，她还让我和她一起演播小说。

“那是我们的过往啊，却再也回不去了。我们，再也回不去了，对不对？春生？”

那段时间，我也变得很迷茫，感觉自己是徐志摩或者汪国真。虽然我根本不知道他们长什么样，但是感觉自己也文艺。看人都用迷离的眼神，缓缓地转过头去。

贾涛被分在娱乐组《会红》，就是表面上说一些明星的八卦，但最后还是要回到正能量上来，比如谁谁谁和谁谁谁喜结良缘、情比金坚，或者是谁谁谁和谁谁谁分手、离婚，追求自我之类的。

他是编辑，所以不能出声，而我们平时也不太能见到面。所有人对“试用”这两个字都还是心存疑虑，始终没有任何人和我们说起，我们的试用身份什么时候可以结束，我们什么时候可以转正，是不是还可能会被淘汰。领导们不说，我们自然也不敢多问，所以，我们这批新人彼此之间都保持着微妙的距离。不过看在贾涛是编辑的身份，应该和我没有什么正面竞争的分上，我们在路上或台里遇到时，还是偶尔搭几句话。

“贾涛，最近有什么八卦消息啊？”

“我……我昨晚梦遗了算吗？”

“梦见我了？”

“滚！”

我一直不明白这个天生没有一颗八卦心的愚钝的小个子，怎么能在这个组混下去。

天气渐渐冷了。

临近期末考试的最后一个星期，我被通知去台里开会。去了我才发现，竟然只有我、陆鹏和贾涛三个人。

吕杨师哥今天穿了一件宝蓝色的绒面小西装，显出另外一种高贵。我低头看自己穿的厚厚的灰不溜秋的羽绒服，牌子是贵人鸟还是丽人行，或者是红豆吧，我忘了。

唉，完败。

吕杨缓慢而坚定地开口：“三位，你们的试用期到今天就算告一段落了。很残酷，我们广播电台一共只有七个正式编制，每年大四的三位学长即将毕业的时候，就新招三个人。但其中，大一的只招一个人，剩下的两个名额给大二的。也就是说，你必须是大一这一批当中最优秀的，才能留下来。所以，顾好，陆鹏，贾涛，你们三个，这次只能留下一个。”

对于吕杨绕来绕去的游戏规则，当下我们都没太听懂，但听到最后一句话就明白了过来，于是都若有所思地点了点头。就像选秀节目的选手，面对老师不管是有专业深度的见解还是胡诌的点评，都要诚恳或者假装诚恳地说一句“谢谢老师”。

我的内心突然空起来。

吕杨接着说：“我们下周会举行老台员的投票。下学期开学，会给各位发通知。如果没有接到通知，很遗憾，就只能等到明年大二的时候再考一次了。”

下了楼，贾涛率先打破了沉默：“哎，要不是为了一睹女神师姐的风采，我才不来这儿呢。”

“女神师姐，谁啊？”这可是一个立刻提起我兴趣的八卦。

“秦笑啊！02级斯瓦希里语的！”贾涛一副“你这都不知道”的嫌弃表情，“这一年，我追她追得有多辛苦，你们知道吗！我都打听过了，她在哪个社团我就报哪个。她在舞蹈社，我报舞蹈社！她在合唱团，我报合唱团！她在话剧社，我报话剧社！她在广播电台，我当然也得报了！”

“她是哪个节目组的啊，我怎么一点儿印象都没有啊。”我还是忍不住好奇地问道。

“《曲苑杂坛》的播音啊，老来我们娱乐组。”

“那你追上她了？”

“我？我从来不追别人，都是别人追我，秦笑也老过来和我搭讪呢！”贾涛特别实在，说假话的时候心虚得让人一眼就看出来了。

陆鹏无奈又调侃地说：“我说贾涛，你都报了那么多她在的地方，还没和她待够啊？还来广播电台和我们抢？”

“但是，那些地儿我都没考进啊！”

我叹了一口气：“为了泡师姐才考的广播电台，这要是真让你进了，还真没天理了。”

贾涛突然落寞地唱起了一首歌：“这就是爱，说也说不清楚！这就是爱，糊里又糊涂！”他转过头来灿烂地笑了，在阳光下一脸得意，好像自己真的考进了台里一样。

我没记错的话，那首歌叫《糊涂的爱》。

陆鹏拉着我赶紧走：“咱离70后远点儿。”

大一下学期开学，我左等右等，也没有等到广播电台给我发的通知。直到有一天，听到广播里传来了一个明亮又刺耳的声音。

“大家好，我是今年加入广播电台的新生，也是新鲜的声音，我叫陆鹏。陆是大陆的陆，鹏是大鹏的鹏。”

“什么狗屁梗。”我落寞地走在路上，深吸一口气。

现在对于我来说，上学期在广播电台的一切，就好像是一场梦一样，它发生过，但又好像从未发生过，因为接下来的生活貌似不会有任何改变。

春寒料峭。

我捂紧了我的红豆羽绒服，加紧步伐，离开这声音可传播的范围。

4

这口气，一直憋到第二年。

当然，这一年我也没闲着，没有进广播电台，我便把兴趣转向了文学社。很快，每一期校刊出版后，我的小说成了校内女生们争相传阅的版面。

“哎，你知道大一针织的顾好吗？特别有才，特别可爱。”

“他写的文章特别逗，你看了吗？他说食堂大妈其实也挺讲卫生的，因为她们做饼用五根手指，但收钱的时候绝对特别小心，只用其中两个手指夹钱。哈哈哈，笑死我了。”

“其实，他挺小的你知道吗？”

“啊，多小啊？”

“听说才十六岁。”

“那是多大啊，我没概念。”

“你好污啊！我说的是年纪！”

“讨厌讨厌你讨厌！”

我开始不断地听到这样的赞许。于是我知道，写得一手好文章，跟弹得一手好吉他，或者唱得一首好情歌一样，都是极其吸引女生的。走在路上，余光瞄到女生对我的指指点点，自己仿佛连长相也变帅了似的。我终于从广播电台落选的阴霾中走了出来，人也自信多了。

可好死不死地，我又看到了广播电台的招新海报。

我假装不屑地瞟了一眼，却在心里立刻开始问自己：去不去？

“去啊，你内心知道自己喜欢的是什么，就再试一次呗。”

“别去了，咱也是有自尊的，现在在学校这么红了，就安安心心走你美少年作家的路子呗。”

“这么红了，如果再去，他们多少会给点儿面子吧。可是如果遇上变态领导的话，你越红，越嘚瑟，人家就越不要你，这样会不会更丢脸？”

我寻思了好几天，也来来回回考察了好几次，终于赶在最后一天收摊之前，在人最少的时候假装不经意地路过那里。

“哎，广播电台招聘。”我装模作样地念着海报，“试试呗。”

我自言自语地走过去，表演给自己看。

太好了，好像只有一个女孩在那儿守着摊子。

我直接走过去，低头填表，然后交表。

在抬头的一瞬间，我被惊艳到了，神仙姐姐下凡啊！

她柔顺的头发及肩，微风吹起，发丝抚过她的面庞，闪亮的眸子饱含温柔，不露齿的微笑传递着俏皮的善意，一袭天蓝色的连衣裙，温暖和清爽融合得像小时候吃的新鲜莲蓬，清嫩脆润。她简直满足了所有少年对女性的幻想，美得根本不像来自人间啊！

这是谁呢？我迅速地在脑海里搜索着去年的回忆。

倒是她先开口了："这次要加油哦！顾好同学！"

这次要加油，什么意思？

所以，她知道我被淘汰的丑事儿？

哦，对，广播电台的人肯定知道啊。我瞬间面红耳赤，根本来不及多想，甚至来不及回味那一刻带给我的震撼。我只想马上离开，于是尴尬地说了声"谢谢"，扭头就走。

结果，没走几步，"哐当"一下，我就撞到了一个人。

这个人打扮得古里古怪，戴着大眼镜和大口罩，穿着套头衫，把连帽衣的帽子扣在头上。但是就他那身高和身上那股屌丝劲儿，根本用不着看他套头衫上大大的MB两个字，我就能一眼认出他来。

"贾涛！"

我立刻像抓住救命稻草一样嘚瑟起来："哎哟！又来追女神啦？"

贾涛竟然害羞起来，低声问了一句："哎，刚才秦笑和你说什么了？"

"她就是秦笑？"我恍然大悟。

"你真能装！"

“我真不知道她就是秦笑，去年我没在台里见过她啊！她没说什么，哦，她说了，她说‘你怎么又来了’。”

“真是不给我们男人面子啊！”

贾涛凑了过去：“师姐，我报个名。”

我看见秦笑这回是真的皱了皱眉头：“你怎么又来了？”

贾涛“嘿嘿”笑着。

5

二进宫，又是一轮接一轮的考试，经验我是有的，但面子上多少有些挂不住。不过也许就因为秦笑的那个微笑，我一步一步走下去，心里倒是很踏实。最后，和去年一样，又是六个人进入试用。

今年的试用会议和之前不同，四个老台员都来了。我无法避免地看到了去年进台的学长马大威和学姐雷丢丢，他俩倒是很热情，毕竟去年我们不是直接的竞争对手。对了，去年大二被淘汰的学电焊的万人迷朱娇娜，这一年来我在马路上偶尔也遇见过，一开始我俩都装作没看见对方，不过后来我的小说红了，我亲耳听到朱娇娜在她同学面前大力夸奖和推荐我。

“你喜欢顾好啊，嗯，以前我们一起在广播电台待过，我们特别熟。”她这样和她的同学说道，“当时我就觉得他特别有才华。”

“那为啥你们现在都不在广播电台了啊？”

“嗯，当时吧，他喜欢我，你知道我是不太能接受小弟弟的。所以，为了避免尴尬，我就主动退台了。没想到，我走了，他也走了。”朱娇娜绘声绘色地说，“你看了他最新的一篇小说吗，我估计就是在写我吧。”

我当时快喷了出来。没错，我说的就是尿。因为在食堂偷看她演戏太精彩了，我真的憋了好久。

现在，雷丢丢和马大威特别热情地和我跟贾涛打招呼。

“这次你俩一定要加油啊！”看得出来，雷丢丢真心期待我们这次能留下来，“这次有两个名额，你俩最好都能占了。”她的话弄得旁边和我们同一届的女孩儿沈珍珠很尴尬。

唯一让我们觉得尴尬的是，面对去年干掉我们的陆鹏，他摆出一副主人的姿态，现在和我俩保持着客气的距离。他微笑着和我们打招呼，举手投足都很假。

不过，秦笑一开口，我们都忘了这些事情的存在。

“我是你们大三的师姐，新任广播电台台长，我叫秦笑。广播电台每年都只招六个实习台员，今年报名的人数依然超过六百人，所以呢，说你们是百里挑一的一点儿都不过分。”

说到这里，秦笑看了我和贾涛一眼，忍不住笑了一下。这段十分耳熟的话，难道是固定的吗？

“其实这段说辞呢，是广播电台多年的传统。今天这六位里面有两位去年来过，所以听到这句话应该觉得挺好笑，我也觉得挺好笑的。其实没有那么多人报名，今年的报名人数是二百八十六人。我觉得做传媒的人，应该说实话。”

大家也都笑了起来。不知道是谁拍马屁，竟然带头鼓起掌来。

“这里面谁去年来过啊？”一个清脆的声音响起，一看就是大一的女生，特别不知趣。

我立刻脸红到了耳朵根，根本无法接受即将被揭露过去的现实。

贾涛却大大咧咧地说：“我啊！我去年来了，也试用了，最后被淘汰了，所以我今年再来呗。”

“啊，还要淘汰啊？没考上还能再考一次啊？”那个女生显然觉得贾涛的话信息量有点儿大。

“对啊，我跟你们说啊，你们三个大一的，最后只能留下一个，知道吗？万一没进，只能和我们一样，到大二的时候再考一次。”贾涛像个特别得意的居委会老太太给外来务工人员说暂住证政策一般娓娓道来。

陆鹏这时候插话了：“贾涛！就你知道是吧，重考一次了不起是吧，今天是试用会议，不是说这个的！”

我忽然想起来，这个规则当年在我们实习期间，是没有人告诉我们的。我们顺其自然地发展和表现，直到最后，突然告诉我们游戏规则，当时觉得好残忍！

秦笑显然也没想到这个规则会在现在就被贾涛无意中公布出来，但她很快选择了开诚布公。

“贾涛说得没错。你们六个要好好努力，成为最后留下来的那三个。但也别有压力，一次不行，再来一次。贾涛，还有，顾好，你这个校园红人。”她笑着说，我开始暗爽，原来大美女也在关注我啊，她话锋一转，“你们第二次考，勇气可嘉，值得鼓励。但并不是说第二次考，就一定会留用，我们会给所有人公平的机会。”

声音清脆的女孩显然感觉到了压力，这个欢迎会很快就演变成了一场没有硝烟的战争。

什么，你还想认识一下这次的六个人啊？

不重要吧？

大二的，我，贾涛，沈珍珠。大一的，陶靓，就是那个声音清脆的女孩，还有两个男孩，我已经不记得他们叫什么了。

反正我不在意。

6

这次的试用，我的师父是大四的杨子。谢天谢地，我特别怕还被分给张澜，因为以我现在校园文学小王子的地位，她一定会继续要求我和她播读爱情小说的。

“张小厚，我是真的爱你啊！”

“你真的爱我，就不要再做什么浪客了！”

这还不是最可怕的，最可怕的是，万一把我分给当年淘汰我的老台长吕杨……他那么优秀，那么高大帅气，就像早上九点钟的温暖太阳，散发着迷人的味道和光芒。如果他带我的话，不仅会严重影响我的自信，说不定还会让我对他产生令人害羞的变态邪恶的想法。

比如，把他的丝绒西装偷偷剪碎，或者给他下一点儿泻药让他在录音的时候落荒而逃等等。

不然你以为是什么？

仰慕他？偷偷亲吻他？

好吧，也是有可能的啦。

陶靓，就是那个有着清脆声音的大一女孩，被分配给雷丢丢带。我觉得她快被毁了，至少和雷丢丢录节目的时候那一堆可乐、汉堡和薯条，就能让她在两个月后身材完全走形。哦，忘记说了，雷丢丢的专业方向已经从舞蹈调整为舞蹈史了。

而为了保证公平，秦笑自己谁也没带，却把贾涛安排给了陆鹏。

贾涛当时就快哭了。

这孩子，得承受多大的委屈啊。

他第一次去录节目之前，我不停地和他说越王勾践、卧薪尝胆，韩信也曾受胯下之辱，最后说到司马迁的时候，他下意识地摸了摸自己的“小弟弟”，然后怒斥我：“打住！”

很快，两个月的试用期又结束了。由于规则公布在前，这学期我们六个人之间的竞争是摆在明面上的。大家彼此见面的时候非常客套，都铆足了劲儿拼专业能力。

7

大二下学期，我毫无悬念地接到了正式入台的短信通知。

几乎是同时，贾涛的短信发过来了。

“我进了，你呢？”我觉得他一定是知道了我的结果，所以先提前向我报喜。

“嗯，今晚去台里开会。”

去开会之前，我和贾涛约好一起吃一顿。

“终于可以和师姐在一起了。”他感慨道。

“啊？”我一下子没反应过来。

“我就说秦笑一定会选我！她果然心里是有我的。时间不多了，我要抓紧时间和她在一起！”

他依旧一副没心没肺的样子，哼唱着“这就是爱，说也说不清楚”。

其实，这半年来我的心思都放在广播电台里，一心想着怎么能留在台里，秦笑最初留在我脑海中的那个完美印象并没有发酵开来。在我心里，她是台长，是师姐，是决定我能否留下来的人。除此之外，我来不及想一些别的。不过，贾涛这么一说，倒是又勾起了我内心少男的那一点儿羞涩。

“想什么呢？”贾涛见我有点儿走神，“走啦，开会该迟到啦。”

我俩像孩子一样蹦蹦跳跳地走到台门口，遇到了陶靓。

我们这一批新人，算是凑齐了。当然，在那一刻，我们不会想起当时在同一个时空，沈珍珠难过的眼泪和那两个男孩落寞的叹息。这个世界，可能永远不会有人真心地去关注失败者。我也曾经历这样的残酷，就看你能不能超越自己了。

“光华广播电台成立于1952年，五十多年来，这里走出了很多知名的传媒人。现在，我、雷丢丢、马大威，还有陆鹏、四哥、前辈，欢迎03级的顾好、贾涛和04级的陶靓！广播电台是一个大家庭，希望大家珍惜我们在一起的日子。”

新台员欢迎会，秦笑发表了和她年纪不相符的充满官方色彩的热情洋溢的讲话。现在回想起来，她那种小大人的感觉，还真是很可爱。

8

一周七天，七档节目，秦笑的安排让大家彼此都有搭档的机会。我的新搭档是陶靓，她一来就搞新花样，不愿意按照常规提前一天晚上去录制节目，而是要搞直播，还要偷偷进行。

原本是每天中午十二点自动播出系统启动，把昨晚我们放在机器里录好的磁带播放出去。她则在一周之内趁着值班的机会，学会了如何把自动播出系统改为手动，并且调试好了所有的设备连线，等待周末中午的到来。

说实话，那套播出系统是我们学校电子学院自己研发的，又蠢又笨，一堆破铜烂铁上闪烁着红色的时间码和数字电路板。那些密密麻麻的按钮学理工科的人看了都犯怵，可是陶靓竟然当着我的面“啪啪啪”几下，超级熟练地操作起来，我真心佩服她。

她不是学这个的，她学的是公共关系。

在播出的节目内容上，她更是让我大跌眼镜。那一年台湾的综艺节目《康熙来了》刚刚开播，陶靓爱得不行，每天在一个叫什么驴子的网站上面下载，之后就带给我，逼着我和她一起看。

“真的很好笑啊！”我看完孙燕姿走音那一集之后也爱上了这档节目。

“我们也做这样的节目啊！”她一脸认真地说。

她未经报批，强行在直播的时候把节目名字改为《同学请问有事吗》。

“同学请问有事吗。今天呢，我们其实没什么事，周末嘛，你也知道，就是要睡觉啊，睡到差不多十一点，就可以披头散发地去吃早午餐，然后顺便听我们的节目。什么，你还在睡？嫌我们吵到你了？你是猪啊，睡那么多。”

“你怎么不讲话啊，顾好哥？”

“我……”这时我真的不知道要怎么接话。

幸亏我现在已经考进来了，幸亏陶靓不是主考官，不然以我屡屡词穷的表现，可能连初试都过不了。

“那，我再问你一个问题好了。我们台的秦笑、雷丢丢和（han）我，谁比较美？顾好哥，你觉得咧？”

“呃，这很明显啊。”我试图学习康永哥的接话方式。

“是我对不对？我就知道。”她说得超级认真。

“噗！”我忍不住开始大笑。

“你笑个屁啊！不是我吗？”陶靓翻了个白眼，开始拧我胳膊上的肉，“一定要让你选一个的话……”

好吧，看《康熙来了》那么久，我也懂得她要的梗：“呃，我选雷丢丢好了。”

“屁咧！”陶靓喷出一堆口水。

哦，对了，每期节目中，她还不忘播几次广告来赚钱。

“同学请问有事吗？没事的话，立刻拿起手机拨打1258056789下载《老鼠爱大米》，每分钟两元，不含通信费哦。”

秦笑果然立刻找我俩谈话了：“节目必须立刻调整，太低俗了。”

我第一次见到女神这么严肃。

陶靓摆出一副委屈的表情："娱乐节目嘛……还能怎么做？"

秦笑不吃她这一套："我告诉你怎么做。校园里有很多文艺社团，包括吉他社、民谣社，我们可以把他们的作品介绍给大家。甚至，你可以采访一下你的搭档顾好，聊聊他的文学创作经历，他也是校园红人啊。你想要八卦点也不是不可以，你可以问问他的作品里是不是有自己恋爱的经历，这些都可以啊。"

我听得脸一阵红一阵白，怎么扯到我身上来了，妈呀，女神可真够关注我的，搞得我都不好意思了。

"我……我没什么恋爱经历。"我嘟囔道。

"我就是举个例子。"秦笑看我这么紧张，也乐了。

"哎呀，那多老土啊。"陶靓苦着脸，"我们不就是要成为真正的广播电台，走商业化和市场化的道路吗？你知道《康熙来了》吗，你知道康永哥和小S他们做的节目有多好笑吗？师姐，你真应该看看，来来来，我拷贝给你，你一定会喜欢的。以后我们广播电台每天都做《同学请问有事吗》，肯定火！"陶靓准备去翻书包找她的硬盘。

对于这样一个聪明又有干劲，却发生了方向性错误的大一小妹妹，秦笑也很无奈："陶靓，我知道你对广播很有想法，也很有热情，但是凡事要看场合，而且要循序渐进。"

"我还打算让我舅舅家的方便面冠名我们的节目。有钱赚，难道我们也不赚吗？"

"这样吧，"秦笑有点儿没办法了，"等有一天你当了台长，再实施这一套，好吗？"

末了秦笑还加了一句："陶靓，你赶快收手，下午的节目别播了，如果让宣传部的老师听到了，你就完蛋了！"

这句话起了作用，陶靓一下子就老实了。

可她还是用楚楚可怜的眼神看着我，说道："顾好，你都不帮我说话。”

“陶靓，其实我特别喜欢你。”说完我就发现自己说错了，因为我看到她诧异地睁大了眼睛。

我的脸“唰”地红了起来。

“啊，不是，你别误会啊。我觉得你真的特别有灵气，有想法，思路又灵活。但是，这毕竟是校园广播，是公共媒体，不能由着自己高兴，想怎么说就怎么说，想怎么玩就怎么玩。另外，我认为校园广播应该是相对纯净的地方，你想要商业化，搞什么冠名啊，以后毕业了随便你。那时候啊，工作和业绩的压力会让你非常怀念现在的，到时候你想回都回不来。你还不好好珍惜这几年？”

陶靓情商挺高，她听了我的话之后，想了想说：“嗯，也是。”

我连忙趁热打铁：“你这么聪明，完全可以把智慧放到怎么接好校园地气地做校园广播这件事情上来，把校园广播做得和别人不一样，对吧？”

“哎，师哥就是师哥，深度比我高，不愧是考过两次广播电台的人。”

嘿！这丫头。

我走出门，Oh My God！秦笑还站在外面没走呢。

她似乎刚打完一个电话，转身看到我出来，给了我一个灿烂的笑容。

陶靓很聪明，她开始在秦笑规定的范围内展示她的创意。首先，她还是每周都给我们的节目起不同的名字，比如《一堆马儿在吃草》，她找了全校十个姓马的同学来聊自己的祖宗十八代。而《拜托一下好不》这个节目，就是帮同学们解决生活中的各种问题，比如澡堂的下水道堵塞啦；开水房的水票由一毛涨价到一毛五，欺人太甚啦；食堂的肉包子皮太厚啦之类的，都还挺好笑的，我也就随她去了。

有一次，她代班了一期《心路漫步》，我在小花园里听到她的声音时，几乎可以透过电波看到她假装深情但是又云淡风轻的表情：“同学们，你们还好吗？在这样一个烟雨濛濛的午后，你们都在做些什么，想些什么呢？我是你们的好朋友林舒曼娟，欢迎和我一起走进《心路漫步》。”

我甚至能想到播完这段话，她立刻推开话筒大叫：“啊！我浑身起鸡皮疙瘩！”

忘说了，她上学也上得早，虽然比我小一届，但我俩同年，我比她大一个月。

我是处女座偏天秤座。

她是天秤座偏天蝎座。

我俩不来电，就是兄妹一般的感情。

对了，秦笑是巨蟹座。

9

广播电台办公室的抽屉里有一本硬皮笔记本，叫《晴有风》，是台员们闲来无事有感而发的公共日记本。第一篇日记写于2003年5月，是当时99级的三位师哥、师姐临近毕业留下的感怀。

陶靓翻看着，读出声来：“我们坐着的桌椅，我们使用的录音机，在之前的岁月里有多少人和我们一样使用过；我们在这里度过的时光，他们也曾经拥有；而后来的师弟、师妹们，也将在这小小的广播电台重复我们的故事，上演我们对广播、对彼此的爱和情怀。”

“好感人哦，我要哭了。”陶靓说。

“看不出你还这么感性啊。”我有些惊讶。

“对啊，这些师哥、师姐也不知身在何处了。时光流转，有一天我们也都会离去。”

这时，贾涛刚好进来：“哎哟，干吗呢，两人做节目做出感情来啦？”

“我们在看日记呢。”

“《晴有风》是吧？”贾涛大大咧咧地说。

“你知道？”

“上次我和雷丢丢录节目时，她告诉我的。说是当年一位99级的师哥快毕业那会儿，有一天下午坐在播音间外面的办公室，就是现在这间，就坐在这儿，你坐的这个位置。那天的天气很好，天特蓝，开着窗，外面的爬山虎长得很茂盛，一阵风吹过，那些藤蔓发出轻微的沙沙声。窗外刚好响起温柔的轻音乐，他顿时感觉这是世上最美的时光，特别想让时间就在那一刻暂停，永远保留这个样子，于是就在这个本子的封面上写下‘晴有风’三个字。”

“怎么让你说得一点儿也不浪漫呢。”陶靓矫情起来。

贾涛一副被欺负惯了的表情：“行，那你要听谁说？”

“顾好，你再说一遍。”

我可不愿意被比较，立刻说：“我觉得贾涛表达得挺浪漫的啊，画面感很足。”

“嗯，如果那个99级的师哥很帅的话，就更浪漫了。”陶靓一边犯花痴，一边挑剔地看着她面前的两个凡夫俗子。

“哎，快看，这篇是吕杨师哥写的。”我突然看到了吕杨的文字。

“吕杨？”贾涛没好气地说，“好久没见他了，他在湖南实习吧。”

“啊，就是那个超级帅的吕杨师哥吗？快念念！”陶靓开始激动起来。

我清了清嗓子：“吕杨师哥写的这篇文章名字叫作《回首为何不

见你》。”

“那天看见广播电台楼下的桃树，朵朵粉红的小花沿着树干开得满满当当，这种‘见花不见木’的感觉，像是三十代的歌妓，又有点儿像新生的婴儿。我心中涌起了难以抑制的冲动，想找一个风和日丽的好天气，在郊区的新鲜空气中尽情呼吸一次，躺在暖而不热的和煦阳光中，和你美美地做一个黄粱梦。”

“我和你约好一起去踏青，想让这美景留在我们的回忆中，但大家总是找不到都有空的日子——我们太忙了，忙得连偶尔给心情放次短假的机会都没有。终于，这梦想没有实现，被烦琐而无尽的事击碎了。我的心有点儿沉沦。”

“前几天，再看那些桃树时，我发现那些花儿都已经像尘埃般，不知何时被平日里大大小小的风刮走了，只留下一树绿油油的嫩芽。我一下子明白了朴树写《那些花儿》的心情，那些花儿是这样异常的艳丽，风姿绰约地出现在你的生命中，一转眼便消散在空气之中了。我只能聊以自慰：幸运的是我曾陪它们开放。我只好在夏日初来的遗憾中对自己承诺：明年我一定不会再将你错过。”

“这样一个宁静的季节，就这样浮躁地过去了，我多少有点儿舍不得，你呢？”

看来我的声音还是有些魅力的，念完了好一会儿，大家都还沉浸在某种说不清道不明的情绪里。

陶靓突然说：“哇！这是吕杨师哥在跟秦笑师姐表白吧？”

“你也知道这件事？”我还没反应过来，却发现她说到贾涛的心头痛了，贾涛特别不屑地说，“他没戏！”

我一时有点儿蒙了，但瞬间就明白了，原来传说中一直喜欢秦笑的那个师哥就是吕杨啊！贾涛喜欢秦笑是公开的秘密，他为了秦笑还考了两次广播电台，可吕杨却轻而易举地把他淘汰了，难怪他那么不待见吕杨。

我的感觉倒还好，吕杨在我心里只是一个男神般的存在，男神配女神，挺好的啊。

“秦笑是我的好吗？”贾涛继续义愤填膺地说。

“你们仨都在呢？”门突然开了，秦笑大踏步走了进来。

毕竟正在说领导的八卦，我们都一惊。

“有紧急任务交给你们！”

10

这个紧急任务不仅紧急，而且重大，以至于我们三个新人连续熬了将近三十六个小时，才总算有一点儿眉目。

上海市首届基层广播作品大赛，数百个企、事业单位参加，校领导理所当然地把任务交给了广播电台。而秦笑把这个任务交给我们三个新人，则是我们万万没想到的。

我们首先迅速确定选题，光华大学是综合性大学，但我们学校最牛的是时尚产业，所以我们当然要展现出自己的特色所在。

“就说说这五十年来的流行趋势的演变，以此印证人民物质生活的改善和精神文明的提高。”陶靓说出这句话的时候，吓了我一跳。她真是百变啊，把这种话说得那么顺溜，估计思想政治课已经免修了吧。

我们很快全票通过这个提议，然后开始搜集材料，做访问，做电话连线，忙活了整整一天才带着一堆磁带素材回到广播电台。然后，开始写稿、串编、配音乐，时间飞快地过去了。

当时钟指针指向午夜两点的时候，贾涛还在全神贯注地操作机器，而我已经哈欠连天了。

“流行不是盲目追随，不行，这句话语法不对，应该是……”我一边在纸上写，一边念叨，其实可能随时睡着。

陶靓则已经轻微地打起了小呼噜。

“来了来了，继续播这一段。起来了，起来了。”贾涛确认上一段已经录好，开始催我们，还不忘自我催眠一番，“师姐因为爱我而交给我的任务，你俩这么不计代价地帮我，真的是太谢谢你们了！”

“得了吧，这个梗你还要用多久啊！”我没好气地说。

陶靓伸了个懒腰，一开口就吓我们一跳：“现在几点了？”

她的声音完全嘶哑了！

贾涛惊叫道：“啊！你的嗓音怎么变成这样了？”

“啊……”陶靓也傻了，“嗯……嗯……嗯……啊！”她清了半天嗓子也无法恢复。

“完了！”她带着哭腔说，“我应该是习惯性失身了！”

看着我俩忍不住笑出来，她气急败坏地纠正：“失声了！这是我以前在高中唱高音时留下的毛病，一紧张就……怎么办？昨天一早我就到处去采访，跑了一整天，水都没喝，晚上六点就进棚录到现在。我就说我是小公主，是不能熬夜的！”

贾涛又气又急：“谁让你以前录节目老是自由发挥随便乱说啊，咱这可是参赛节目，要代表学校拿到市里评奖的。你老是说错，还磕巴，每遍说得都不一样。”

“顾好不是在写稿吗，写完我就照稿念！”陶靓的声音听起来又好气又好笑。

我也开始忍不住抱怨起来：“唉，这种稿子哪有那么好写啊，跟论文似的，观点要新颖独特、层层递进，理论和事实依据都得齐全。我都多少年没写过这种玩意儿了。”

贾涛也终于忍不住打了个哈欠：“要不和秦笑说说，咱别参加了。陶靓现在嗓子这样，怎么录啊，和之前录的声音也不一样啊。这机器也快把我逼疯了，你说平时我们做节目挺轻松的啊，怎么现在正儿八经做个节目却这么难啊？”

“那说明啊，你平时的节目做得不正经。”

“你少给我假正经。”

“怎么着，干还是不干？”这会儿，我倒是精神了不少。

“干，干，干，为了我心爱的女人，我必须得干啊！”贾涛往椅子背一靠，立刻打起了呼噜。

我也很无奈了。

陶靓操着她的怪异嗓音说：“你让他睡会儿吧，咱俩先想想词。你说，我写，我不说话了，让嗓子恢复恢复。”

“行吧。”听陶靓说话，我其实特别想笑。

我一会儿闭目沉思，一会儿口吐莲花，陶靓则负责奋笔疾书。过了一会儿，贾涛睡醒，我们三个人继续打这场硬仗。

时针不知不觉就指向三点、四点、五点、六点。

稿子总算全部完成了，陶靓忍不住扯着她稍微恢复了一点儿的嗓子欢呼起来：“你们睡会儿，有个喉药特管用，现在药店差不多开门了，我去买。回来咱们正式开录！”

贾涛揉了揉眼：“辛苦妹子了！”他趴下就打起了呼噜。

一个小时后，当陶靓回来的时候，那几乎是瞬间恢复的清脆嗓音让我们大喜过望。

我们趁热打铁把剩下的内容录完，成片出来后又认真审听一遍，我们都快激动得哭了。

“Yes！”圆满完成女神交给我们的任务！

然后，我们回去昏睡了整整一天。

醒来的时候，已经是晚上十一点，一想到我们从无到有完成的作品，我的心情就抑制不住地兴奋，我准备溜达去台里看看。

我走到楼下往上看，台里依然亮着灯，但似乎没有往常的喧闹声。一般录第二天节目的同事最晚也只会待到十点，是谁还在那里呢？

我悄悄地走近，竟然听见有人在播放我们的参赛节目，听内容已经快到结尾了。

我听到了自己充满阳光的声音："时尚是每个人对生活的态度，和穿衣打扮无关。让别人觉得舒服，让自己活得轻松，心灵的自由是最大的时尚。"

然后是陶靓清脆如银铃般的声音："当然，同时我们也要常常自省，我们是不是能够真的放掉那些浮躁虚荣的外表给我们带来的迷惑，因为那些只是时尚的假象，根本就是no fashion。"

"我是顾好。"

"我是陶靓。这里是《永恒的流行》，下期节目见。"

我悄悄地推开门，看到秦芙默默地坐在录音机前。

她转过头，脸上还挂着泪水。

"我太爱你们了，太爱你们了。"她哽咽着说。

女神突然哭得梨花带雨，让我有些不知所措。

我走过去，她站起来轻轻地拥抱了我一下。

"我太爱你们了！"她继续轻轻地说，然后走出门去。

那种美，真的，让我在一瞬间长大了。

11

当晚我没来得及回味什么，就是感觉鼻尖都是她的气息。那是什么牌子的沐浴露啊？我把宿舍每个人的沐浴露都闻了一遍，却闻不到这种味道。甜甜的清香，有点儿像椰奶，又有点儿像香橙。哎呀，我好想再闻闻师姐的味道啊。

想到这里，我突然觉得自己开始邪恶起来。

第二天午睡的时候，一个梦让我彻底沦陷了。

梦里，我去帮师姐修电脑。

宿舍楼到处都是乱哄哄的场面，打包，告别，彻夜的酒精和一拨拨的眼泪。人越走越少，房子越来越空。知了不知疲倦地大叫，宿舍的人都搬走了，只有师姐的床铺一如既往。

面对电脑屏幕，我们俩离得很近。我终于又闻到了师姐身上那种很好闻的味道，可能是乳香吧，我在梦里想到这样一个词。

很多年后我才知道，乳香是一种精油的名字，完全不是这个味道。

我屏住呼吸，不太好意思闻，憋久了又忍不住开始喘气。

电脑修好了。

师姐说："谢谢你啊。"

我说："师姐，毕业了你怎么不走啊？"

"因为，你还在这里啊，所以我考研了。你高兴吗？"

我突然不知道该怎么接这句话，好一会儿才说："高兴啊，你留在这儿，我们就能继续在一起了。"

说完这句不要脸的话，我脸红心跳地站起身，先跑去关上宿舍的门，按上反锁的扣，然后坐到师姐的身边，凑到她脸上，笨拙地伸出舌头。

我傻乎乎地喘着气，师姐微红的脸也透着紧张的可爱。

我们开始激动起来，交缠在一起。

我特别紧张，全身汗津津的，对她说："我爱你。"

"嗯。"她轻声应答。

"我爱你。"我继续说。

"嗯。"

"我爱你，我爱你，我爱你。"我继续说。

"嗯。"

我紧紧地抱住她："我真的好爱你。"

然后，我特别兴奋又害臊地醒了。

室友正好坐在旁边，观摩了我做这整个春梦的过程："好恶心啊你，你以为在演《还珠格格》啊。"

12

我靠在床头，还没来得及再回味一下梦里那些让人脸红心跳的细节，就接到了贾涛的电话。

天哪，他该不是知道我做了这个梦，要来和我拼命吧？！

"顾好，今天雷丢丢放我鸽子，晚上你和我录一期《啊！五环》呗？"贾涛和雷丢丢现在是搭档，而雷丢丢貌似和马大威有点情况。

我先是松了一口气："体育我不太懂啊。"接着调笑他，"你找陆鹏和你录呗。"

"不找。"贾涛果然掉入了陷阱。

"哎呀，我说贾涛，凡事要往前看，不就是当年败给他了吗，还转不过弯来啊？"

"凭什么他赢了？他不就靠那张脸吗！"

"那还不够啊，请问你有什么啊？"

"我有秦笑啊，我上面有人！哈哈……"贾涛挺逗的。

可事实证明，我真的不该去。因为我根本就是个体育盲，读那些外国运动员的名字，让我完全感受不到做节目主持人的乐趣，最后还被贾涛奚落了一番："今天的《啊！五环》节目里，顾好同学让我们充分见识到世界上还有比女生更不懂体育的男生。"

我也只好自黑一番："为了让贾涛终于可以找回一点儿自信，下回我再来！”

“哈哈！我们下周见！”

贾涛拉下话筒，推上音乐，磁带在继续转动。

没想到我们点的这首音乐很快就播完了，贾涛看了一眼录音机：“大概还剩一分多钟，让它空录走完吧。”这是我们的惯例。

于是我们开始站起来整理桌上凌乱的杂志、报纸和磁带。而这时，诡异的事情发生了，不知道是我们谁的衣角不小心把调音台上的话筒又推了上去。我俩全然未知，而机器仍然在录制着，接着我俩恐怖的聊天开始了。

先是贾涛问我：“顾好，你说秦笑她到底会不会喜欢我啊？”

我一惊，本能地回答：“这我哪知道？”我也不能实话实说“我觉得她不会喜欢你”吧。

贾涛却开始一本正经地给我分析：“你看啊，吕杨大四，马上就要毕业了。虽然他一直对师姐各种明示暗示，搞得众人皆知，甚至被传为佳话，但是师姐对吕杨呢，我感觉最多是爱戴，没有爱。”然后他得出结论，“所以，吕杨完全不是我的竞争对手。”

我差点儿笑喷：“你想太多了吧。”

贾涛继续自说自话：“但是他也够烦的，赶紧毕业，赶紧滚蛋，当年他还淘汰了咱俩。”

我一直觉得贾涛对吕杨的偏见有点重，就稍微纠正了一下。

“其实，贾涛，”我说，“我要是吕杨，我也会选陆鹏，因为他的条件真的比咱俩好啊。”

贾涛一听就急了：“喂！我说顾好，你怎么老是胳膊肘往外拐啊！”他突然做出一副恍然大悟的表情，“哦！我知道了！顾好，你这么为陆鹏说话……一直也没听说你喜欢过哪个女孩，你是不是喜欢陆鹏啊？”

看我愣住了，他为他的冰雪聪明“咯咯”大笑起来：“我明白了！我呢，第二次报考广播电台是为了师姐，你呢，是为了陆鹏！你喜欢陆鹏，我今天才明白！哈哈。”

贾涛可真是够二的，但我突然想逗逗他：“竟然被你看出来了，替我保密啊。但是，还有一件事你不知道吧？昨晚，师姐秦笑，就在这儿，在我面前，哭了。”

“真的假的？”

“我骗你干吗，她还抱了我。”我也没撒谎啊。

“你……”

“你想知道为什么吗？因为，师姐喜欢我，但我告诉她，我喜欢的人是陆鹏。”

“啪”的一声，磁带完成空录，机器自动跳起停机。

贾涛默默拿出录好的带子，放到播出机房，倒好带，然后离开。

我喊他，他不理我。

我在他身后喊：“我是开玩笑的！”

他肯定听见了，但还是不理我。

13

第二天，惨案就发生了。

我其实是想听听昨天自己主持得到底有多差，就早早地拿着饭盒去了小花园，选择了一个背对众人视野的小角落。

《啊！五环》准时播出，我听到自己在节目里经常念错，一直被贾涛嘲笑。现在听着倒也自然真实，我这样想着，也就坦然了。

然后我突然听到旁边传来秦笑的声音：“雷丢丢自从和马大威谈了恋爱，做节目老是不来，老让别人给她代班。”

Oh My God！和昨天中午梦里说话的语气一模一样！我脸一红，

赶快镇静了一下，刚想回头，就听到陆鹏的声音。

“贾涛怎么找顾好代班啊，他根本不懂体育啊。”

然后秦笑略带戏谑地说：“对啊，就算顾好不懂，贾涛也不找你，谁让你当年把人家PK掉了啊。”

“你不觉得我确实很优秀吗？”陆鹏不服气地说，“不是我自吹，就我这张脸，我这中国好声音，我这一米八六的身高……哎，对了，第二年你怎么要了他？”

从声音的大小来判断，我首先确定他们就在我旁边那一桌石凳，而且应该是背对着我的。所以，为了避免尴尬，我必须躲得更好，不能让他们发现，因为这对话的信息量太大了。

我继续竖起耳朵听。

秦笑接着说道：“贾涛很有韧性。当时，我在舞蹈社，他就去舞蹈社报名；我在合唱团，他就去合唱团报名；我在话剧社，他也去话剧社报名；我在芭蕾舞团，他甚至也要去跳小天鹅；我在广播电台，他当然也报了广播电台。他其实先天条件一般，所以这些社团到最后都没有招他。可是广播电台不一样，他的编辑思路很清晰，文字也不错，还是很内秀的。碰巧我在这儿刚好有点儿话语权，所以，我就给他一个机会喽。”

“可是你明明知道他喜欢你，这样不是很麻烦吗？”

我的心怦怦直跳，我太期待秦笑的回答了。从陆鹏和她的对话来看，陆鹏更像一个秦笑的男闺密，他俩不太可能会有更进一步的关系。我放心了。

哎，我放心什么？我突然有点儿脸红。

秦笑继续说：“被人喜欢其实是一件美好的事情，对你而言，是正能量的加持，要感恩。因为你不知道哪一天自己会喜欢上谁，那时候你就会理解。贾涛虽然喜欢我，但他只是单纯的喜欢，他是个乐天派的人，就算得不到什么回应，他也挺开心的。我欣赏也羡慕这种人，有点儿没心没肺的勇气，于是不想打击他。”

陆鹏傻乎乎地回了一句：“还挺难理解的。”

“对啊，你好像只爱你自己。”

陆鹏开始八卦起来：“那，师姐，你有喜欢的人吗？”

“干吗？关你什么事？”

“嘿嘿，我就是问问，没什么别的意思。”

“嗯，算是……有好感吧。”

“反正，应该不是吕杨师哥吧？”

秦笑没说话。我感到特别紧张。

“其实吕杨师哥对你挺好的。”陆鹏叹了一口气，“So sad！”

讲实话，这个词陆鹏用得挺棒的。

然后两人沉默了一阵，广播节目也到了尾声。

贾涛开始嘲笑我：“今天的《啊！五环》节目里，顾好同学让我们充分认识到世界上还有比女生更不懂体育的男生。”

我也反击：“为了让贾涛终于可以找回一点儿自信，下回我再来！”

这时候我听见秦笑大笑：“这贾涛，真够损的。”

两人好像已经吃完了，陆鹏说：“咱去台里待会儿呗。”

“嗯，走吧。”

我终于松了一口气。

我看着他俩往广播电台的方向漫步，才敢站起身，准备回宿舍。

这时，广播里突然响起一阵对话——

先是贾涛的声音：“顾好，你说秦笑她到底会不会喜欢我啊？”

然后是我的声音：“这我哪知道？”

我傻了，然后秦笑和陆鹏在广播电台楼下愣住了。

路上的同学都停下来，带着点儿疑惑在听，我已经完全不知所措了。

这时，秦笑和陆鹏已经冲向了广播电台。

我俩的声音依然在空中散播。

“真的假的？”

“我骗你干吗，她还抱了我！”

我咬着牙冲到广播电台的时候，秦笑和陆鹏在里面傻站着，因为值班钥匙在贾涛那儿，我们无法进播出机房，所以我们只能傻傻地听着节目播完。

“想知道为什么吗？因为，师姐说她喜欢我，但我告诉她，我喜欢的人是陆鹏。”

磁带刚刚跳停，贾涛也进来了。

我们四个人大眼瞪小眼，不知所措。

这时，秦笑的手机响了。

“是宣传部的张老师。”她说。

14

秦笑去找张老师了，剩下我们仨尴尬地坐在广播电台的办公室里。

陆鹏开口的第一句话是：“顾好，我真没想到你会喜欢我。”

我十分无语。

陆鹏看我没说话，继续说：“其实，我们还是可以做好朋友的。”

我还不知道该如何开口，贾涛按捺不住了：“陆鹏，你有病吧！都这个时候了，还自我感觉这么良好！现在，出了播出事故，我俩要被开除出广播电台了！”

陆鹏真的是一头猪，他继续说："就算你俩被开除了，我还是会把你们当朋友。尤其是顾好，你为了我才第二次考广播电台，我很感动。"

我看着陆鹏犯蠢的样子，话到嘴边又吞了回去。

"嗨！其实也没什么，我不排斥这个，但我内心喜欢的是女生。"陆鹏继续说着，显得很为难。

贾涛站起身来："陆鹏，你有完没完！你臭屁的个性什么时候能改改啊？顾好喜欢你，我喜欢你，食堂大叔喜欢你，宿舍大妈喜欢你，澡堂大爷喜欢你，全世界都喜欢你，行了吧？"说完，他转身出门。

我也站起来："陆鹏，那是我昨晚为了气贾涛瞎说的！"

但陆鹏的反应真的让我崩溃了。

他竟然说："你说你喜欢我是为了气贾涛？原来你喜欢的人是贾涛？啊，你们……天哪！好幸福啊！"然后这个傻大个开始兴奋地鼓起掌来。

我没忍住，"扑哧"一声笑了出来。但我还是立刻转身去追贾涛，也跟着他向宣传部张老师的办公室跑去。

到了宣传部大楼的时候，秦笑已经从张老师的办公室走出来了。

我和贾涛冲上去，但不知道怎么开口。

秦笑淡淡地说："我已经和张老师解释过了，这确实是一个播出事故。以后，录完节目一定要从头到尾审听一遍，我和张老师说你俩最近熬夜做那个比赛节目，太累了才会忽略了审听的环节。"

她越平静，我越觉得暴风骤雨就要来了。

贾涛开始结巴了："所以，接……接下来，怎么处……处理我们啊？"

"暂时不处理。晚上我会给大家开个会，先宣布一下纪律。"

我最怕“暂时”两个字了，谁都知道一直提心吊胆等待宣判的日子是最难熬的，还不如早死早超生呢。

贾涛对秦笑应该是真爱：“秦笑，是不是你把责任全担了啊？不行，自己的失误自己承担责任，因为这个播出事故的影响真的太恶劣了。我承担全部责任，我写检查，我停工。不让我录节目都可以，但别开除我，我就算继续在广播电台专门打扫卫生、看大门，都可以。”

秦笑终于绷不住，叹了一口气：“你们俩啊，就回去念‘阿弥陀佛’吧。知道吗，今天全校的喇叭检修，除了咱们台小花园的那个喇叭是独立线路，其他二十多个喇叭，一个都没响。”

“啊？！”我和贾涛异口同声，又惊又喜，恨不得立刻拥抱在一起。

“我到了宣传部，还没和张老师说上话，秘书小宋老师就来报告检修的事。你俩啊，真是福大命大。而且节目结束的时候，大伙儿基本都吃完饭回宿舍了。当时我和陆鹏就在小花园里，广播电台这喇叭附近的路上也没几个人。所以，其实影响面不大。”

“可是……”我劫后余生地矫情着，“影响再不大也有十几个人听到吧？这一传十十传百，还不成为全校皆知的秘密了。到时候大家不都知道师姐喜欢我，我喜欢陆鹏了吗？”我说“师姐喜欢我”这五个字的时候说得特别快。

“你真以为师姐我那么红啊，你问问路过的大伙儿，谁知道咱们是谁。而且，你好像也没提我的名字，只提了师姐，对吧？”秦笑倒是很大方。

我想了想：“好像还真是。”

“估计听到的同学也就一笑而过，以为我们在播广播剧呢。这次真是谢天谢地，有惊无险，你们命不该绝，能逃过这一劫。”

“那张老师到底找你干什么？”我突然想起来。

这时，上课铃声响起。

“回头再说吧。”

我们各自匆匆奔向教室。

15

晚上秦笑召开了全台的紧急例会。

“今天我们台出了一个播出事故。”女神严肃起来挺威严的，“贾涛和顾好的《啊！五环》节目最后出现了聊天的内容，很明显，这是因为操作不当，录制结束之后误开了话筒键造成的，录完之后又没有检查。万幸的是，今天刚好全校喇叭线路检修，所以没有造成太大的影响。”她又说，“但在这里，我们还是要严肃一下纪律。雷丢丢，希望你以后不要再随便找人代班。另外，要对节目的质量和水准有要求，宣传和娱乐的尺度要把控。下个星期开始，我也会更关注节目的质量，同时各节目组的人员搭配也会做一些微调……”

很快，新的搭档编排出来了。

陆鹏和陶靓被安排成一组新搭档。

有一次我见到陶靓，问她和陆鹏搭档的感觉怎么样。

她说：“和你呢是老夫和老妻，和他呢是呆瓜和甜心。”

“什么意思？”我不明白。

“陆鹏真是特别单纯的呆瓜。他说让我好好和他搭档，他现在经常主持学校的大型晚会，以后可以带着我。他还说了一句特别经典的话：Follow me，eat me！”

“跟着我，吃掉我？怎么，他对你有意思啊？”

“屁咧，Follow me，eat meat！他说的是‘跟我混，有肉吃’的意思。你别看他老爱说英文，其实他的英语特别差，四级只考了39分。”

“哈哈，笑死我了！”

我开始自信起来，我的四级可是考了93分呢。

贾涛和陆鹏也被安排成了一对搭档。

我见到贾涛，迫不及待地问了他的感受。

贾涛先是没好气地说：“唉，我还以为师姐会安排我和她搭档主持新节目呢。”

“你和陆鹏以前不是搭档主持过节目吗，当时他是你的师父，现在成了搭档，感觉如何？”

贾涛先是假装泪眼婆娑地说：“哎，宝宝心里苦，但宝宝不说。”然后他立刻话锋一转，“我跟你说，陆鹏真的是一个傻瓜，情商极低！他一见面就和我说‘怎么着？是不是不满意我和你的搭配’，还说‘人吧，要认命，有的人天生就是舞台上的主角，有的人呢，能当绿叶也不错’，给我气的！”

我突然觉得贾涛怪可怜的：“要不你经常帮我代个班呗？”

“滚滚滚，你少在这儿羞辱我。”

陆鹏其实是一个傻瓜，似乎也成了我们所有人的共识。

16

没错，秦笑安排了我和她做搭档。

其实我看到排播表的一瞬间，心里是开心的，但是不知道为什么，这种开心无法畅快地呈现出来，换个文绉绉的词，叫作无法直抒胸臆。我也不知道那些顾虑从哪里来的，是那个梦给我的刺激太大了吗？而梦其实和现实是不是相反的呢？我对师姐的感情到底是怎么样的，那种看到她就开心，想到她就幸福的感觉，是不是爱？我真的可以出手吗？那，我又怎么对得起我的兄弟贾涛呢？

哎，反正我姓顾，可能姓顾的顾虑就是会多一点儿吧。

我们搭档主持的节目叫作《全校都在点》，其实就是个点歌送祝福的节目，而我俩第一次开节目策划会的时候，就不谋而合地提出了一个升级计划，那就是让同学们自己到广播电台里来唱歌，我们帮忙录制，这样做会让祝福更真切。

从我们到2005年还在用磁带录节目这一点就能知道，台里的设备好久没更新了。让同学们来录歌，找到合适的卡拉OK伴奏，很不容易。我们好不容易买到一些盗版的VCD，十首里面有八首都是MIDI版的假伴奏。

第一期节目开录的时候，我俩可是准备了好久，才找到一些质量好的歌曲伴奏带，并且准备抛砖引玉自己先唱几首，鼓励大家来参与。这个策划说起来容易，真的要开始唱了，开始录了，并且在大庭广众之下播出去，我俩心里都有些没谱了。

“咱唱什么啊，我唱歌一般啊。”秦笑有点儿紧张，我第一次感觉到她没了师姐的样子，而是露出了女孩该有的本色，真让人心动。

“要不，我俩唱《广岛之恋》，这首歌的旋律比较简单，反正是录播，如果唱不好，大不了多录几遍呗。”这首歌男声部分比较简单，而且最后那几句“爱过你，爱过你，爱过你，爱过你”又是柔情似水的反复吟唱，永不结束，很容易唱出点儿什么事来。

好吧，我承认自己有点儿小私心。

我放好歌曲伴奏带，音乐响起。我俩开始酝酿情绪，秦笑已经闭上了眼睛，我偷偷瞄了她一眼，发现她紧张得眼睫毛在颤抖。

“你早就该拒绝我，不该放任我的追求。给我渴望的故事，留下丢不掉的名字。”最先的四句是我的部分，还算简单。

“时间难倒回，空间已破碎，二十四小时的爱情是我一生难忘的美丽回忆……哎呀，喘不过气来了，哈哈。”秦笑笑场了，天哪，她笑起来真可爱啊。

我也忍不住笑了，莫文蔚的这一句一气呵成的标志性长句，对于气息的要求可不是一般的高。

“没事，重录重录。这样，你唱完‘空间已破碎’以后呢，深吸一口气，然后慢慢地放出来……”我开始分享自己的秘诀。

“哦，好，我试试看。”

“时间难倒回，空间已破碎。”然后秦笑用极短的时间猛地深吸一口气，可“二十四小时”还没开口唱，因为这口气吸得实在是太夸张了，她自己先笑喷了。

“哈哈，我不行了，我没气儿了。”

“这样，你把气息沉到丹田，”我不敢摸她，就示范性地指指自己的小腹，“撑起来，对，用均匀的深呼吸把这一块地方撑起来。你的气息沉了，呼吸就不会那么大声了。”

然后，我俩就一遍遍地练习。

最后等我娴熟得闭上眼睛可以完全背下我的歌词的时候，秦笑情绪投入得俨然是这首歌曲的女主角了。

“爱过你。”

“爱过你。”

“爱过你。”

“爱过你。”

最后一个“爱过你”两个人要和音，我感觉她的余光在往我这边瞟，当然，是我的余光先往她那儿瞟的。如果这一刻我们都转过脸，面对面，肯定就要接吻了吧。

究竟要不要转过脸去？我的小心脏跳得好厉害。

我回想起那天中午的那个梦，吻完了，身体是不是还要交缠在一起？

妈呀，突然进来人怎么办？

而且，万一我吻过去后，师姐给我一个大嘴巴子怎么办？叫我“流氓”怎么办？

嗯，这很有可能发生。

我还没摸透师姐的心意呢，哪能凭借一个梦就这么勇敢？我又没吃熊心豹子胆。

我用一个假装的饱嗝结束了这段幻想。

她痴痴地笑着：“这次我们唱得很棒啊，好开心。”她开心地手舞足蹈起来。

“嗯，可是……这次没录。”

17

隔了一周的周一中午，雷丢丢罕见地来了台里，还拿进来一堆信。

“天哪，这真是史上头一回啊，这个年代居然还有人给学校广播电台写信。我一个星期没开信箱，信都爆出来了。”

我已经猜到可能是写给我们节目的，但贾涛将信一把拿过去：“快看看都是写给谁的，有没有写给我的？”

“做梦吧。”雷丢丢无情地推开他，“都是写给《全校都在点》的，你看，都是秦笑、顾好收。”

贾涛特别气馁：“一封我的都没有吗？那咱们能看吗？”

“这要问顾好啦。”雷丢丢神秘兮兮地走到我这边来，“秦笑呢，没在吗？”

“她在里头练歌呢。”

雷丢丢立刻特别八卦地冲到录音间尖着嗓子嚷嚷起来：“哎哟，主持人已经准备跨界当歌星了啊。”

秦笑显得特别不好意思：“这不是顾好的创意吗，每周我们的节目，我俩都唱一首歌开场，然后抛砖引玉，我唱歌一般嘛……”

雷丢丢继续扭来扭去地说：“哎哟！顾好的创意，那要不要看看听众朋友写给你和你家顾好的热情洋溢的信啊？”

我拉了拉雷丢丢：“说话注意点儿！”本来我还想补充一句“贾涛还在外面呢”，后来转念一想，这样更不地道，就没继续开口。

唉，我真是憋得辛苦啊！

雷丢丢立刻主动拆开一封信朗诵起来：“秦笑，顾好，我是03级机器人系的女生，听到你们的新版节目，真的特别喜欢。《广岛之恋》是我上一段感情的定情曲，虽然那段感情已经结束了，但是听到这首歌，我还是忍不住眼眶泛红。你们唱得真好，真的。我不太会唱歌，但是希望有一天我也可以鼓起勇气去广播电台唱一首，致那些年我们终将逝去的青春。下个星期，我想听你们唱古巨基和梁咏琪的《许愿》，可以吗？”

这时候贾涛凑上来：“师姐，我也想主持这个节目！我想和你唱《许愿》！”

面对贾涛，秦笑无论什么时候脑子都是清醒的，她毫不留情地回了一句：“你要是五音全一点儿，当年我早就收你进合唱团了。”

每周一都有这样的信，因此每周一晚上也都成了我和秦笑固定的拆信时间。

“你看这封——‘我爱死你们节目了！因为我听到睡在上铺的兄弟给我点歌了。原来他喜欢我，哈哈，你们知道吗，我也偷偷喜欢他好久了！嗯，就在上个星期，他送我玫瑰花，我送他巧克力，然后我们正式在一起了！哈哈，好幸福，下次我俩准备手牵手去你们那儿，合唱一首《春光乍泄》’。”

念完之后我突然觉得有点儿不对：“呃，这个，什么意思？”

“哈哈！”瞬间明白过来的秦笑哈哈大笑。

“这位想点一首我俩唱的《你最珍贵》，然后在楼下花园里和女朋友表白。天哪，好浪漫啊！”

“这位是想自己来录的，她想录燕姿的《我也很想他》，这个伴奏咱们不一定找得着啊。”

“这位想来录《爱情三十六计》呢，这是挺新的歌，肯定找不到伴奏啊！哎，我有办法！”秦笑突然问我，“你哪天上午没课？”

我想了想：“后天。”

18

第三天的上午，秦笑约我在校门口见。她竟然穿了一件黑色的小洋装，那时候我还不知道这种衣服叫小洋装，我统称为连衣裙。

她化了淡淡的妆，头发扎成马尾，稍显成熟干练，这样的她给人另外一种妙不可言的感觉。

女的真是幸福啊，可以这么多变，不像我们男的，一年四季就那个发型，只能穿那几件T恤、衬衫、外套、牛仔裤。

“去哪儿啊，师姐？”我突然觉得这样的秦笑有点儿陌生。

“你跟我走啦。”

然后，她伸手拦了一辆出租车。

Oh My God！好奢侈啊，她要带我去干吗？

原谅那个梦开启了我少男懵懂的原始冲动，我脑海中立刻想到的是——

我们并肩坐在出租车的后排，她坐左边我坐右边，我们都不自觉地把手放在座位上。我的左手假装不经意地挪动一下，就碰到了她假装不经意地放在座位中间的右手。我们就像触了电一样立刻缩回手，连看都不看对方一眼，各自把脸别开。过了很久，我的左手又不自觉地碰到了她的右手，我忍住了，没有躲开，她也没有躲。我的左手开始爬上她的右手，先是握住她的小拇指，然后是无名指，最后一把将她的手握进了我的手心。

于是我们完成了第一次牵手。

请原谅我内心丰富而敏感的想象力。

“你坐前面。”她说。

“啊？”我有点儿小失落，又有点儿小安心。

“赶紧赶紧。”雷丢丢不知道什么时候从旁边蹦了出来。

哦，原来是三个人的约会啊。

“延安西路乌鲁木齐路。”

我瞬间明白了，原来是要去钱柜KTV。

相信70后、80后甚至一部分90后，对钱柜KTV都是有很深的感情，尤其是在北京、上海这样的一线城市，这个来自宝岛台湾的品牌在大陆风靡了二十多年。上学的时候，只听说其中北京的一家店是天后王菲最爱去的，一些她的偷拍照都带着钱柜KTV大大的LOGO。钱柜KTV也因为超高的消费和超正点的音效，成为所有平时只能去麦乐迪KTV这些平价KTV的穷学生们心中的音乐圣殿。

我们班的很多女生都去过钱柜KTV，并常常向我们炫耀那里面多么时尚、多么洋气、音效多好、多Fashion。后来我们才知道她们是包午夜场，趁着没关宿舍门之前梳妆打扮好，夜里十二点偷偷摸摸从宿舍出去，坐末班71路公交车，丁零哐当晃到钱柜KTV，到了还得在大厅里等会儿，因为按照规定，半夜一点才能进场，然后开启连续六个小时的狂欢，钱柜KTV还提供夜宵和自助餐，只要一两百块钱。可第二天，她们一个个都跟黄脸婆似的，别提上课了，一心只想睡觉。我觉得真惨。

雷丢丢一下车就忍不住嚷嚷：“秦笑，你太聪明了，来钱柜KTV录最新歌曲的伴奏带！”在车上她当着司机不好意思说。

秦笑一副得意的表情，脸上又恢复了小女孩的可爱神情。

“可是钱柜KTV很贵吧？我听班上的女生说，唱一个晚上得花好几百元呢。”我朝价目表看去。

“晚上是黄金时间，当然贵了！所以我们上午来啊。你看，一个人只要三十九元，可以欢唱三个小时。我们可以把想录的伴奏录回去唱。三个小时可以录将近三十首歌，一首歌才三元多，而且还包一顿自助午餐。是不是很划算？”秦笑指着价目表上的活动价格说道，顿时像一个会过日子的小媳妇。

“哇，秦笑，你怎么发现的？你真是太会过日子了，谁娶了你那可太省心了。”雷丢丢说完，我的脸一红，赶紧转移话题：“那咱们赶紧去开房吧。”

“去，好好说话！”师姐明显没有反感的意思，我却开始心跳加速。

我们要了一个小包间，包间里黑乎乎的。黑沙发是不是真皮的，黑茶几是不是大理石做的，我不知道，总之这一切透露出高大上的冷艳格调。虽然地方不大，但是对于第一次来钱柜KTV的我来说，也算心满意足了。要赶上现在，绝对要自拍发朋友圈炫耀的。

秦笑特别利落地说：“小包间，我们仨用正好。你赶紧选歌，我先拿一盘磁带试试内录功能好不好用。丢丢，你去拿吃的和喝的，现在自助餐刚刚开始！”

“好的！”一提起吃的，雷丢丢的动作那叫一个敏捷，迅速扭头跑了出去。我立刻跳到选歌器旁，选了一堆当下流行的新歌。

秦笑把一堆SONY的空白磁带拿出来，塞一盘进去装好：“那咱们开始录了啊！走着！”

我俩坐在沙发上，看着大屏幕上的第一支MV，光良的《童话》的伴奏播出。秦笑蹑手蹑脚地走来走去，一会儿去内录的磁带那里看一下，一会儿又调整一下点歌单。

只有伴奏，没有人唱，我俩也不敢出声，就在那儿干坐着。

我脑子里的幻想又出现了——

我们都不自觉地把手放在身旁。我的左手开始假装不经意地挪动一下，碰到了她假装不经意地放在座位中间的右手。我们就像触了电一样立刻缩回手，连看都不看对方一眼，各自把脸别开。过了很久，我的左手又不自觉地碰到了她的右手，我忍住了，没有躲开，她也没有躲。我的左手开始爬上她的右手，先是握住她的小拇指，然后是无名指，最后一把将她的手握进了我的手心。

灯光幽暗，太适合发生这一幕了。

可是好像来不及了，因为《童话》快播完了，以上那一个桥段完全演完预计需要五分钟。一会儿点一首深情而且长一点儿的歌，我安慰自己，肯定有机会的，这黑乎乎的包间简直就像漫漫长夜啊。

第一首歌结束。

下一首歌是周杰伦的《七里香》，我们已经开始进入状态了，张嘴默默地跟着哼，但是因为在录伴奏，只能张嘴，不能出声，憋得特别痛苦。我想，不然就趁着这股劲儿直接抱一下她好了。可是，这个念头被否定了，因为我觉得还是应该先牵手，如果一上来就拥抱或者接吻，也太差劲了。

我有点儿庆幸那天录歌的时候忍住了一时的冲动。

对，还是牵手吧，我准备慢慢地把手挪过去。

牵手的那一刹那，她一定会发出声音，然后我就以正在录音需要安静为由，把食指放在我俩的唇间：嘘！

哇！好完美的计划！

我开始挪手。

我快感受到她的小拇指的温度了，哦不，准确地说是她的磁场！

突然，一道强光“唰”地照进来，雷丢丢端着一堆吃的和喝的破门而入。

“哎呀，快帮我拿点儿，你俩也赶紧出去抢，咖喱鸡块都快被人挑完了，就剩土豆了。快快，顾好，你赶紧出去拿。”雷丢丢踉踉跄跄地把一堆托盘放到了桌子上。

“哎呀！”我一声长叹，为雷丢丢打断了我的表白节奏而气急败坏，但我立刻决定使用另一个理由，“我们正在录着呢，你进来应该轻轻的啊，应该先在外面听一下，等一首歌录完你再进来。你看，这首歌又要重录了！”

“什么情况？”雷丢丢疑惑地说，“你们不是在录伴奏吗，我进来有什么关系？”

“当然有关系啦，我们正在录音，不能出声啊，出了声，就被录进去了，怎么当伴奏带啊。”

雷丢丢愣愣地看着我们半天，又看了看话筒，特别疑惑地问：“话筒根本没打开啊，你们刚刚一直憋着没出声？”

我和秦笑这才反应过来，对啊，只要话筒不收声，怎么着都没事儿啊。

她开始有点儿嗔怪自己，我也觉得丢脸，自己好歹是个男人，此时此刻却像个没见过世面的傻子。

“行啦，咱赶紧唱起来吧！”雷丢丢塞满了嘴，拿起没有插线的麦克风说着。

“点张韶涵的歌！”

“爱是一道光，如此美妙，指引我们想要的未来……”

“点梁静茹的歌！”

“宁静的夏天，天空中繁星点点，心里头有些思念，思念着你的脸。我可以假装看不见，也可以偷偷地想念……”

“我喜欢Jolin！”雷丢丢大声叫着，“给我把《看我72变》和《爱情36计》都点上，老娘要唱！她最新的歌《野蛮游戏》，老娘好像还没学会！”

“老虎，老鼠，傻傻分不清楚。满脸，泥土，失败地被俘虏……野蛮游戏，Love，没人被赦免。野蛮游戏，No，不同情可怜。野蛮游戏，You，快勇往直前，受伤在所难免，都值得纪念。等到你遇见完美的人选，离胜利那天已经不远……”

怎么每首歌都像在鼓励我啊！

雷丢丢越唱越High，我差点儿以为今天的自助餐提供酒了呢。她疯疯癫癫地跟着Jolin的舞步蹦跶：“你看，老娘也是会跳舞的，老娘还是想回去跳舞！老娘凭什么要去学舞蹈史啊？老娘是专业Dancer，拿过大奖的！老娘不就是胖吗？胖子就跳不了舞吗！老娘可以做一个灵活的胖子啊！老娘现在就是要继续吃！”

“给我点谢金燕的《练舞功》！”

“跟我来练舞功，我来去无影踪，跟我来练舞功，我就是一阵风！”

“我还要唱她的《独一无二》！”

雷丢丢突然显得有点儿不太正常，我一脸疑惑地看着秦笑。秦笑立刻给我发了一条短信，我这才知道雷丢丢原本身材非常好，因为大一的暑假生了一场病，必须持续服用激素，才变成现在这个样子。

“保密啊。”她补发了一条短信。

原来，人人都有故事啊。

雷丢丢终于把她要唱的歌曲都唱完了，这才安静下来。

秦笑走过去抱住她：“丢丢，你可以的，等身体好了，再回来慢慢跳舞啊。”

雷丢丢红着眼眶，没有直接说出感谢，只是说：“我没事！今天太过瘾了！哎，那个，你们再点一些慢歌吧，最好是失恋情歌什么的，其实需求更多的是这个。”

到了这样的情况，我想我应该没办法再去脑补牵手的剧情了。

“给你的爱一直很安静，去交换你偶尔给的关心，明明是三个人的电影，我却始终不能有姓名。”

“风停了又吹，我忽然想起谁，天亮了又黑，我过了好几岁，心暖了又灰，世界有时候孤单得很需要另一个同类。”

“最初的梦想，紧握在手上，最想要去的地方，怎么能在半路就返航。最初的梦想，绝对会到达，实现了真的渴望，才能够算到过了天堂。”

我们三个各自吟唱着，就像关系亲密的三姐弟。

2005年是华语歌坛的一个巅峰，那时百花齐放的唱将们，如今或贵为天王天后，或落寞淡出，甚至还有的已经离开了这个世界。十年后，我在工体听已经结婚生子的孙燕姿的复出演唱会时，听到以前唱过的歌，想起那些年的一幕幕，忍不住泪流满面。

谢谢这些陪我们长大、变老的时光。

而那天，在三个人的包间里，我的手，一直想要伸出去，却始终没敢握住她的手。

19

回学校的公交车上，秦笑和我们提起播出事故那天张老师叫她去办公室之后发生的故事，张老师浓重的河南口音被秦笑演绎得特别可爱和搞笑。

秦笑：“张老师。”

张老师：“秦笑啊，来来来。”

秦笑：“张老师，对不起啊。”

张老师：“什么对不起！矫情！你啊，就是要强，还非要拿第一啊！”

秦笑：“第一？”

张老师：“你们代表学校参加上海市广播大赛的节目《永恒的流行》，拿了二等奖！”

秦笑：“真的吗？”

张老师：“你当时说你和陆鹏录不了，要安排新人录，我还有点儿担心，现在看来，你很有眼光！”

秦笑：“这样一说，我还有点儿后怕呢，万一当时是我和陆鹏录，结果啥也没得到，您得多失望啊！”

张老师：“你俩录，没准儿还能拿第一呢！”

公交车上人太多，不然以我当时的兴奋劲儿，我一定要拥抱她了。

那天我才知道，这期节目原本张老师是安排秦笑和陆鹏做的，毕竟他俩才是台里的中流砥柱。而那几天刚好赶上陆鹏立定跳远那门课的补考，关键时候他掉了链子。如果陆鹏知道我们的节目拿了奖，估计得郁闷坏了。

之所以一直没有公布消息，是在等官方的奖状。果然，没过两天，我们就接到了张老师要给广播电台全体开会的通知。

那天，张老师的欣喜和骄傲写在脸上：“我校广播电台的贾涛、顾好、陶靓三位同学制作的广播节目《永恒的流行》，在上海市广播作品大赛上荣获二等奖！”

陶靓开始撒起娇来：“只获得二等奖啊！我们用命拼来的，才二等奖！对不起！张老师！”

张老师显然很吃这一套：“这个比赛有一百多家单位报名参加呢，一共就一个一等奖，两个二等奖，三个三等奖。这个二等奖的含金量很高，很值钱！”

陶靓见张老师上套了，立刻问：“那值多少钱啊？”

秦笑站出来说话了：“谢谢你们三位，这也是我们广播电台首次获得这么重大的奖项，学校很看重，决定特批我们两千元的活动经费，让我们出去好好玩一趟，时间就定在这个五一。”

“你们别忘了，到时候叫上大四的吕杨他们啊，好不好？”张老师补充了一句。

“啊，很帅的吕杨师哥也会来吗？那真是‘四世同堂’了啊！”陶靓估计和陆鹏做节目做久了，显得也有一点儿犯二。

大四的三位学长——吕杨、张澜、杨子，最终并没有和我们同行。秦笑说他们都快离校了，所以特别忙，吕杨甚至不在学校。当然，这也让我们七个人更加自在和放松。这次选择的目的地，是安徽的一个古镇——采石，从上海乘坐高速大巴到马鞍山市差不多四个小时。

采石在长江南岸，是唐代大诗人李白的终老之地，青山绿水，但是地势险要。郁郁葱葱的翠螺山静静卧躺，任由滚滚江水拍打不息，千百年的岁月就这样在日月间走过。

翠螺山整体像一个大田螺，如果只是在山脚一带走走逛逛，地势倒还平坦，加上一路上鸟语花香，树木繁茂，空气也清新，大家都放松而愉悦。可走到长江边的时候，悬崖峭壁就成为我们必经的路段了。

穿过开凿在悬崖上的古栈道，大家心里都有些发毛。

这里据说是当年常遇春攻打江南的登陆地点。故事很神奇，常遇春的船还没到，江南的士兵就已经在这儿准备万箭齐发了。所以，常遇春趁着船还没靠岸，对方的箭还没射出，从江中一步飞跨到岸上，留下了一个超级大的脚印。然后他徒手厮杀，江南的这些士兵就全掉到长江喂鱼了。

听着这个故事，再真正走上那一步一晃荡的栈道锁链，秦笑有些花容失色。我看到贾涛刚刚想冲上去帮忙，结果差点儿一脚踏空，一声发自内心的尖叫倒是吓得他自己腿软。贾涛恐高我是知道的，我却从小上山下海都不怕，此时此刻倒是更合了我的意。我想，好吧，作为男人，现在必须由我来保护她了。

我走在秦笑的后面，不停地和她说：“没关系，害怕的话就别往下看，一直往前看，或者往上看、往远方看都可以，脚下只要不停地往前走就好。不会有危险的，主要是自己吓自己。”因为栈道太窄，我犹豫了很久，才将手护在她的腰间，轻轻地若有若无地推着她往前慢慢挪步。不过，她很快就习惯了这种轻微的摇晃，而且明白了不会有本质的危险，步履轻快多了。

我们身后，雷丢丢和马大威甜蜜地手挽着手大踏步地前进，还老是催我们“快点儿，要不踩到脚了”。有一会儿没声音了，我回头一看，人家正摆姿势准备照相呢。自从知道了雷丢丢生病的故事之后，我对大威哥多了一些敬佩，能够在女人最低潮的时候陪在她的身边，这样的男人真的有担当！

更后面一点，陆鹏的动作像我的一样，在护着陶靓往前走。我偶尔回头看看，等等，什么情况？这是谁主动的啊？两人什么时候牵手的?

我这颗八卦的心突然悸动起来。

走在最后面的是贾涛，他一个人颤颤巍巍地扶着铁栏杆往前龟速移动，眼神就盯着手和脚，哪里也不看。我刚想喊他看看远方或者看看前方，最后却忍住了，也许他是故意选择不看前面的我们吧。

我的心里涌起一点儿酸楚。

过了栈道之后，我们要乘坐更可怕的索道登顶。翠螺山虽然不算高，但因为索道是那种露天双人座位形式的，身体被铁栏杆扣在一个光秃秃的椅子上，四肢都必须晃荡在空中，在江风中、山林里摇摇摆摆地上升，也是挺吓人的。

有甜美的爱情做基础，眼里是没有恐惧的，雷丢丢和马大威果断地上了第一辆。然后，我们就看到索道猛地一沉。

他俩自己也感受到了。

“啊，我俩坐开点儿，别把索道坐塌了！”

“妈呀，我能不坐吗？”贾涛在旁边借题发挥，“他俩太重了，我怕他们把缆绳给坐断了！”

“你放心，我们刚刚做完年检，特别安全。”旁边的管理员立刻拆了贾涛的台。

延续着刚才的情景，陆鹏护着陶靓上了第二辆索道。

我们都看在眼里，不言不语。

“回头再好好拷问你。”我向陶靓使了个眼色，我相信她肯定明白我在说什么。

我和秦笑刚刚准备上第三辆索道，贾涛在旁边带着哭腔说：“你们太过分了，人家真的超级害怕。”感觉他真的要哭了。

我说：“要不这样吧，你和师姐坐一辆索道，我一个人坐一辆”。

秦笑却立刻反对：“啊，不要不要！他大呼小叫的，我更害怕了！”

我问管理员：“那，这索道能坐三个人吗？反正我瘦，他也矮。”

我都这样自曝其短了，还是没有打动管理员：“不行不行，最多坐两个人，又不是小孩。”

我下意识地拉住秦笑的手：“师姐，不怕！”

这是我第一次拉她的手，温润的手握在我的手里，像一块暖玉。但我完全来不及做任何遐想，因为，我同时第一次拉住了贾涛的手："贾涛，你也别怕。你俩都闭上眼睛，全程闭上眼睛。想睁眼时你就偷偷睁开一条缝，看一眼，如果怕就再闭上，如果觉得还挺美的，适应了，就可以慢慢睁开，好不好？我坐你们后面，有事我在后面给你们兜着。"

管理员在旁边催："没事，怕什么怕，快点儿上，快点儿上了啊！"

秦笑和贾涛上了座位，脚一腾空，他们俩立刻开始大叫。

脚下离地面起码有几十米高，全是郁郁葱葱的森林，总让人不由自主地想，万一自己掉下去，最好能挂在树梢上，离地面一步之遥，最多是擦伤，免于一死。往前看，索道越升越高，似乎永远看不到尽头。而每到一个索道塔，索道就会颠簸一下，然后秦笑和贾涛都会大叫一声，我的心就会随之收紧一下。

我其实也不是担心，因为他们根本不可能上演牵手游戏，贾涛快要被吓尿了，他现在能不能睁开眼还难说。准确地说，我是牵挂，对，因为她在那里，所以我才牵挂。

秦笑开始偷偷转过身往后看，估计是还没看见我，就看见了远处滚滚的长江，而且往后看时宽度更大，高度更高，更吓人。秦笑轻轻叫唤了一声，赶紧把头转回去。

贾涛一直蜷缩着，时不时带着哭腔喊两句："师姐，你别叫唤，你赶紧把眼睛闭上！哎呀妈呀，又颠了一下，吓死我了！到了没有，还有多久啊？"

我估计他从头到尾都没睁开眼。

总算到了山顶的三台阁，这是始建于明代崇祯年间的采石矶的制高点，是看长江的最佳位置。三台阁居高临下，俯瞰苍茫，应该比别的地方更能读懂万里长江。

风吹着飞檐下的风铃，铃声清脆悦耳，煞是好听。

“‘天门中断楚江开，碧水东流至此还’说的就是这儿。长江水从这里开始不再由西向东流，而开始由南向北，穿越过战火和霸业，浸润过富庶和贫瘠之地，营造过美景和灾象，川流不息好几千年了。”我不知道为什么变得这么有文化。不，我原本就很有文化，虽然我忘了这段话是从哪里摘抄来的。

秦笑的回应倒是让我觉得有得聊：“是啊，咱们站的这个位置，几千年来不知有多少人和我们一样站过。所不同的是，我们穿着T恤、牛仔裤，他们穿着长袍、马褂。”

“是啊，好有画面感。那他们聊的事呢，肯定和我们不一样吧？咱们聊的更多是个人理想和未来，他们呢？会聊什么？”

“要看是谁聊吧？如果是文人墨客或者天涯游子，他们会聊家仇国恨吧，如果是张家妈妈、李家婶婶的，肯定就是家长里短。哎，你说，古时候人们平时说话是什么样的啊？”

“估计和古装电视剧演的差不多。官人！娘子！”我突然想加一句“做我娘子呗”。

加不加？这得一秒钟做出决定，最后我没加。

因为山顶的风“呼啦啦”地吹，我的鼻涕已经流出来了。

“你带纸了吗？”我特别尴尬地问。

雷丢丢非常合时宜地扭过头来说：“秦笑，快点儿下山啦，咱还要回去洗澡呢。这一天脏得要命，我可得好好泡泡，回头再来个大保健什么的。”

这一喊，大家也从四面八方汇聚过来。

贾涛最关心的问题是：“咱们怎么下山啊？”

雷丢丢故意吓他：“当然是坐索道啊！这回往下坐，更刺激，直接面朝大江，春暖花开！”

贾涛继续哭喊道：“能不能别坐啊？”

“贾涛，别这么丢人好吗？这回我都不怕了！”秦笑也不知道怎么了，好像突然变了个人似的。

我顺势说：“对，贾涛，这回啊，换我和秦笑坐一辆索道，你一个人坐，锻炼锻炼你的胆量！”

“别啊！不要啊！”他嘟囔着，但我已经决定要让他一个人锻炼锻炼，于是和秦笑一起往前跑。

下山的索道肯定会更加险恶，因为面对的是一览无余的陡峭山崖和开阔的江面，从江面吹来的风会更大，那种偶尔的失重会让人安全感尽失。

走到上车口往山脚看，已经可以预见接下来这段路的刺激，我和秦笑刚刚准备上索道，贾涛不干了。

“我恐高，我真的不敢坐，我不坐了，我要走路下山，我真的不坐了。”贾涛带着哭腔说，脸已经快吓得变形了。

“没事儿，走吧，雷丢丢他们都下去了。”秦笑说。

我刚刚还在心里想，一会儿和秦笑的二人世界，我要不要试图再次上演左手握住右手的小小戏码。其实我是有点儿紧张的，那感觉，差不多就是新郎第一次进洞房的感觉吧。什么，你说我之前没“进过洞房”？

嗯，这个，一定要人家明说吗。我刚满十八岁，是处男很正常好不好。贾涛来这么一出，真是挺扫兴的。不过，他不是故意要这么做，他是真的害怕，这一点，我知道。

“要不，还是和刚才一样，你和师姐坐一辆，我断后？”

“我先下去吧。顾好，你陪他。”秦笑特别干脆，顺势坐上了一辆刚好转过来的索道，“我也锻炼锻炼胆量，一个人领略一下祖国的大好河山。”

我几乎是把贾涛拖拽到我们的座位上。远远的前方，雷丢丢和马大威一如既往地亲密，陆鹏很帅气地摆着造型，陶靓虽然依偎着他，但我能想象得到，偶尔面对他的没脑子，也会翻翻白眼。秦笑一个人似乎已经完全适应了，她左看看右看看，还回过头来和我打招呼。贾涛则全程缩在我的怀里，一度像极了我的孩子。哦，算了，我的孩子还是不要长成这样比较好。

20

这座城市很美，城中有一汪湖水，周围有九座小山包围着，城市就在这山水间，号称“九峰环一湖，翠螺出大江”。这座城市的休闲活动也是驰名全国，那就是沐浴。市中心有一条艳阳路，各种洗浴广场高大上得就像古希腊的宫殿。

说实话，在大学宿舍住了这么久，都是在宿舍的小单间里淋浴，我真的有好多年没有去过这种公共浴室了。我们四个人在更衣室脱得赤条条的，看着彼此的胴体，一开始还有点儿不适应。

“马大威真的好大啊。”贾涛一边拿毛巾遮着自己的下身，一边偷偷地和我说。

“你用手先拨弄几下呗，要不然一会儿太丢人。”我调笑他。

我们一起穿过走廊，到了浴池区。真的，往那大水池子里一泡，就立马找回了童年时候的记忆。

可能因为还没到傍晚，大厅里人不多，好多各种温度的池子，有添加玫瑰花瓣儿的，有大狮子喷水按摩的，还有添加矿物质的。我们进进出出，逐一试下来，大家也就放开了。贾涛早就忘了刚才他在山上的丑态，甚至忘了在每个池子里站起来之前稍微拨弄一下，肆无忌惮地开始玩起了特别无聊的戏水游戏。

“来啊来啊，来追我啊来追我啊！”他捧了一大捧水泼向马大威，然后立刻跳出池子奔跑，做出少女般的表情，“追啊，追啊，追不到！追啊，追啊，追不着！哈哈！”他发出银铃般的笑声，显得特别天真无邪。

“行了啊，以为自己在巴厘岛呢？在澡堂里瞎折腾什么啊？”陆鹏肯定觉得他特别幼稚。

马大威喷了发胶的发型被水一冲，直直地歪向一边，显得特别滑稽。他倒没有生气，抹了一把脸上的水，慢悠悠地说：“这要真是巴厘岛就好了，我特喜欢海边，吹着海风，我和我家丢丢可以在沙滩上漫步。”

“这还不是因为他们就拿了第二名，所以给的预算不够吗。”陆鹏说这话真的特别欠抽，“哎，马大威，你怎么就看上雷丢丢了？刚进台那会儿，我记得你可是说喜欢清纯玉女型的女孩，怎么最后看上了这大辣椒？”

这话题立刻引起了我们的兴趣，贾涛爬回大池子，站在马大威的背后就给他捏起肩膀来：“对啊，大威哥，快教教我，我喜欢师姐喜欢得不行了。”

“喜欢师姐，拿你那玩意儿蹭我干吗？”马大威开玩笑地拱了拱后背，贾涛不好意思地缩了缩小腹，继续给他捏着肩膀。

大家都期待着马大威的答案。

马大威犹豫了一会儿，说：“嗯，那天丢丢把我约到学校小树林。我们靠在一棵老水杉上，她把我摁住了。她说她喜欢我，然后就搂住我，开始亲我……”马大威的脸模拟着当时的表情，看样子快伸出舌头交缠了，“那一下我觉得原来挺舒服的。”

“什么情况，谁？谁亲了谁？我没闹明白，怎么了这是？”

我们都面面相觑。

“行啦，丢死人啦！”马大威一头钻到水里。

贾涛也听明白了，咽了一口口水：“那画面太美，我不敢看。”

“敢情是被硬上了。行啊！原来雷丢丢才是真的汉子！哈哈！”陆鹏忍不住大笑。

而我第一次觉得大威哥真的可爱，没想到雷丢丢那么牛掰！我头脑里突然又开始浮现那天中午做的自己和师姐的梦，要不，一会儿我也把师姐约到小树林，摁住她，说喜欢她，搂住她，开始吻她，重现梦里的画面，实现老天的旨意？

突然，贾涛从水里钻出来：“嘿！想什么呢？”他对四周嚷嚷道，“你们快来看顾好！直了，直了！他直了！”

我低头看了一眼：“滚蛋，我这是被尿憋的！”立刻钻进了水里。

21

铅华洗净。

穿过这个绿树成荫的江南小城，吃完农家乐的晚饭，吹着温柔的夜风，好像已经忘却了一切都市中的烦恼。也许是白天太过劳累，我们竟然很快就感受到了一丝困意。

陆鹏拿来钥匙：“来来来，分房间了啊。那个，师姐，怎么睡啊？”

秦笑想了想：“三个女生四个男生，那就男生两两一间，我们三个女生挤一挤，一间就够了。雷丢丢，你没意见吧？”

“我当然没意见啦。”

马大威故意逗她：“哎，你怎么不和我住一间啊？”

雷丢丢一边标志性地扭动，一边娇情地说：“我就不，你甭想这么快得到我！哼！人家还是黄花大闺女呢。我那么害羞，怎么可能和你住一间，那成什么了？传出去，我还怎么做人啊！去，你和陆鹏一间。”

我们几个都快笑死了。

理所当然，我和贾涛一间。整理好床铺，我俩躺在床上。透过窗户可以看到蓝黑色的夜空里闪烁的星星，外面还有一片“呱呱”的蛙鸣，这样的场景，应该是童年回乡下时在太姥姥家才有过的吧。

贾涛突然说：“顾好，你说我是不是特别傻啊？”

我刚想说“是啊”，想想好像不对，今天他的状态不太适合开玩笑，就问：“怎么了？”

“我就这么一直傻傻地喜欢师姐，她也知道，好像全世界都知道。但是，我心里明白，我和师姐一点儿结果都不会有，但我还这么傻傻地喜欢她。”

我一时心虚，也不知道该说什么，就问：“那，你开心吗？”

“我本来挺开心的，但一想到我这么傻，就有点儿不太开心了。”

“那你就别想结果呗，该喜欢就喜欢，师姐对你也挺好的，这不就挺令人开心的嘛。”我根本就是在应付他。

贾涛叹了一口气：“现在师姐没有处对象，我还可以继续这样开心下去，但是万一哪天她处对象了呢，嫁人了呢……哎呀，不敢想，哎呀，难受。”

我想是得好好说说他了：“贾涛，你不小的人了，怎么那么幼稚啊，我觉得你会找到真正和你彼此喜欢的人的。”

“我觉得我找不到了，我就只喜欢师姐，对其他女孩都没兴趣。哎，顾好你呢？”

“我？”我没想到他会问我，而我现在对秦笑的这种感觉，我要怎么说呢？我只好敷衍着说，“我吧，其实比较喜欢那种两个人在一起有默契的感觉。”

“磨叽？嗯，像你的性格！两人搞暧昧，谁也不说，是吧？”

“滚！我说的是默契！就是彼此特别懂对方，你一个眼神，她就知道你是开心还是难过；你一个表情，她就知道你是愿意还是勉强；你一句话，她就知道你……”

“哎，顾好，我怎么觉得你和师姐之间就有点儿这种感觉啊，你不会也喜欢上师姐了吧？”

我极力装出镇定的样子：“我没有啊，她可是师姐，比我大三岁呢，你别搞笑了。”

“告诉你顾好，你可别让我知道有一天你俩在一起了。”

我一听，有点儿小紧张，忍不住接了一句：“那，万一我喜欢上她，怎么办？”

“你敢，我现在就把你的小鸡鸡锁上！”

“这么狠心！哎，我说，要是她喜欢上我怎么办？”

“得了吧你，怎么可能啊，你真以为我相信你那天说的屁话啊，师姐喜欢你，还抱着你哭了，你糊弄谁呢。哈哈！”

看贾涛毫无防备的样子，我放下心来。

接下来他突然问了我一句：“哎，顾好，那天师姐到底为什么哭啊？”

我刚准备回答他，“咚咚”的敲门声响起，是陆鹏。

“和你们挤挤行吗？马大威，他……”

“怎么了？他把你给硬上啦？”贾涛开他玩笑。

“马大威的呼噜，你听，都能传十万八千里啊！”

那天晚上，隔壁女生的房间很晚才关灯。秦笑、雷丢丢和陶靓，她们会聊些什么呢？我不知道。

我只知道，第二天回程的时候，我们好像已经凑成了三对。

雷丢丢和马大威是公开的一对。

陆鹏和陶靓是隐藏的一对。

我和秦笑，是不知道怎么定义的一对。

而贾涛和秦笑，是最不可能的一对。

后来，陶靓和我原音重现过那晚的对话，真的挺精彩。

欢乐的日子总是很短暂，这座江南小城，留给我们的是永远不会再来的团聚、青春和回忆。

22

时间就很快就到了毕业季。

六月份，校园里紫藤开满大串大串的花，一遇到丰沛的雨水，就立刻凋落一地。这段时间，大家都忙于期末考试，广播电台也成了我们这些不用占座就有个安静复习空间的风水宝地。

有一天，我到台里去看书，刚好陶靓和陆鹏也在。我还没看两页，陶靓就扔了一块橡皮过来："吃东西去吧？"

"好啊！安徽料理？"

"肉丝炒粉，双份大香肠蛋炒饭。哎，陆鹏，你吃什么？"

陆鹏说："跟我假客气什么啊？行，这就给你买去。"他说完就拿着钱包出去了。

"行啊，陶靓，人都使唤上啦！"

"那是，就他那二愣子劲儿，我可得好好调教调教。"

"什么时候开始的？"

"情不知所起，一往而深吧。"

"谁主动的啊？"

"废话！还能是我主动啊？想什么呢，让女生主动，你是不是男人啊？"陶靓嗔怪起来。

“你怎么这么凶啊。”我一时间有点儿不适应。

“本来觉得陆鹏是个蠢货，现在我觉得你也好不到哪儿去。”

“你和陆鹏的事儿，还有谁知道啊？”我突然有点儿预感，陶靓是在暗示我什么，所以准备转移话题。

“丢丢和秦笑都知道啊。”她大方地说，“那晚在农家乐，我们把你们几个男生都八卦了一遍，还交换了彼此的小秘密。她们俩都说了，我也就说了。”

“你们女生就是八卦！都说我什么了？”

“说你……哎呀，不行不行，我不能乱说别人的事。我自己的事可以和你说，别人的事要别人自己和你说。”

“什么叫别人的事啊？”我开始有点儿紧张，又有点儿心跳加速，因为我大概知道陶靓要说什么了，但我又不太想确认。

在我犹豫不决的时候，陆鹏奔跑进来，一身的汗：“帅哥的大便当外卖来喽！蛋炒饭加两根大香肠，一份肉丝炒粉，我还买了一份炒年糕，哈哈！我们好好吃一顿，去棚里一边听音乐一边吃怎么样？”

“啊，不要不要！我重修要是再不过，可就惨了！吃完还是去教室吧！”陶靓估计是真害怕过不了，或者她也害怕把那晚她们聊的小秘密忍不住都说出来。

“行行行，我陪你去！”陆鹏特别讨好地说。

“哎，那我可就独占包间了啊。”想想我也挺幸福。

于是，陶靓和陆鹏去教室了。我一个人翻着书本，却读不进去，那天的梦又浮现在我的脑子里，如果我和师姐真的有点儿什么的话，首先，我要怎么面对贾涛呢？

这时，一个熟悉的高大身影提着大包小包进来。

“吕杨师哥！”我站了起来，“好久不见！”

吕杨还是那么帅，算起来，我应该有将近一年没有看见他了。他的面容多了一点儿沧桑，不像以前那么白嫩了，倒是多了几分成熟男人的味道。

他看见我在，有点儿小意外。我估计他应该没想到，回他的老地盘，首先遇到的人会是我。这很正常，广播电台的吕杨时代，早已经过去了。

于是他非常客气地说："你好，顾好，好久不见！呃，我把一些行李暂时放在这儿，可以吗？"

"哦，当然可以，你放吧。"我摆出小主人的姿态。

他把行李尽量往角落堆，像是怕占用了我们的空间，我看了挺有感触的："别客气，吕杨师哥，你就随便放，这儿还是你的地盘！"

他一听，"呵呵"笑了起来，我头一次看他笑得像个孩子。

我也放松了，问道："听说师哥一直在《快乐大本营》实习啊，这次是回来答辩吗？"

"嗯。"

"哇！那你一定认识何老师啦。"

"嗯。"

"好棒啊！那师哥什么时候能主持节目啊？"我问这话真不是故意的，那时候我还不懂，我以为在学校里风光无限的大师哥，到了《快乐大本营》肯定也是呼风唤雨的人物。

吕杨明显脸上有些挂不住，但还是谦虚地说："我啊，就是去打打杂，刚毕业嘛，什么都得干。先不说了，大伙儿等着吃散伙饭呢，过几天有时间我再来台里，咱俩再聊。"

"哦，好。"

吕杨匆匆地走下楼，带着毕业生特有的气质，多年之后我才明白，那是介于男孩和男人之间，在校园和社会之间，无法投入也无法抽身的一种游离。忙的时候忙，但不知道忙了什么，不知道未来在哪里。闲的时候闲，但不知道要闲多久，不知道何时会安定。

我自然并不期待和吕杨师哥再次碰面，也许是因为当时我第一次考广播电台他没要我，我们之间总有一些尴尬；也许是因为他对秦笑师姐众所周知的感情，而秦笑现在和我走得挺近，让我也多少有些不安，我总怕再次见面无法避免地要聊这两件事。

但是没两天，我还是无法避免地再次遇见了他。

23

那天我刚走进广播电台办公室，就看见吕杨在里面整理东西。

“吕杨师哥。”

吕杨对我笑了笑：“宿舍整理完了，行李打包邮寄走了。这么多年，台里我还留下好多七零八碎的东西。你看，这套全新的保暖内衣，我还没拆过，留给你穿吧。”

“啊？这，不太好吧？”

“不穿也可以用来研究啊，你不是学毛纺的吗？”

我一听这玩笑话，更郁闷了。

“哈哈，开玩笑。”吕杨收起了调笑的语气，又拿出一堆资料来，“这些是我之前准备考北京广播学院研究生的专业书和笔记，我知道，其实你也特别喜欢这一行，以后没准用得着，留给你。”

“嗯，我高中就想考这所学校来着，不知道该怎么考，现在都改名叫中国传媒大学了。”

“可以再考啊，广播电台你不就是考了两次吗？”吕杨说这话应该是觉得我不再介怀了。

我连忙说：“啊，对对对。”

“顾好，我很佩服你。我是大一考进来的，这四年，我从没遇到过考第二次的，因为概率太低了，而且有可能再一次失败。我欣赏那种一直坚持的人，不管对感情，对生活，还是对梦想。这过程当中，一定会有很多人不理解你，不支持你，甚至奚落你，嘲讽你，等着看你笑话，可是没办法，你就是要经历这一切。等你用尽力气，老天还是不给你想要的结果，你就认命。但别忘了，他一定会给你打开另外一扇窗。”

我没想到他会这么坦率，就点头听着，但越听越觉得他意有所指。

“顾好，你知道我喜欢秦笑吧？”

“啊？”我有点儿蒙了，吕杨是不是喝多了？他完全没必要和我聊这些啊。

我吞吞吐吐地说：“好像听人提起过。”

“这不是什么秘密，因为大二刚认识她那会儿，我热烈追求过她。后来我突然间想明白了，就放手了。不是真的放手，而是不再给她压力，因为我觉得现在还什么都给不了她。如果因为喜欢，就想尽办法和她在一起，那只是一时的愉悦罢了，不是真正负责任的爱。人生很残酷，尤其对于我们男人来说，女孩们都很优秀，甚至比我们还成熟，我们真的压力会很大。可成长的动力也就来源于此，我们男人的黄金年纪，从大学毕业开始，大概能持续二十年吧，我不相信自己真的需要花二十年才能追求到她，才能给她幸福。我会努力让自己超速发展，你也要加油。”

“嗯，师哥，你和我说这些干什么啊？”我还是装作有点儿不解风情，但也确实不知道他说这些话的用意何在。吕杨难道也知道我喜欢师姐？我可是没跟任何人提起过啊。

“没什么，反正我是要走的人了，这些话总得找人说说。九月我就要去北京了，我要让生活按照自己想要的方向去走。我们都尽快让自己强大起来吧，等我们都强大了，我们想要的东西，想要的人，最终一定会得到。”

“哦。”说实话，我有点儿被他吓到了。如果他知道了我也喜欢秦笑，那么他刚才这一番话，既是对我的劝告，又是对我发起的挑战。

吕杨环视了广播电台一圈，和我说：“好吧，我走了。”

他张开双臂，和我来了一个紧紧的拥抱，抱了很长时间。

然后，他温柔地在我耳边说：“代我和他们说再见。”

我不知怎么的，鼻子一酸，眼睛竟然湿润起来。

吕杨提着行李箱，头也不回地下了楼。我从窗口看到他径直往前走，直到转角不见。

我擦了擦眼睛，坐到办公桌前，《晴有风》摆在桌上，吕杨师哥刚刚留下了最新的一篇。

2005年6月28日，晴，有风。

我已习惯了这里的一桌一椅，三年里大多时光我都泡在这里。说不清对广播电台的感情，酸、甜、苦、辣、咸，以及青春的味道，在这里都尝过，感谢你们。

在台里的这几年，很多时候，我都比较严肃正经，其实我也喜欢开玩笑，容易被感动。我还记得有一天已经很晚了，我和秦笑在这里看书，丢丢来叫秦笑一起去吃东西，我说：“带点儿零食回来啊。”其实是随便说说的，我没指望她们会带什么吃的回来。四十分钟后，两个人回来了，丢丢手里拿着一袋花生，说是秦笑跑到很远的天山商厦才买到的，我问秦笑为什么买花生？她说：“上次开会的时候大家问吃瓜子还是吃花生，你说花生，所以我就记得你喜欢吃花生啊。”一瞬间，还真让我感动了一会儿。在广播电台，就是一直有这种温暖。

昨天是我在这里的最后一夜。夜深了，我在每一张桌子前都坐一坐，把脸贴在上面，和它们告别，和这三年的日日夜夜告别。夏天的风潮潮的，就像我此刻的心。我要走了，走入这人海茫茫，不知道什么时候再回来，什么时候再相见。多年以后，我们白发苍苍，青春不再，只愿这三年的时光，永远印刻在我们的心里。

再见，广播电台。

再见，青春。

我仰头，忍着不让眼泪流下来。

24

大二结束的这个暑假，我没有回家，找了一份家教工作和一份杂志编辑的兼职，一方面是兴趣所在，一方面也给自己增加点儿收入。别的不说，靠爸妈养着，怎么给别人幸福啊。

除此之外，我开始疯狂学习吕杨师哥留给我的考研资料。其实我没想好到底要不要考研，因为吕杨师哥已经考了，我就算考了，他还是走在我的前面。如果他和我说的那番话是在为了秦笑向我宣战，那短时间内，我永远都不会和他在同一条起跑线上。只有一点，他在北京，而我和秦笑都在上海，我是从来不相信异地恋可以有什么结果的。所以，我并不觉得吕杨会是我和秦笑之间的障碍。可是他的那番成功男人理论，很不幸地，我却非常认可。

所以，吕杨师哥是要用那番话，让我知难而退吗？

去年的时候我和一批90后小朋友聊这段经历，他们都觉得非常不可思议，为什么对自己要求这么高啊？他们说：“喜欢就在一起呗，管那么多干吗？大家你情我愿的，没有谁非要为谁的未来负责吧？喜欢就在一起啊，干吗搞那么虐啊，你们这些80后，真的是够了。”他们特别不理解。

末了，一个90后说：“你们也没错啦，就是老了。”

“是吧，我们这些80后，真的是特别悲哀的一代。不是有人说了吗，80后什么都赶上了。买不起房子，结不起婚，养不起孩子。”

那个90后说：“那就不要买房、不要结婚、不要生小孩啊，你们怎么这么纠结啊！”

哎，我好希望我也是90后啊。

现在回忆起来，大二的那个暑假，我其实很迷茫，因为我并不知道自己的未来在哪里，毕业我能做什么，去电台？去杂志社？留校？或者根据我的专业对口方向去一个毛纺厂。我不知道，我怎么想都觉得自己不可能成为所谓的成功人士。那么，秦笑如果和我在一起，可怎么办呢？这个问题我想了很久，最终也没有答案。感情的事情一旦掺杂了理性，就会变得有点儿索然无味。后来，我没什么头绪，就跟自己说别再胡思乱想浪费时间，过好当下的每一天，老天总会看到你的付出，在合适的时候给你指引。

宿舍太热，我把床铺搬到广播电台的空调播音间。

虽然是放假，但报纸、杂志还是天天送到。于是，我每天播读报纸一小时，训练播音基本功。我开始练习英文，对着《李阳疯狂英语》超大声地念。我开始预先学习下个学期讨厌的专业课程，准备在学期一开始就赶快通过考试，申请免修，把这些负担甩掉。

我永远记得那个夏天，广播电台所在的小楼在装修，到处都是水泥的味道，外面知了不停地叫，学校里人烟稀少，食堂提供的菜色也就是那么几样。

工作日下午去杂志社的时候，我在大太阳底下骑着自行车，感觉马上就要被晒晕了，偶尔躲进法国梧桐的阴影里喝一瓶汽水，冰镇一下年轻而躁动的心。

周末我给外国小朋友做家教的地点在古北高大上的别墅区，小朋友的妈妈每次都会给我端上热腾腾的牛奶，让我换上干净的拖鞋，然后陪着我用英文和中文一起教他们家十岁的宝贝。晚上他们会热情地留我吃饭，八点多我从他们家的豪宅走出来，回到学校冷冰冰的自习室，就像从天上又回到了人间。晚上十一点多，我回到广播电台睡下了。

这时，整栋大楼就剩我一个人，我在黑乎乎的厕所里借着昏暗的灯光刷牙、洗脸，冲冲脚，然后立刻头也不回地跑回台里，立刻反锁上门。

半夜一点的时候，我开始听广播，听叶沙的《相伴到黎明》，这个主持人我很喜欢，她说话总是毫不客气，一针见血。比如有人打电话进来说“我爱上了一个有妇之夫，我好痛苦”，她会直接说“你活该”。或者有人问“我闺密的男朋友一直在暗示他喜欢我，我们虽然没做什么，我却非常享受这种既刺激又很不安的感觉，我上瘾了，希望所有的男人都喜欢我”。她会直接说“你真的很下贱”，然后挂掉电话。这个节目已经做了很多年了，一直是她上着深夜的班。这样的节目也可以帮到很多人，如果以后我有机会主持，也是很棒的呢，我想。

于是，那个夏天，在每个不敢关灯的夜晚，我都在这个节目的陪伴下迷迷糊糊地睡去，迎来第二天的朝霞。

大二的这个暑假，因为台里没有电视，我似乎错过了一场全民的盛宴。2005年，选秀史上最火爆的一届超级女声诞生，学生们疯狂地为这些偶像们投票，在食堂吃饭的时候，我的手机也被好多人借去强制性地投了不少票。

李宇春、周笔畅、张靓颖、何洁、纪敏佳、黄雅莉、叶一茜、易慧、赵静怡、朱妍。到后期的时候，我已经全部记住了她们的名字，甚至也常常算准了时间，跑去食堂的大电视下，看一场又一场直播。

“我喜欢李宇春，你喜欢谁啊？”有一次秦笑突然发消息问我。

我突然想说：“嗯，我喜欢你。”

在我按“发送”的那一刹那，看到电视上何老师的脸，然后就想到吕杨说的那段话，我犹豫了。同时我又立刻觉得，用手机短信表白，算什么男人啊，也太不浪漫了。

“李宇春不错啊。”我回。

这个暑假贾涛回来得早，他偶尔来看我。他不知道怎么了，也准备要考研，而且牛掰地选择了复旦新闻系。

“你为什么要选择复旦呢？”我问。

“听说秦笑要考复旦。”他说得特别认真。

“错，内部消息是秦笑要考上戏。”我故意逗他。

“真的啊？哎，这样，宿舍太热了，我也懒得回去住，和你挤挤吧。”贾涛明显是想获取更多的信息，本来准备和我寒暄两句就走的他，改变了主意。

我当然乐得有人陪：“行啊，我一个人都快闷得生蛆了。”

于是，两个喜欢同一个女孩的男人搞笑地挤在一张特别小的钢丝床上。背对背睡显得不亲热，说话也听不清，我俩都仰面睡吧，床又睡不下，他侧睡我背对着他睡吧，感觉他随时就会抱上来。最后我俩只好面对面睡。

“哎，怎么办，如果追不到师姐，我这辈子估计也不会找女朋友了。”贾涛眨着他的肿眼泡小眼睛，睫毛特别短，我忍不住笑场了。看到贾涛没心没肺的样子，我甚至完全忘记了对他心存愧疚的罪恶感。

大学中这最无忧无虑的大二，就这样过去了。

25

每年开学，都是大学生们最不安分的日子。师哥们明目张胆地惦记着大一的师妹，师姐们也绝对不会放过任何一个有姿色的小师弟。所以，等待军训结束的那一个月，全校的空气中都弥漫着荷尔蒙的味道。

十一国庆长假回来的第一天，我和贾涛约着吃午饭，看见秦笑也进了食堂。

贾涛立刻冲过去问：“什么时候招新啊？师姐？”

我倒是很惊讶：“哟，你终于肯放过师姐啦？”

贾涛脸上一副已经想开了的表情：“师姐又不待见我，我也一把年纪了，总不能到大学毕业还没谈过恋爱吧。”

秦笑倒是也放得开：“你才喜欢了我几天啊，变得这么快，以后哪个女生敢答应你啊。不过今年招新你要问陆鹏了啊，我上大四了，很快就要卸任了。”

“陆鹏要当下一任台长吗？”

“按照惯例，是这样的啊。”秦笑一脸认真地回答。

“他早就把自己当下一任台长了啊，你还没看出来啊贾涛？”我忍不住揶揄。

“凭什么他当啊？台长也得选！凭什么指定啊？”贾涛像是开玩笑又像是说真的。

“这是传统，除非他自己放弃。再说了，03级就你们仨人，怎么选啊？”秦笑说。

“投票啊，你、丢丢、大威，还有陶靓。你们四个人选我们三个人，一人一票。”

我开始打圆场：“算啦贾涛，还是让陆鹏当吧，咱们一共没几个人，投谁不投谁的，多没劲啊。”

“还是顾好明事理。”秦笑无奈地摇摇头，“哦，对了。我要出国了，下周就走，台里招新的事儿要拜托你们了。”

我和贾涛立刻傻眼了。

这是我们从来没有想到过的事情，大家朝夕相处，还有各种说不清道不明的情愫在里面，她怎么说走就要走呢，而且还这么突然。

“去哪儿啊？去干吗？什么时候回来……”我抛出一大堆问题。

“嗯，我们专业斯瓦希里语不是小语种吗，大四上学期刚好电台国际部有一个非洲项目，所以，我申请去东非待三个月做志愿者。我觉得这是个挺好的机会，正好可以出去长长见识。主要在坦桑尼亚，估计还可以到赤道附近转转，到马达加斯加转转，再到毛里求斯转转，能去看看东非大裂谷，没准还能赶上动物大迁徙呢，就是不知道时间对不对。”秦笑略兴奋地说。

“哦。”听说是短期项目，我总算松了口气，而焦虑也随之一整天围绕着我。

是的，秦笑大四了，很快就要进入社会了。学校和社会的区别我其实早有心理准备，虽然还没亲自经历过，但那毕竟是两种完全不一样的存在。在学校里，大家基本靠家里供给，吃食堂，住宿舍，生活差不多都一样，最多就是比比学习成绩好点儿差点儿，或者比比追求的人多点儿少点儿，都无伤大雅。一旦进入社会，就全凭自己的真本事了。现实不断地展示它的残酷，人也就会随之发生很大的变化。这一点，在文学作品和影视剧中，我见得太多了。

所以，你们知道我那时候担心的是什么，我担心秦笑一走三个月，会慢慢变化，回来没准就变得我不认识了。她变得像一个社会人，而我又无能为力，那种无助感会让我感到迷失，做什么都提不起精神。

“你怎么了？”秦笑临走的时候安慰我，“我又不是不回来了。”

“等我回来啊！回来后我可要检阅你们的工作！”她微笑着向我

们挥挥手，进了国际安检口。

没有她的日子我真的有点儿不习惯，好在繁忙的新人招募很快开始了。贾涛和我算是多年媳妇熬成婆，怎么能错过虐杀新人的机会呢，于是我俩每天中午一下课就都提前赶过去。

“盯紧那些长得好看的啊。女的，都招过来。男的，全部淘汰！”贾涛说得特别果断。

从摊前走过的人很多，但能入我们法眼的却没几个。有时候看人家长得好看，贾涛甚至厚着脸皮说：“同学，填个表呗？”

对方却摆摆手：“不好意思，不感兴趣。”

还有人窃窃私语：“广播电台？要是电视台我就去。”

才过了两年啊，媒体环境变化就这么大了。

当然，也有积极报名的人，都不用看脸，一开口就是一口方言，不让她填报名表还不行，完全是在浪费报名表。贾涛特别郁闷：“怎么轮到我挑人的时候，来的都是些歪瓜裂枣啊？”

这时，一个留着干净利落的波波头的女孩向他伸出了手：“师哥，给我一张报名表。”

贾涛的眼睛立刻直了：“哦。好，给，给。”

贾涛一结巴，我就知道他紧张了。我忍不住想乐，可是又不能在师妹面前丢了面子，于是就在旁边送给她一个灿烂的微笑。

女孩叫牛梦溪，字写得圆润。在她身上，我好像看到一点儿秦笑的影子。

“这个牛梦溪一定要录取啊！太可爱了。”女孩还没走远，贾涛就忍不住表达了他的观点。

“我说你怎么这么积极，每天都来，原来醉翁之意不在酒啊。”我调侃他，不过内心也真的希望他能遇见自己的有缘人。

26

广播电台进入了陆鹏的时代。其实后来我没觉得陆鹏有多讨厌，一方面是因为他和陶靓在一起了，另一方面是因为大家都明白，他只是情商低，其实人不坏。不过他因为情商低，很容易说出一些让人讨厌的话和做出一些让人讨厌的事情来，所以贾涛还是喜欢和他对着干。

这回试用台员又是六个人，大二的三个，大一的三个，重复上演着我们当年的故事。

我这次带了一个大二的男孩，叫李童。一个干净清瘦的乖小孩，我看着他，就像看到当年的自己。只是，他比我当年的条件要好一点儿，至少人家不穿小棉袄。

牛梦溪被分配给了贾涛，这大概是贾涛在广播电台这么些日子里最开心的一件事了，看得出来，他对她很用心。

马大威带一个叫乔静的女孩，雷丢丢带一个叫蒋心怡的女孩，都是大二的。

陆鹏和陶靓各带一名大一的男孩。

他们都长得还不错，至于名字叫什么？Whatever。

两个月的时间里，秦笑不在，总感觉台里少了些什么。陆鹏缺乏凝聚大家的能力，而这两个月里，除了正常做节目，带新人，他一次召集大家的会都没开，一次集体活动都没搞。

有一天我和陶靓吃饭时聊起这个话题，突然觉得好失落。

“秦笑什么时候回来啊，她回来就好了。”我和陶靓说话的时候真的就像兄妹。

“下个星期啊，你这么想她，和她联系了没有？”陶靓总有点儿话里有话。

“哦，没有，只发过几条短信，国外打电话不是贵吗？”

“可以发邮件啊，我俩经常发E-mail，有空也用QQ聊聊天。”

“是吗，你俩感情什么时候这么好了？”

“得了吧你，真正应该和她谈感情的不是我好吗？我说顾好，你虽然年纪小，但也该发育成熟了吧，你怎么对这种事情这么不敏感呢？”

陶靓说得我开始紧张，我说：“什么事啊？”

“你是喜欢秦笑的，对吧？”陶靓说得很直接。

我迟疑了一下，脸立刻变红了，然后哼哼唧唧地承认了：“嗯。”那种感觉就像自己在广播电台“打飞机”被陶靓抓个正着一样。

“那你打不打算和她说？”

“我觉得我还没准备好。而且，我也不是很确定她的心意。”那一刻我真的觉得自己特别窝囊。

“什么叫没准备好？感情这个事情，哪有那么多要准备的啊？你看陆鹏，情商那么低，都知道和我直接表白，我不也就答应了吗。你不试，怎么知道行不行？”

陶靓看我还磨磨唧唧的，就说：“你不是一直想知道那天在农家乐，我们仨说了些什么吗？现在我告诉你。”

秦笑：“马上就毕业了，要是能进电台实习就好了。”

雷丢丢：“那可不容易啊，你有渠道吗？”

秦笑：“每年大四的时候，我们专业都会安排去东非的志愿者，这个是和电台的国际部一起合作的，我准备报名。这样，再加上我在广播电台的工作经历，也许就有机会了呢。”

雷丢丢：“去非洲啊，那多辛苦啊，安不安全啊，会不会得传染病啊？哎哟，我说秦笑，你干吗非要委屈自个儿啊，你也不是非要进电台不可啊！你如果真要做传媒这行，机会很多的，你又长得这么美。对了，吕杨不是要回北京了吗，听说他家里好像还有点儿关系，要不然你找他去？”

秦笑：“我不想去北京。而且就算我要去北京，和吕杨也没什么关系。雷丢丢，我和你说真的，对吕杨，我就三个字，没感觉。我知道他对我特好，人也长得帅，踏实稳重，值得依靠，但是我就是对他没感觉。感觉这事儿，你明白吗？”

雷丢丢：“我还能不明白吗？没感觉谁能看上我家那大茄子啊，要的就是感觉。”

这时，陶靓从厕所走出来：“唉，女人的话题永远不会在事业上停留超过一分钟，总会转向男人。”

雷丢丢：“哎哟，那你倒是说说你的男人呗。我怎么感觉陆鹏对你有点儿意思啊，今儿他还拉你的手来着。你们是不是搭档节目擦出了火花啊？”

陶靓：“谁要和他在一起啊，那么蠢，情商那么低，白长那么好看。”

秦笑：“其实，陆鹏是很单纯的，他只是直肠子，说话不经过脑子。所以如果陶靓真的可以和陆鹏在一起，倒可以让这个男人更成熟点儿。”

陶靓：“凭什么啊？我干吗要牺牲自己成全他啊？”

雷丢丢：“哎，救人一命胜造七级浮屠嘛。要我说吧，陶靓和陆鹏，挺合适的。男的和女的啊，得互补。你说，我们家那大茄子，肯定得和我这圣女果才般配啊，他能和那种大辣椒一样的女人配吗？陶靓和我都是小巧玲珑型的，就像个小樱桃，所以啊，你的那一半应该是个大冬瓜什么的。你看陆鹏，是不是挺像一个大冬瓜的。”

秦笑就一直乐：“那我像什么？行行行，你嘴里没什么好话。”

雷丢丢："哈哈，我去拉泡屎啊！"

雷丢丢去厕所的时候，她俩继续说着话。

陶靓："姐，你觉得顾好怎么样？你看，你秀秀气气又美美的，他呆呆傻傻又萌萌的，你们就很互补啊！"

秦笑变得有点着急："什么互补，你这么快就被雷丢丢洗脑啦？"

陶靓："好啦，姐，女人嘛，都是很敏感的。不过放心，我会为你保密的。"

秦笑有点儿尴尬。

陶靓："但是，姐，我觉得你千万不要主动表露出来任何一点儿苗头。这种事儿，必须让男孩主动。他主动追求来的，之后才能珍惜。如果女孩儿主动，这段感情是很难幸福的。"

此刻，传来雷丢丢在厕所"哗啦啦"地冲厕所的声音。

陶靓："等他开口吧，等他准备好的那一天。"

雷丢丢从厕所走出来："我刚才突然想，如果当时我家马大威那大茄子不主动追求我的话，我会不会主动追求他？"

秦笑："我觉得你会，你还会硬上！"

雷丢丢："我有那么不矜持吗？"

陶靓："矜持不矜持得看人。雷丢丢，你不适合矜持，但秦笑就得矜持。"

秦笑："看不出，陶靓，原来你是情感专家啊！"

陶靓："可不是吗？对了，最后和你们说一句啊，那大冬瓜和我表白了，然后，我答应了。"

陶靓一人分饰三角，绘声绘色地给我演了一遍。演到雷丢丢说马大威追求她那一段的时候，我突然想起我们四个男生在澡堂里，马大威说自己如何被雷丢丢硬上的段子，更是笑得前仰后合。

“你笑什么啊。”陶靓不解地问，“雷丢丢的事儿有那么好笑吗？”

“这两人说的，根本对不上啊！雷丢丢说自己被马大威追求，你知道大威哥说啥，大威哥说是雷丢丢把他给硬上了！这两人哪个说的是真的啊？哈哈哈！”

“我估计大威哥的话比较可信。”陶靓听完我们澡堂的故事之后，也差点儿笑出了眼泪。

我们都笑完之后，陶靓突然说：“不管谁主动，人家两个人好歹现在幸福恩爱得很，你呢？你到底准备什么时候说？”

我想了一下，把吕杨毕业前和我说的话原封不动地和陶靓讲了一遍。

“其实，这也是我内心的想法。”末了我说，“陶靓，你不是也和我说秦笑说她等我准备好吗。再给我一些时间，我真的不想以现在这样的状态，草率地开始一段不知道会有什么结果的感情，我也不想这段感情很快被现实生活打败，被金钱打败，被欲望打败，被很多乱七八糟的东西玷污。你也知道，处女座要求完美，我希望至少能给她一个不错的未来。所以，你再给我一点儿时间，我会拼了命努力的。”

“唉，”陶靓看来也是理解我的，她叹了一口气，“她下个星期回来，不管你说不说，你对她都要好一点儿。”

27

秦笑回来后，当晚就来了台里。她无可避免地晒黑了一些，头发剪短了，少了一些温婉，多了一点儿利落。

“怎么样？这一批孩子表现得好不好？”她特别着急地听我们

的汇报，就像一个妈妈出了远门归家之后急切地想要了解孩子们的现状。

“哎呀，我不都通过E-mail和你沟通了吗？”陶靓原来是秘密联络员，“他们的音频文件，他们的稿子，他们的照片，我都传过给你啦！”

“哈哈，对对对。牛梦溪、李童、蒋心怡、乔静，还有一对小帅哥。哎呀，好希望他们都能留下来啊！尤其是那对小帅哥，长得太可爱了。”秦笑怎么越来越可爱了。

于是秦笑接下来这几天没事就在台里待着，和这些小朋友接触交流，打成一片。这些孩子看到突然多了一位陌生的漂亮老台长，也都非常开心。这一年冬天的广播电台，因为秦笑的回来，又开始变得温暖热闹起来。

但是很残酷，到了学期快结束的时候，这一轮台员的试用期结束了。

陆鹏做最后宣讲的那天，我和贾涛也在台里。毕竟他是台长，我俩就躲在播音间没出来。陆鹏阳光清亮的声音从外面传来，当真有些吸引力：“我是你们大三的师哥，也是新任广播电台的台长，我叫陆鹏……”

贾涛不屑地翻着白眼。

之前说了，大一的三位，除了人见人爱，长得有几分像秦笑的牛梦溪之外，另外两个男孩一个永远挂着一脸无辜懵懂的表情，一个是一直没长大的混血宝宝，据说都是一年级校草级别的人物。他们俩着实讨人喜欢，好多腐女意淫他们是一对。

陆鹏很快宣布完，送走他们。我和贾涛也走出门，人家仨还没走远呢，贾涛就没心没肺地来了一句：“那两个男孩其实真不错，这回有点儿可惜，估计要做炮灰了。”

那一对小帅哥立刻转过身来，“混血娃”怯生生地问：“师哥，那你看，明年我们可以再考吗？”

“懵懂娃”说：“对啊，听说两位师哥也都是考了两年的。”

我去，我们的“英雄事迹”难道已经传遍整个光华大学了吗？

大一的人选虽然是残酷的三选一，大家却毫无争议地选择了牛梦溪，就只能和“懵懂娃”和“混血娃”说“对不起，欢迎再来”了。

倒是大二的三选二让我们有了激烈的争执。

李童，采编播一体。人长得清瘦又精神，声音有磁性，文字过硬，思维敏捷，手脚麻利，为人也谦虚。大一的时候错过了广播电台的招新，这回是一进宫。虽然在我手下试用，但陆鹏还是非常公正客观地欣赏他，并且常常把他挂在嘴边用来打击一下贾涛。

“你看看李童，以后绝对是做《新闻联播》的胚子！贾涛，你在后面播个《天气预报》都只能播那种海浪预报！”没错，海浪预报是不用上镜的。

李童也毫无争议，问题出在两个大二的姑娘身上。

蒋心怡，长沙人，生活在广东，粤语流利。她读的是法语专业，英语也不差，虽然说中文时有一点ABC的洋腔洋调，但很有国际范儿，是我们广播电台历史上从未有过的类型。

我觉得她很特别，陆鹏却不以为意：“有什么特别的啊，普通话不过关，就是不行！”他开始用字正腔圆的声音和我们说，“国家推广以北方语音为基础的标准普通话，成为播音员、主持人应该拥有一级甲等证书以及主持人上岗资格证。”

一听这话，我就有点儿来气了：“一个学校广播电台的主持人，至于吗？她确实普通话没有那么标准，但她有辨识度啊，辨识度，你懂吗？不管是形象还是声音，同学们一听就知道是她！”

贾涛也立刻支持我，虽然他的理由有点儿低级：“对啊！而且蒋心怡气质特别好，那大胸、大长腿，以后绝对可以代表光华PK上戏啊！”

陆鹏坚持要乔静。

乔静，南京人，气质温婉独特，据说高中就在当地电台实习。她喜欢一个人说着风花雪月的小情调，我听过她的节目，确实是有内容的，绝对不是无病呻吟和矫揉造作。

“这里依然是《夜色温柔》。过年的时候我去参加了一个初中同学的聚会，这么多年过去了，大家见了面还是觉得那么熟悉，感觉彼此好像都没有变过。其实，我们都变了，只是在那样的环境，我们自然而然地让自己呈现出没变的样子，以至于自己都没察觉到而已。”说得挺有道理。唯一的问题就是，她太冷静，太独立，以至于不太合群。

“不合群怎么了？非得给你们这些前辈端茶倒水，和你们嘻嘻哈哈、溜须拍马才叫合群啊？人家有自己的思想，有自己的style！和你们根本不是一个level！”陆鹏说话时永远不忘夹杂几个英文单词。

贾涛立刻反击他：“对啊，我们就是要找同一个level的人，我们是一个集体，她的层次确实高，但是不能和我们融在一起，有什么用呢？”

我刚觉得贾涛这话说得还行，他又来了一句“真心不如蒋心怡，带出去也有面子”，立刻让我颜面扫地。

陆鹏果然特别不屑：“瞧你那肤浅的样儿！”

“我肤浅？哎哟，是谁整天炫耀自己的俊脸蛋、帅身板、好声音来着？怎么，就允许自己炫耀这些，蒋心怡有就是肤浅？我跟你说，乔静那种‘心情私语悄悄话’节目现在不流行了，现在不是90年代初，是新世纪了好吗？要international！”贾涛反应也够快的。

陆鹏开始下结论：“我不管这些，我就是看不上那个徒有其表的蒋心怡，我认定乔静是个才女，我们需要这样的才女进入我们的集体！我告诉你贾涛，现在我是台长，我说了算！”

“算个屁，决定权是大家的！你这台长也不是我们选的，你问问大伙儿，谁承认你是台长啊，师姐还没退呢，她才是台长！你现在就是个屁！”

“你……”陆鹏火了。

在我的拉扯下，他俩没打起架来。我跟秦笑把情况简单地说了一下，于是，晚上七个老人聚齐了。

“大家投票吧。”秦笑又恢复了她严肃的表情。

“投票选新的台长吗？”贾涛讽刺地说。

“别废话！”秦笑瞪了他一眼，“蒋心怡和乔静，究竟选谁，做出你们的选择。”

雷丢丢立刻表态：“我和大威就不选了，我俩弃权。她俩一个是我带的，一个是他带的，要不就算一人一票吧。”

于是，大家开始填写选票，马大威负责唱票。

“乔静一票。”

“蒋心怡一票。”

“乔静两票。”

“蒋心怡两票。”

“最后一票是……”

大家的心提到了嗓子眼。

“最后一票是……”

马大威多年后当上某个真人秀节目总导演，在最后宣布结果的时候，不知道还记不记得他早在上大学的时候就养成了这种卖关子的习惯。

“乔静和蒋心怡，”马大威把握着悬念，“究竟是谁？”

说到乔静的时候，陆鹏都准备欢呼了。

“蒋心怡。”

马大威又说了一遍。

“蒋心怡。”

“哇！”贾涛的兴奋之情溢于言表。

“这个台长我不当了！”陆鹏怒气冲冲地走了出去。

“陆鹏！”秦笑叫住了他。

“这个广播电台的主持人我也不干了！”陆鹏扔下这句话。

“陆鹏！陆鹏！”这回，陶靓追了出去。

投票不欢而散，但也算是有了个结果。

而很明显，这并不是秦笑期待的样子。她一直都怅然若失，不怎么说话。雷丢丢和马大威都知趣地先行告退，贾涛得到了他想要的结果，没心没肺地开心了一阵之后，发现并没有人响应他的喜悦，便也悻悻地离开了。

台里只有我和秦笑两个人。

我很久没有和秦笑沟通，那种陌生感又一下子涌现出来。

“三比二，”秦笑先开了口，“如果我没猜错的话，投蒋心怡的应该是你、我和贾涛，而投乔静的，应该是陆鹏和陶靓，对吧？”

“嗯，应该是吧。”我其实根本没来得及想这个问题，但是仔细想一下，应该就是这样，“其实，选谁不选谁，也没那么重要啦。”我无所谓地说了一句，本意是想缓和一下气氛，让秦笑不要为刚才的事情烦恼。

“怎么不重要？你的任何一个选择，都会改变很多事情，甚至改变一个人的人生。”她有点儿认真地说。

我有点儿尴尬，因为我突然想到对于秦笑我的选择。是的，我喜欢这个女孩，尤其是在她特别像女孩的时候。我喜欢看她唱歌唱得喘不过气，我喜欢看她坐索道手脚不着地时吓得紧闭眼睛，我喜欢看她和我们一起胡吃海塞安徽料理，我喜欢看她不化妆，穿天蓝色连衣裙走在春风里。但我的选择是，现在不开这个口。

我想你们一定都知道原因。

不仅仅因为吕杨，吕杨的话其实并没有改变什么，因为我原本想的就和他差不多，只是他让我变得更坚定而已。此时此刻，因为看不到自己的未来，我无法把别人带进我的迷茫中来。

当然，贾涛也是一个原因。他对秦笑毫无理由和毫无节制的喜欢，让我无法忽略。或许他和我根本就是两个极端，他太感性，而我又太理性。

所以，我此刻这样的选择，真的会改变很多事情吗？会改变秦笑的人生，还是我的？

“想什么呢？”秦笑看我有点儿走神。

“哦。”我重新回到投票结果这件事情上，“你说得有道理，我也觉得挺残酷的。如果我们选了乔静，她走上这条路，以后广播界或者传媒圈也许会多一个有深度的人。而我们选了蒋心怡，她进了这一行，也许以后娱乐圈会多一个大明星。我说的都是也许，也许什么事情都不会发生。也许，都是也许，谁知道呢。”我故作轻松地笑了一下，“选择很重要，可是也不重要。你看，第一年的时候，广播电台没有选择我，我以为我的人生从此和广播电台无缘了。可第二年的时候，我继续选择了广播电台，结果，它也选择了我，我还是来到了这个集体。你看，这怎么解释呢？”

“人生中，不是每个人都有第二次选择的机会。”秦笑叹了一口气。

我特别怕她其实是在影射我，就问了一个具体的问题：“秦笑，你为什么会选蒋心怡？”

“我是为了保护陶靓。”秦笑若有所思地说，她的话一下子让我感觉这个女孩并不简单，“这些孩子我接触得不多，也就是陶靓和我发发邮件，说说台里的事，我就听了一些他们的故事。乔静看上去不动声色，业务也确实不错，但我感觉她还有很多潜在水底的东西，我看不透她。另外，以她的性格，以后能不能和陶靓相处好，我很担心。按照惯例，陶靓应该是下一任的台长，我不希望我走了之后，广播电台的成员们不再亲密，还产生纷争。反而是蒋心怡，看上去很外向，很直接，甚至很有攻击性，但她其实并没有什么心机，和陶靓也会比较合得来。”

“可是，陶靓这傻姑娘，自己还选了乔静呢。”我的语气瞬间低沉了很多。

“她要照顾一下陆鹏的感受啊，好歹是她男朋友。陶靓啊，真是个好姑娘，和你一样，善良真诚，为别人着想。顾好，你还记得那天晚上我在你面前哭吗？”

“当然记得，贾涛逼问我好几次是因为什么了。”我把话题引到贾涛的身上。

“是因为陶靓。你们熬夜录节目参加比赛那天早上，她失声了对吧？为了不耽误节目的录制，陶靓跑去医院打了开嗓针。”

“那是什么？”

“是一种急性解决失声的方法，其实是一种类固醇激素，对身体的伤害非常大。你们熬夜那晚，我也特别紧张，毕竟你们三个都是第一次做这种节目。我一整夜都没怎么睡，透过宿舍窗看看广播电台的灯光，睡一会儿就醒。后来我就一大早过来看你们，刚好遇到陶靓下楼往隔壁的医院去，我就跟着她。你知道吗，那么粗的针管，直接注射在喉咙上！你真以为她吃个润喉药嗓子就好了？就能回来和你们录节目了？”

我这才想起那天早上，陶靓回来以后差不多恢复了清亮的嗓子，看到她脖子上有一团红晕，我问她怎么了，她说："啊，揉的呀。"

"这事她应该没跟谁说过，所以说，我要保护这个姑娘。"然后秦笑说了一句把她自己给逗乐了的话，"怎么感觉我在垂帘听政呢。"

我也乐了，忍不住想说对她点什么。可想到这乱糟糟的夜晚，话到了嘴边我又吞了回去。

28

不得不承认，每个人的情绪都是一阵一阵的。随着秦笑常常出现在台里，我们大家又经常凑在一起吃饭、聊天，每天过得嘻嘻哈哈。有时候看着她我也会想，管他什么男人的责任，干吗把自己逼得这么辛苦，放肆一下豁出去吧。但我也知道，往往这个时候，都是我压力特别大的时候。比如，那些难学的基础课得考及格，兼职的杂志得按时交稿，家教要继续做下去，英语六级证书总得拿到，优秀学生干部得参评，广播电台的节目得想新点子……事情多到烦躁的时候，"打个飞机"，就什么都不想了。

临近期末考试的那半个月，秦笑以保证大家学业为理由，破天荒地决定不录节目，改为播音乐。而这个周末的《全校都在点》就是我和她最后一次搭档了。说是最后一次，是因为下学期新人进来，秦笑就退台了，为了给新人创造更多的空间，上一年的老节目一般会被取消。一想到这儿，我就有点儿难过。

我们俩的最后一档节目，我觉得怎么着也要有所表示。

我准备在这期节目的最后单独唱一首歌，送给大家，特别是要送给她，纪念我们这段时间彼此的陪伴，如果到时候情绪真的到了那个分上，我就直接和她表白算了。至于贾涛的感受，我……我就……再说吧，还不一定表白呢。

我挑了半天歌。

《广岛之恋》？

“你早就该拒绝我。”第一句就不行。

《我等你》？

“我等你半年为期，逾期就狠狠把你忘记，你一定已经和他公开在一起。”也不合适。

《我要我们在一起》？

“哎哟哎哟哎哟哎哟哎哟！我说我说我们要不要在一起？”太不坚定了！

这时，我脑子里突然蹦出以前陶靓矫揉造作的“手机拨打1258056789下载《老鼠爱大米》，每分钟两元，不含通信费”。哎！我爱你，爱着你，就像老鼠爱大米，还是这种歌直接！

实在不行，就它吧。这种歌，不矫情，不深情。万一被贾涛发现了，他也不会过于伤心。

我鼓起勇气进了台，却看到陶靓在办公室哭得一把鼻涕一把泪。

然后秦笑搂住她，说了一句：“很多事情交给时间去解决吧。”

我大概明白了是什么意思，整个人情绪有点儿低落。

“今天是最后一期《全校都在点》了。”秦笑见我拿着一沓信，拉着陶靓，“来，咱们仨今天一起录吧。”

“嗯。”陶靓还在抽泣，这个时候，她一定没办法独自面对。

我们三个人进了棚。

点什么歌呢？这个时候，情歌唱得越甜蜜，陶靓就会越难受吧。

我默默地把《老鼠爱大米》收了起来。

那期节目我们做得很平静，充满了冬天冰冷的味道，校园的梧桐树叶也差不多掉光了，整个感觉还挺搭的。

29

时间真的是万能药，来年开学，两个月前那场战争弥漫的火药味似乎已经消散。

秦笑召开全台第一次大会，也宣告了三个新人的正式加盟。

“今天的会议，按道理应该是台长陆鹏召集大家开的，但陆鹏有点事，今天来不了，所以由我这个老台长欢迎我们的三位新人！”感受着秦笑以台为家的感觉，我真的觉得她不容易，毕竟她和我们一样，就是一个学生而已，她除了自己的学业和接下来的工作要操心，广播电台这帮弟弟妹妹们都像是她的孩子一样。而我不仅不能关爱和保护她，甚至无法为她分担一点儿什么，想来也是懊恼。

如果之前我和她表白了，今天，她可能会轻松很多吧。

不过，如果之前我和她表白了，不知道我的好兄弟贾涛，今天还会不会出现在这里？陆鹏已经不来了，贾涛再走了，这台也就散了。

新人蒋心怡穿了一身漂亮的小洋装，头发被染成酒红色，真像一个芭比娃娃。她欢快地进行自我介绍：“大家好，我是大二法语系的蒋心怡，特别开心能够加入广播电台！以后我会推动我们的广播电台国际化，冲出校园，走向世界！”

贾涛特别丢脸地跟了一句：“带我一起呗。”

“好啊，让我们姐姐弟弟向前冲！”

大家哄笑起来。

贾涛在这样的女生面前，完全没了气场。

李童好像又瘦了，眼睛显得特别大，今天他也穿了修身的小西装。看得出来，大家对进入广播电台都相当重视。我又回忆起自己当时来台里，尤其是试用的时候，一件黑棉袄穿了一个冬天，都不带换的，整天灰头土脸的。现在想来，当时我被淘汰真的不怨别人。

“大家好，我是李童，是大二计算系的。我们专业比较忙，压力也比较大，好多人还没毕业就早衰了，我希望这个集体能够让我永葆童心。”

早衰这个词，也真的是够了。

牛梦溪说话了：“大家好，我是牛梦溪。我妈生我的时候，梦到了一头牛去小溪边喝水，就给我取了这个名字。对了，其实你们可以叫我笑笑，这是我的小名。”

贾涛：“哎，和师姐同名呀。”

“真巧。”秦笑露出特别甜美的笑容，“你是牛笑笑，我是秦笑笑，感觉像幼儿园里的两个小朋友。”

“长得也像啊。”贾涛又像发现了新大陆似的。

“欢迎三位！”秦笑接着说，“相信大家上学期都认识陆鹏台长了，今天呢，要给大家介绍一位副台长——顾好同学。”

我一下蒙住了，身边的贾涛和陶靓也很惊讶。

秦笑之前没和我说过啊。

但我很快明白了秦笑的意思，就大方地站起来：“大家好，以后陆鹏不在的时候，我会帮忙安排台里的日常事务。我们台现在加上大威哥、雷丢丢和秦笑这三位师哥师姐，一共也就十个人，平时不用特别在乎台长什么的，大家都是一家人。”

大家鼓掌，然后说了一些有的没的，便各自散去。

贾涛走在前面，我追上去拍拍他的肩膀。我刚想说什么，他先开口了。

“顾好，你不用和我解释，我明白得很，我不在乎的。你确实很多地方比我强，为人成熟稳重，业务又好。陆鹏当台长，其实是委屈你了。”

“贾涛，你……”

“我是说真的，我是什么人你还不明白吗？总之，今后你分配给我的工作我好好干，需要我帮忙的话，大哥我一定不含糊。顾好，别忘了，咱们是兄弟！”

我差点儿流下眼泪：“谢谢你，兄弟！”

看着他走远，我暗暗地想：看来，我不能做伤害我兄弟的事情。

那晚，贾涛找陶靓喝酒的事，很久以后陶靓才告诉我，我能想象那幅画面。我真心佩服贾涛，他内心的难过和外表呈现出来的无所谓完全没有冲突，换作是我，我肯定做不到。

贾涛：“我也不知道为什么，就是有那么一点儿难受，就一点儿。我不是嫉妒顾好，我一点儿也不嫉妒他，我怎么会嫉妒我最好的哥们呢？我喜欢师姐，但是现在是个人都看得出来，师姐喜欢的应该是他。师姐和他搭档主持节目，选他做副台长，把什么都给了他。当然，顾好对我也很仗义，我要给蒋心怡投票，他就给蒋心怡投票，师姐喜欢他，所以也给蒋心怡投了一票，蒋心怡总算是进来了。哈哈……你呢，和你的傻男朋友陆鹏，投了那个什么乔静，结果呢？哈哈。”

陶靓：“你喝多了，别喝了。”

贾涛：“我没喝多，我告诉你陶靓，我就是发泄一下而已。我心里其实没事，我看得开得很。人生在世，没那么多公平的事儿。有人就是命好，生在有钱人家，有人天生有一张漂亮的脸蛋，一副帅面孔，一把好声音，就像你那个陆鹏！我能有什么办法呢？”

陶靓：“你能不能别说了？”

贾涛：“我也不知道你喜欢陆鹏什么，一个整天臭屁又自恋的自我感觉良好的家伙。你应该就是喜欢他那副皮囊吧？是跟着他出去有面子，还是他可以带你主持学校的大晚会，或者是他那方面特别厉害……”

陶靓：“贾涛，你够了！”

贾涛：“泼我酒啊！一般这时候不是都要泼我酒，让我清醒的吗？”

陶靓：“想得美！酒挺贵的，单还得我买呢。”

贾涛：“陶靓，我没别的意思啊，因为咱俩这么熟，所以我和你唠唠嗑。除了你，这些话我还能和谁说呢。我吧，就是个最不起眼的小角色。”

30

这学期，我往台里跑的次数明显更多了。要负责让所有节目安全播出，要负责节目质量，三个新人正式上手也还有一段时间和距离。陶靓也经常来，因为她也知道，明年这个时候，她将成为广播电台的领头人。关于这一点，应该不会再有异议了。

于是，今天我们一起看到桌上留了一张字条：顾好，这学期我比较忙，可能没法保证有足够的空闲时间，不要再排我的节目了。另外，台里靠你多关照了，拜托！陆鹏。

我叹了一口气：“看来这事陆鹏是过不去了。”

陶靓淡淡地说：“算了，不来也挺好的。”

我还是勉强装出有点儿惊讶的表情，因为那天我们三个录制最后一期节目的时候，关于他俩的事，我们并没有说开。

“我们上学期期末就已经分手了。”

“哦。”我点点头。

“你不想知道为什么吗？”

31

“为什么啊？”晚上吃饭的时候，贾涛特别八卦地问我。

“她说她看到陆鹏和乔静在一起了。”

“陆鹏真不是个东西！我真想抽他！”

“算了，陶靓说她对陆鹏也已经没感觉了。”

“这小姑娘。不行，我得写一篇《晴有风》，恶心恶心他们！”

“行了贾涛，你还嫌台里不够乱啊？”

贾涛却不依不饶：“还有，陆鹏这算什么，退台吗？退台是不是得写一篇正式声明啊，占着位子却不来做节目算怎么回事？我们之前淘汰了那么多人，有多少人排着队想进来呢！”

“没事，我带着新人多做一些节目就是了。秦笑说她有空也会回来做节目的。”我缓缓道。

提到秦笑，贾涛突然想起了什么：“顾好，我问你，你和秦笑是不是在一起了？”

“没有啊。”我脸一红，但确实也没有。

“那你是不是喜欢她？”

我一时语塞：“我……”

“顾好，你是不是个男人啊？秦笑对你的好全世界都看得出来，你一直不承认、不主动、不负责、不拒绝、不表态，你等着人家女孩子跟你开口啊？”

我只好喃喃道：“我没有啊。”

“顾好，我告诉你，不要在意我。师姐要是和你在一起，我认了。可是日后，你要是敢对她有一点儿不好，你信不信我……”

他一开始想用“杀”字，估计是觉得太狠就没说出口，又想改用“操”字，还是觉得不合适。

“干死你！”他假装恶狠狠地说。

话都说到这个分上了，我如果再矫情，那就真不是东西了。

我镇定了一下心情，说：“贾涛，放心，我们是兄弟，我不会让你失望的。”

“不会让我失望？什么意思啊，你这话什么意思？”

“好，我……我承认，我喜欢她。如果她愿意和我在一起，我……我一定不会对不起她。”说完这句话，我超级紧张和激动，就像自己偷了情被捉奸在床，然后面对人家老公的质问破罐子破摔一样。

贾涛显然也很激动，一副悲愤交加的表情：“好，立字据为证，好不好？《晴有风》，在《晴有风》上立字据为证！”

我也疯了，跑过去打开抽屉。可是，我翻遍了所有的抽屉，发现《晴有风》不见了。

“《晴有风》呢？”

“少给我装。”

“真的不见了。”

“啊，再找找？”

“我去里屋找找。”

《晴有风》真的不见了，到处都找不到。没有任何人承认自己拿走《晴有风》，我们甚至旁敲侧击地问过陆鹏，却得到否定的答案。我们也相信他真的没有拿走《晴有风》。饱含着一代人回忆的笔记，就这样消失了，不过，希望拿走它的那个人是真心喜欢它，能好好收藏。

“那，我们再写一本吧。”我对陶靓说。

“好啊。”陶靓倒是干脆，“一晃，我们都已经是这里最老的人了，咱们就算重新开启一个小时代吧。我来写第一篇，带动一下新人。2006年3月18日。晴，有风。”

“你准备写什么？”

“哎，我得想想。”

“第一篇，你可得好好写，继续把我们对广播、对校园、对青春的这种情怀延续下去。”

32

新台员里面，李童和我走得比较近。当然，我是他的师父，也看得出他是真心崇拜我。因此他会和我说一说他们三个新人之间的故事。

比如，有一天晚上。

蒋心怡：“Hello every body！我来看大家了。”

李童：“大美妞儿！”

牛梦溪：“师姐！”

蒋心怡：“你们干吗呢？”

李童：“今天我俩第一次，哦，不，我俩第一次做，哦，做节目，一会儿准备写一篇《晴有风》。”

蒋心怡：“台里的那本破日记本是吗，找回来了？”

李童：“没有，好哥新弄了一本，陶靓已经写了第一篇了。”

蒋心怡：“写了啥？我瞧瞧——亲爱的台员们，属于我们的小时代到啦！大家在这本《晴有风》里畅所欲言吧！没啦？什么玩意儿啊！”

牛梦溪：“我觉得回不去了，还是上一本日记里那些师哥师姐写的内容有感觉。”

蒋心怡：“什么啊，咱能别为赋新词强说愁吗？矫情死了。走走走，别写了，咱出去吃夜宵吧，我请客！”

吃着安徽料理，故事还在继续。

蒋心怡：“哎，你们觉不觉得我们台里的节目特别老土啊？”

李童：“我觉得还行啊，校园广播就是要稚嫩一点儿，保留住我们最后的童真。”

蒋心怡：“童真……李童，你真是人如其名啊，你不会还是处男吧，哈哈。”

李童和我转述这句话的时候，我心里“咯噔”一下。然后，我看李童脸红了，觉得李童应该也还是处男，只求他可千万别来和师哥我请教这个话题，我可教不了她。我赶紧催他：“那牛梦溪怎么说？”

牛梦溪：“我不太懂，反正我和好哥搭档，好哥是很认真的，他无论什么节目都准备稿子，还教我怎么准备。”

蒋心怡：“说的就是这个，我不是也和好哥搭档吗，他也这么要求我。我说现在做电台，谁还写好稿子照着读啊，都是即兴发挥。”

李童：“你直接和他说啦？”

蒋心怡：“没敢。”

李童：“你可千万别说。陶靓和我说了，她以前和你一样，也是喜欢怎么舒服怎么来，开了话筒张口就说，还在节目里唱歌跑调、说方言调侃同学什么的，后来被台长叫去谈话了。她说当时觉得自己特别洋气，不过后来还是觉得那样做出来的节目都是水话，言之无物，没有一点儿社会价值。”

蒋心怡：“我可没觉得。现在那些电台，不都这么干吗，收听率多高啊，广告多多啊，那些DJ多红啊。”

李童：“但是给社会带来什么了呢？”

蒋心怡：“李童，你是思想政治学院的吗？怎么觉悟这么高啊？”

牛梦溪：“哎呀，师哥、师姐你们别争了。我觉得吧，这种节目就是一个娱乐节目，让人放松，帮人舒缓，也有它的价值。”

蒋心怡：“对啊，我们大学生压力多大啊，本来就够烦的了，还给我们灌心灵鸡汤呢。”

李童：“哎，我就是提醒你一下，毕竟好哥是台长嘛。”

蒋心怡：“他只是副台长。”

33

而关于和秦笑的事情，在过了贾涛这一关之后，我的心思开始慢慢倾向于找个合适的机会和她表白。虽说内心的最大障碍还是来源于我自己，但有时候，就当作喝醉好了。可是，一定还是要有一个恰当的时机，所以，我再等等。

这学期，秦笑因为之前去非洲担任志愿者的经历，真的得到了去上海广播电台实习的机会，而且她运气很好，国际部的老大和音乐部的老大关系特别好，就把她介绍到音乐频率实习。这一年音乐频率刚好在进行改制，每个主持人都要担当节目的制作人，大家都不知道该怎么玩，这时候，拥有校园广播电台台长经验的她反而能说出点儿门道来，于是她没几天就成为他们频率老大的助理。

秦笑开始变得很忙。她偶尔会回学校请我们吃饭，然后特别兴奋地和我们说广播电台里的故事。

我和贾涛，还有陶靓一开始都听得津津有味，可到了后来，我越听越不是滋味。广播电台，我年少时的梦，对我来说它是那么神秘，是可望而不可即的地方。

我为秦笑感到高兴的同时又有点儿担心，她走入社会，尤其又进了这么浮躁虚荣的传媒娱乐圈，接下来，会遇到什么样的人，经历什么样的事，发生什么样的改变？这样的情节，在小说和电视剧里我们看得太多了，而且往往最后，她的初恋男友会变成一个悲剧。我呢，现在是一个正在寻找机会和她表白的穷学生，连固定收入都没有，就算她答应和我在一起，以后我应该很有可能变成这个悲剧吧。

于是我和秦笑的交往开始变得不自然，不自在，不自信起来了。

有一天，秦笑约我们三个人吃饭。

“上海广播电台要搞一次校园主持人大赛，优胜者可以签约进台实习。我的领导让我负责一下这个事，我第一时间就告诉你们了，有兴趣吗？”

“必须有啊！”陶靓显得很兴奋。

“比赛流程是这样的，”秦笑说，“我们上海市的十所高校，每所高校先自己报三个名额，由台里通过录音带进行初选，在三十个参赛者里面选出十强，参加最后的舞台总决选。”

“三个名额啊，那，我们仨？”陶靓试探地问。

贾涛说话了：“我就不参加了，我已经正儿八经准备考复旦了。师姐，你自己不参加吗？要不，就你们仨呗？”

陶靓一听，也开始推辞：“不不不，贾涛，还是你去，你、顾好、师姐，你们仨去。万一得了名次，对师姐最终的签约肯定有帮助，对你俩明年的实习也有保障。我才大二，有的是机会。你们进去了，以后才有人照顾我啊！”

我似乎没有推辞的理由，就不准备假谦虚了。

但贾涛坚持说：“我真的不参加了，我本来就不是主持人，我是编辑出身的。没有你们的搭配和合作，我出不了彩儿，我就不浪费名额了。”

秦笑最后说：“那这样吧，我参不参加这个比赛，对我没什么太大影响，毕竟我已经在台里实习了。顾好、陶靓，你俩参加。这里面，说点儿实际的，力保顾好，因为你明年毕业需要这个机会。至于剩下的那个名额，我也问了丢丢和大威，他们现在的实习也很忙，就让今年台里的三个新人竞争试试看吧！”

在这一刻，我对秦笑生出一种从未有过的感情，敬佩，感谢，还是倾慕，我已然分不清楚。但我可以肯定的一点是，这种感情好像有点儿不是男女之间纯粹的感情了。

我心里隐隐担心。

我和秦笑商量，让三个新人都交自己的作品，为了公平起见，让台里老师帮忙挑出一个，跟我和陶靓共同组成光华大学梦幻组合。然后我们仨再去和其他二十七位选手一起争夺十强，再通过十强的舞台总决赛决出名次。这一轮接一轮的比赛，时间长达两个月，压力不小。

通知下去没几天，李童又给我讲了不少故事。

蒋心怡："我肯定要参加啊。我要做娱乐脱口秀，而且不好意思，我只讲欧美的，洋气！李童，你帮我操作一下机器呗。"

李童："录出来算你的参赛作品还是我的啊？"

牛梦溪："心怡姐，要不我帮你操作呗，李童自己也要参赛呢。我才大一，要不我就算了。"

蒋心怡："瞧人家牛梦溪多仗义！走，录起来！"

牛梦溪："这就录啊？"

蒋心怡："我张口就来好吗？帮我把那些欧美的流行乐CD提进来。"

牛梦溪："哦。"

不过李童这种勉强算是"溜须拍马"的行为很快遭到了"报应"，秦笑告诉我，电台老师的初评结果出来了，蒋心怡和李童递交的节目，被淘汰的是李童。

关于这件事蒋心怡的反应，李童还是告诉了我。

蒋心怡："你看你，傻乎乎地听你的好哥、靓姐的教导方式做的节目，没通过吧？他俩可是都通过了哦。"

李童："我觉得我的节目挺好的啊。唉，丢人了。"

蒋心怡："你呀，跟他们玩，还是太嫩了。"

34

就像我之前说的，入选这三十强，其实没什么，这三十位申报选手的节目磁带将由电台的老师无记名投票，选出十位参加舞台总决选，这才是关键的成名之战。我万万没想到极其幸运的是，一个月以后接到通知，我、陶靓和蒋心怡竟然全都入围了十强。也就是说，十所大学的十个名额，我们一所学校就占掉了三个。

究竟是我们太强，还是别人太弱呢？

现在想来，应该是我们太在乎吧。

无论如何，我们三个将代表光华大学和全上海最优秀的其他七位校园主播同场竞技。同时，我们三个也形成竞争关系。很快，我和陶靓达成一致目标，她辅助为我夺冠。秦笑也特别坦率地和我俩说，要力保我的名次更靠前。陶靓情商那么高，当然懂得这其中的道理，她毕竟才大二，如果以后我和秦笑都在台里，那对她才是最大的关照。

而当时我们力保进台的蒋心怡，现在竟然成了我们的竞争对手之一，谁知道她会不会是一匹干掉我们的黑马呢？

我只能拼了。

“自我介绍和才艺展示，我准备把它合二为一弄一个小品。我扮演一个快要下岗的电台主持人，你呢，先扮演我的领导，要求我提高收听率，我就想各种办法，比如先朗诵，再唱半首歌，然后接一通明星电话做模仿秀，再弹一段琴，跳个舞，走个秀，做个健身操。我就使劲折腾，把方法都想尽了，最终你觉得我特别努力，让我留下了。这样，我就把所有的才艺都展示了一遍。你觉得这个思路怎么样？”我真是挺拼的。

陶靓服了我：“顾好，你可真是不给别人活路啊。”

“不然怎么办呢？那你准备什么才艺？”

“我啊，我就唱首歌吧，唱我最喜欢的那首《我要我们在一起》。”

“啊？可是肯定有很多人选择唱歌或者诗朗诵，这太雷同了吧？”

“嗯，我还要在你的段子里客串啊，走秀、模仿、跳舞、健身操，还可以训你！够啦！”她顿了一下，“其实，我觉得真正优秀的主持人，不是在舞台上选出来的。”

我明白她在说什么，主持人，尤其是广播主持人，其实完全不适合这样热热闹闹的“选拔”，他们需要的是积累和沉淀，读万卷书，行万里路，安安静静地充实自己，然后分享给别人。

“嗯，没办法，这个年代，谁能慧眼识珠，一下子给你机会？只有靠自己努力争取了。”

“我明白，那我们排练吧。”

35

比赛场地在上海广播电台的大礼堂。那天晚上，每个大学都用大巴车拉了好几车学生为自己的选手拉票，光华大学因为有三位选手入围，更是引起了全校师生的热切关注。

秦笑作为主办方的人，主持了这次比赛。那天我在后台，第一次看到她化妆化得像明星一样，都不怎么像她了，穿着宝蓝色的丝绒小礼服，裙底应该藏着高跟鞋吧，因为那晚的她非常高，气质更显高贵，耀眼得就像春晚的女主持人。

我看了看自己的衣服，这回还行，这是秦笑帮我借的，一套名牌西服。

秦笑微笑着站到舞台中间，一张口，娓娓道来的语气，和那些喊口号式的司仪完全不一样：“这里是第一届上海市大学生广播主持人挑战赛，我是来自上海广播电台的秦笑。曾经，我也是一名校园广播人，今天很期待十位新生的表现。”

“她的气质也太好了吧。”在后台陪着我的贾涛忍不住惊叹。

“不许反悔啊，现在女神已经是我的了。”我想他一定后悔死了，同时用开玩笑来放松一下自己的心情。

这时，我脑子里突然冒出一个念头，一会儿我就在这个舞台上和她表白，好不好？然后，我惯有的理智立刻冒了出来。我冷静了一下，开始思考这件事情的可行性，是在我表演的时候表白呢，还是等我拿到奖之后再表白？但我马上又犹豫了，这样做会不会太过招摇，影响我们学校的声誉啊？现在大学生谈恋爱算不算早恋啊？好像可以了啊。而且现在所有的阻力都没有了，如果我表白了，这将是一场上千人见证的浪漫啊！可是，万一我没有设计好，中途出了状况，害得秦笑尴尬，最后还丢了这份工作，也是有可能的啊！那可就真是惨了！

哎呀，我的心好乱。不行，我要赶紧在脑子里过一下待会儿表演的顺序了。镇定，万一搞砸了，万一不如蒋心怡的话，我以后还怎么待在广播电台啊。镇定，我必须赢，不能输，不能给秦笑丢脸，不能让她失望。

唉，我的压力真的好大啊！

“我们首先有请的是一号选手，来自师范大学的郑楠。”秦笑微笑着走回台侧。

郑楠是个长发飘飘的帅哥。都这年头还爱留长头发，也真是够了，我不怀好意地看着，没想到他说话特别有幽默感，上来刚说几句话，底下的小姑娘就笑得不行了。最后他还表演了追女必杀技——吉他弹唱，底下更是沸腾一片。我以前说什么来着，不管是七十年代、八十年代，还是九十年代，甚至到了二十一世纪，写得一手好文章，弹得一手好吉他和唱得一首好情歌，这几招对女生最管用！可惜我小时候唯一学过一点儿的乐器是唢呐，哦，不，是萨克斯，吹得脸红脖子粗的，估计女生看都不想看一眼。而写得一手好文章，在现在这个场合，又能派上什么用场呢！

秦笑要二度上台的时候，看出了我的紧张：“别看别人，管好你自己。”

“哦。”

“还是看一下吧，接下来是蒋心怡。”她看了一下手卡，走上台去。

“接下来要上场的这位二号选手很特别，据说她会说流利的广东话、上海话和英语，现在还在攻读法语专业，她美丽和智慧并存，欢迎来自光华大学的蒋心怡。”

蒋心怡自信满满地走上舞台，酒红色长裙配上大波浪卷，她十分漂亮，就是怎么看都不像一个女大学生。

“女人一打扮，真是不一样啊。”贾涛又忍不住赞叹。

“Hello everyone！Today，I am very glad to know all of you.My name is Cindy.I have a dream.When I was a girl，I wish someday I would be a star。So,I tried so much,such as being a model,dancer,pianist,singer. I even in high school to participate in the pageant.Scores more,the greater the pressure.Finally, one day I fell in the exercise room, I can not climb up.And I awaken,why let me so tired……”

我的英语一般般，这段话听了个大概。就是说她从小对自己要求高，尝试了很多，比如做模特，学跳舞，弹钢琴，学唱歌，去选美。成就越多，她的压力也越大，终于有一天她摔倒在练功房，怎么都爬不起来，然后她幡然醒悟，为什么要让自己这么累呢？

蒋心怡确实聪明，我暗自佩服，短短几句把自己的特长都介绍出来了，根本不用表演，大家也都会相信，因为人在那儿站着呢。可是接下来，她又立刻换了一副TVB大妈的口吻：“发生这种事，大家都不想的。感情的事呢，是不能强求的。所谓吉人自有天相，做人最要紧的就是开心。饿不饿，我给你煮碗面吧？”

哈哈，这段演得还真的挺像的，底下的观众都忍不住笑出声来。

然后，蒋心怡画风突变，竟然立刻换了上海话："面？啥面啊？啥浇头？大排面好哇啦？"

"大排面我唔要吃呢呀，个么盖浇饭有哇？"

"有的呀，大鸡腿，红烧肉，五块阿尼两荤三素，送汤的，好哇啦？哎，同学，不要挤，来来来，排队刷卡！"

蒋心怡一人分饰食堂打饭的阿姨和撒娇小女生，转换自如，而这种发生在同学们身边的段子也获得了大家的爆笑声和掌声。我不由得佩服，其实她真的很厉害，挺懂得怎么接地气的。

"从此，光华大学食堂多了一位高学历的美厨娘，既可以做法式大餐，也可以做长沙小龙虾！"最后，她用一句法语和一句长沙话，结束了她的脱口秀。

看着一个大美女瞬间高冷，瞬间诙谐，观众都很开心。我在后台看到，别的学校的同学也从一开始的冷眼旁观到后来放下矜持，哈哈大笑。

"我觉得还不错啊！"我对贾涛说。

贾涛却一副不知道要如何表态的样子，努努嘴说："嗯，看看评委喜不喜欢她喽。"

评审老师很直接地说："很有趣哦，你觉得什么时候需要同时用到这五种语言呢？"

蒋心怡的回答更直接："嗯，也就比赛的时候，和大家炫耀一下啊。哈哈。"

底下的观众也都哈哈大笑起来。

"你倒是很坦诚，你在国外待过吗？"另一个评委老师问。

"完全没有。我出生在长沙，广东话是我到广东读中学之后学的，会说也不足为奇。但我的英语完全是我听广播和看电视学的，我的上海话也是来上海一年之后学的。然后，法语是我的专业，That’s all。”

“很厉害。”评委说。

“嗯，稍有语言天赋吧。”蒋心怡也不忘谦虚一下。

最资深的评委令狐实老师接过话：“很好。语言是技巧，也是工具，但我还是希望你可以丰富自己的内心。刚才你说的那一段，还是炫技的成分多，你令我惊讶，但是还不足以打动我。”

蒋心怡的脸“唰”地红了，但依然没有失态：“我想，我之后还有时间。”

令狐实老师点点头：“谢谢你，你有无限潜力。”

贾涛在我的耳边说：“哎，真矛盾啊，既希望她表现好，又不希望她表现好。”

看完蒋心怡的比赛，我和贾涛就到后台休息室去了。我是五号，两位选手过后我就要上场了，已经和陶靓对了无数遍词，我也就不想再次打扰她。因为我后面紧接着就是她。

很快，我要上场了。我站在右侧台口，按照我们的约定，陶靓直接拿着麦克风站在左侧台口，和我配合整场表演，我们隔着舞台打了一个照面。秦笑从我身边走了上去，开始她的串场。

“接下来是五号选手，来自光华大学的顾好，他要为我们带来一段《直播间的故事》。”

秦笑下场时和我的目光相接，我永远都忘不了那个眼神。有鼓励，有关切，一定还有一份不易察觉的温柔。

我迅速进入状态，“一个要下岗的主持人”愣头愣脑地上场了，接下来我听到了让我五雷轰顶的声音。

“顾好，你怎么回事，节目收听率再这么低，你可就要下岗了啊！”

台词没错，可是，为什么是个人妖的声音！为什么那么熟悉？

观众听到这个不男不女的声音，哄堂大笑。

我一边接台词，一边瞥见确实是陶靓站在舞台的一角，我突然意识到，她又像上次一样习惯性失声了。

“啊，不好意思领导，再给我一次机会呗，我想了很多创意，您再让我试试！”

陶靓这回没有出声，我又自己加了几句：“领导，您别不理我啊！领导，您就听听呗！领导，您说话啊领导！”

我这才听到陶靓勉强憋出一个“好”字，这个“好”字说得像是被掐着脖子说出来的话那么难听了。

那一刻，我的脑子转得极快。

陶靓失声了！

我知道上次她失声也是突发事件，而且我也知道要很快恢复声音需要付出怎样的代价。现在就算她愿意付出代价，时间也不允许，规则也不允许，那么，冷静点儿，我们该怎么办？我肯定不能临时说“对不起，我的合作伙伴出了状况，我需要暂停比赛或者延后比赛”，那样就太扫兴了。好，我迅速想了一下，双人朗诵没法演了，对唱歌没法唱了，合作模仿秀没法完成了，那她和我配合的舞蹈、跳操和走秀怎么办？我的天哪！怎么办？怎么办？

我摆出了一个思想者雕塑的姿态，底下的观众都笑了起来。

我沉思了差不多五秒的时间，其中有四秒应该都是一片空白吧。在最后一秒的时候，我突然决定，完全放弃之前准备的表演，全部临场发挥。这将是一个有可能在台上冷场、尴尬，或者搞砸整个节目，甚至被观众用嘘声轰下台的极大的冒险。

但也只有这样了。

“听众朋友大家好，欢迎来到《全校都能点》！这是一个不一样的点歌节目，以前呢，听众点歌，我们是直接播的，但今天的直播间请到很多大牌歌星，他们将会现场接受大家的点歌！我们首先让他们用自己最特别的方式来给大家打个招呼好不好？”

底下的观众还没搞明白，只有人稀稀拉拉地鼓掌。

我暗暗清了一下嗓子，开始唱我模仿起来最像的无印良品。

“坐在你的身边是种完美的体验，看你看的画面，过你过的时间。天也晴了，花也开了，微风也沉醉，虽然你不说话，却也早已万语千言。”

现场的伴奏老师很给力，慢慢就抓住了节奏。

下面开始陆续鼓掌。

“好像啊！”底下在喊。

“我要陪你，我要陪你擦拭每个昨天，相片、日记、书签，有暖意慢慢浮现……”

“我要用默默的体贴，让你睁开双眼，看见昨夜梦想都实现……”

“我也愿意帮你打扫房间，把身体好好锻炼，好让你觉得安全……”

“让你记得我的优点，无论任何时间，对我非常想念，非常想念……”

底下开始有点儿沸腾，吹口哨的，鼓掌的，什么都有。一刹那，我感觉自己真的像一名歌手一样，正在进行我人生第一次公开表演。

“我们欢迎无印良品！请回去休息一下。”我回到主持人的角色，“接下来又有哪位明星来到呢？”我趁机往后台看了看，心里保佑可以看到我想看到的那个人，保佑她在这紧要关头可以懂我。

秦笑！果然，她已经站在了刚才陶靓站的位置，对我做了一个OK的姿势。

那一刻，我的心都要跳出来了。

我差点儿飚出眼泪来，她懂我的意思！当我说出《全校都在点》这五个字的时候，我想，她就明白我要做什么。那是我们搭档的第一个节目，在那个节目中，我们对彼此有了最深厚的情谊。

我立刻放一百个心。

“刚才是兄弟组合！接下来可是金童玉女组合哦，但不知道玉女今天会不会出现呢，让我们听听看。”

我开始模仿张洪量：“你早就该拒绝我，不该放任我的追求。给我渴望的故事，留下丢不掉的名字。”一句话出来，给力的键盘老师立刻跟上我的KEY，立刻就有了情绪。

《广岛之恋》，这是一首她最熟悉的歌，我们俩曾经练到播音间的墙壁都起了茧子，她通过这首歌，硬是把自己的音域往上提了两个调。

“时间难倒回，空间已破碎，二十四小时的爱情是我一生难忘的美丽回忆……”超有难度的这句词，秦笑举重若轻地唱了出来。此时她的气息已经相当稳定，声音变得低沉，带有一点儿醇厚的韵味。

舞台下面疯狂地鼓掌。

我做手势让秦笑走上来，秦笑则一直摇头不出来。

“张洪量、莫文蔚也来了，你们想不想知道还有谁来啊？”

观众齐声喊：“想！”

“放心，今天啊，我为大家请到了好多明星，接下来古巨基和梁咏琪要为大家带来《许愿》，要不要听？”

“要！”

《许愿》这首歌也是我和秦笑的拿手曲目，一段是我主KEY，她和音；一段是她主KEY，我和音，我们两个人配合得天衣无缝。

“大伙儿还想听谁的？张学友和高慧君的《你最珍贵》好不好？”

我的比赛变成了全场卡拉OK。

“各位，再唱下去，我们节目就要超时了啊。这么多明星大腕儿齐聚在我们节目中，还真是第一次，有人就问了，真的假的啊？我负责任地告诉大家，假的。”

观众一阵哄笑。

“刚才这些啊，其实都是我们的热心听众的演绎！高手在民间啊，如果你也有这样的绝活，就赶快来到我们的直播间，报名参加我们这档最接地气的互动节目《全校都在点》吧！”

我又侧过头，看着秦笑，狡黠地问：“领导，您看这样行吗？”

秦笑没说话，却给了我一个非常关键的手势。她对着台下评委的方向一指，我突然觉得，她太牛了！

我做了一个惊动全场的动作，我跳下舞台，直接跑到三个评审的桌子前：“各位，我真正的领导在下面坐着呢！”

大家都为我的这个出人意料的举动而鼓掌。

我直接把话筒递给了德高望重的令狐实老师：“领导，到底怎样才能提高收听率，您给支个招呗？”

令狐实老师早就乐得合不拢嘴：“就是你刚才说的，三个字：接地气。”

“那我做到了吗？”

“你说呢？”

“大家说我做到了吗？”

“做到啦！”

这时，秦笑已经走到舞台中央，落落大方地串起了场：“谢谢，谢谢顾好给我们带来的欢乐！他都快把比赛现场变成演唱会了。刚才我听到很多观众问起刚才那位女生是谁，和顾好是什么关系，那大伙得自己去问顾好了。接下来我们有请来自理工大学的六号选手。”

我在后台狠狠地拥抱了秦笑。

“别闹！”她推开我说，“去看看陶靓，我已经把她的号往后挪了。”

36

陶靓坐在一个角落，贾涛不停给她递水和咽喉糖。

“陶靓。”我急急忙忙冲过去。她红肿着双眼，眼泪汪汪地看着我。

她的嗓子依然没什么好转：“顾好。”她开始和我撒起娇来，这后台人来人往的，都是竞争对手，只有我们才是她的亲人，“昨天练唱了一天，晚上嗓子就感觉不舒服，刚才上台前突然就失声了。”她用人妖嗓子和我说抱歉，听得我特别不是滋味。

“没事儿，有师姐救场，刚才效果很好。那你接下来的比赛怎么办呢？”

“我……实在不行就不上场了。”

“那多可惜啊！”

“没关系，我坚持看看吧。其实我也不想浪费这个机会，早知道还不如把机会给李童呢。”

我特别犹豫地说：“要不，我送你去医院，再打一针试试吧？”

陶靓一副不解的表情。

“那次比赛的事，我们都知道了，但那玩意儿对身体不好。”

陶靓低下头。

“行了，你别说话了，好好休息，秦笑应该会把你安排在最后一个出场。”

秦笑的心情肯定很复杂。虽然老天保佑，我比赛的成绩还不错，但是我们都看得出来，今天高手如云，接下来陶靓如果表现失利，甚至不敌蒋心怡的话，就算有一万个客观理由，肯定会给她带来很大的阴影。她以后在台里，怎么镇得住？参赛之前，我们其实从来没想过这些，我们只觉得三个都进了十强已经心满意足，可是事到临头，才发现这些都是不得不面对的现实。

秦笑上台介绍最后一位选手："接下来我们有请最后一位选手登台。本来，她是六号，但是很不巧，在比赛前她临时失声，几乎说不出话来，不过，最后关头，她还是不愿放弃展示自己的机会，我们用热烈的掌声欢迎来自光华大学的陶靓。"

陶靓缓缓地走上舞台，一开口就吓了所有人一跳。那是极度疲劳过后的沙哑嗓音，和我们印象中的甜美与清脆天差地别。

"对不起，各位，让你们忍受我这样的破锣嗓子。我是陶靓，是来自光华广播电台大二的一名台员。今天，我不想介绍自己，却希望大家花一点儿时间来认识一下我所在的集体：光华广播电台。光华广播电台在我心中是一个传奇，今天在这里参赛的人，全上海十所高校的十位选手，我们当中就有三位：刚刚加入我们的蒋心怡，她大方洋气，心直口快，多才多艺；我的学长顾好，我们一起进入广播电台，我们成为搭档，一起熬夜做节目，一起开会，一起改版，一起练歌，甚至一起重修高等数学，他天资高，谦虚、勤奋而沉稳，就像是为广播而生。当然，还有我，一个同样热爱广播的女孩子。我感谢命运的安排，因为在光华广播电台，我找到了家的感觉。今天，台下坐着好久不见的师哥、师姐，贾涛、丢丢、大威、张澜、杨子，还有我的师弟、师妹李童和牛梦溪。他们不是为我而来，是为我们光华广播电台加油助威的。我很难过，我这不争气的嗓子，可能要辜负你们期望了。对不起。最后，我想说，光华广播电台，是一个让所有人羡慕和流连忘返的地方。我希望大家能给我们光华广播电台，能给所有热爱广播的孩子一些掌声，鼓励我们的梦想。"

底下的观众拼命鼓掌，很多人热泪盈眶。

“接下来，我还是要按照赛制为大家带来我的才艺表演。我准备的这首歌叫《我要我们在一起》，就算我可能唱不出来，我也要让大家知道，我要永远和我们的广播电台在一起。”

伴奏响起，陶靓开始哽咽，甚至开始跑调，最后完全唱不下去。全场的观众也是一会儿哭一会儿笑，热烈的掌声一直没有停下来。

陶靓走到后台的时候，已经泣不成声，我们所有人把她拥抱在怀里，没有和我们放肆拥抱的蒋心怡也在一边默默抹着眼泪。

评审结果很快就出来了，我们十位选手被要求列队站在舞台上。经过陶靓最后掀起的高潮，似乎所有人都对结果看淡了。

令狐实老师一如既往，严肃又慈祥：“现在，我们的五强名单就在我手里，他们都将获得签约广播电台的机会，接下来我为大家宣布……”

“获得本次大赛第五名的是……来自光华大学的蒋心怡！”

我们都还没做好心理准备，这小小的惊喜就来了。

“她的获奖理由：天资优异，后生可畏，潜力无限。”

蒋心怡出来领奖的时候，依然一副参加选美大赛的表情，略带惊喜的假笑与和蔼谦虚的姿态，真有大家风范。看到蒋心怡拿了第五名，我们所有人都非常开心，这是个不错的信号。我一度想，如果最终的结果是陶靓第四，我第三，就非常完美了。但哪有那么好的事，我们三人全进前五？怎么也得照顾一下其他学校的选手吧，陶靓肯定悬了。

我还没来得及继续胡思乱想，第四名就揭晓了。

“获得第四名的是……来自理工大学的马永健，他的获奖理由：外形出色，台风潇洒，未来广播、电视皆可，不可多得！”

我在心里默默祈求老天保佑，陶靓第三，陶靓第三，陶靓第三。

虽然明知这几乎不可能，但我还是一直希望奇迹发生。

“获得季军的是来自师范大学的严勇，他的获奖理由：业务精良，素质过硬，新闻节目，非你莫属！”

这样看来，陶靓彻底没戏了。这一刻，我也彻底放松下来了。对我来说，就算我得到第二名甚至第一名，我们都不完美，因为我们是三个人。但陶靓今天的表现，从评判主持人的专业角度来说，确实只能获得一个鼓励奖。

“获得亚军的是来光华大学的……”

听到“光华大学”几个字时，我坦然了，迈开脚步，准备接受自己的成绩。我想，今天出这么多状况，能让我弄到一个亚军，我也心满意足了。

然后我听到了陶靓的名字。

没错，是陶靓！

“爱的力量无穷，一段即兴发挥的主持词是主持功力的体现，同时完美诠释了广播情怀。”

观众全部站起来鼓掌。

那么，难道我是今晚的冠军吗？

37

我至今想到那晚的画面，都会激动得不能自已。

令狐实老师宣布我拿到冠军的那一刻，整个现场都嗨翻天了。陶靓冲到我的身边，我们热烈地拥抱在一起，她大声地毫无忌惮地哭着。

底下的观众齐声喊着我的名字：“顾好！顾好！顾好！顾好！”

令狐实老师过了很久才有机会把我的获奖理由念出来：“顾好成熟稳重，聪明机智，人气之王，实至名归！”

又是一阵热烈的欢腾。

我拥抱着陶靓，还有后来加入的也哭得一把鼻涕一把泪的蒋心怡、贾涛、李童、牛梦溪、雷丢丢、马大威，以及老台员杨子和张澜，他们都冲了上来。我们所有人抱成一团，一边大笑，一边大哭。

如此放肆的青春，有几个人能够体会？

我、陶靓和蒋心怡被其他人簇拥着回到广播电台。

贾涛就和自己得了奖一样的骄傲："爱死你了顾好！爱死你了陶靓！也爱你蒋心怡！"

"师哥、师姐，你们简直太棒了！我好庆幸自己上了光华大学。"牛梦溪说。

"我一直在底下哭，我想幸亏自己最后没参加比赛，要不然，我得给咱广播电台丢脸了！"李童也很可爱。

"真不容易！十所高校，咱们一个台就进了仨，还都是前五，还包揽冠亚军！太牛了！"雷丢丢继续扭动着她的身体。

我说："别忘了，咱还有一位师姐在台上主持呢！"

"哎？秦笑呢？"

"我来啦！我来啦！"秦笑踏进门，"不好意思啊，刚才陪台里几个老师说了几句话，最后还是我说得走了，今儿晚上可是我们光华之夜，我要好好地去陪陪我们那三个光华之光！"

"谢谢你，秦笑。"我一开口，大家立刻安静了。

不过秦笑显然不想在这样的场合继续煽情，就没跟着我的情绪走："谢啥啊，这不是刚刚好吗，咱俩练了一个学期的歌儿，终于没白练！反而是陶靓说那一段话的时候，我真没忍住，一直在掉眼泪。不过还好，她唱歌的那阵，我的情绪得以调整了一下，哈哈。"

"是说我唱得真的很难听吗？"

贾涛插嘴："你没看到大伙儿当时都是想哭又想笑的吗？"

"讨厌！我当时就想，反正我已经把顾好的表演搞砸了，我的这个表演索性就拼了！看到秦笑和顾好的搭配，我想说，幸亏我失声了，要不然，我和他搭配可能还没那么好的效果呢。”

蒋心怡开口了：“你们说，这是不是就是天意啊？今晚咱们要不要庆祝一下啊？”

“对啊！”雷丢丢继续扭动着，“顾好和秦笑，真的是金童玉女，黄金搭档！走走走，去喝你们的喜酒去！”

“别闹了！别闹了！”秦笑有些不好意思，“今天大伙也累了，咱们改天再庆祝好不好？”

“怎么可能！不好不好，就要今晚去喝酒！”蒋心怡精力充沛，“走！去K歌，去吃夜宵，去庆祝！我请客！”

“光华广播电台万岁！”

我们下楼的时候，我看见一个人影躲闪了一下，像是刻意避开我们。

怎么有点儿像陆鹏？

不对，就是陆鹏。

38

虽然是路边摊，但大家都喝得很痛快，搞得我这个不怎么喝酒的人都有点儿微醺。

贾涛开始要酒疯：“今天太、太、太爽了！我爱死你了顾好，亲一个！”

“呃，别闹！”我开始躲。

“过来！得了冠军就了不起啊！来！亲一下！”他冲过来对着我的嘴就亲了一下。我紧闭着嘴，生怕他将舌头伸进来。

“我也爱死你了陶靓！你也得让我亲一下！”他又跑去陶靓那边。

陶靓特别大方："来，满足你！"

"这真是我们广播电台历史上从未有过的荣耀啊！"贾涛往秦笑那边走，我开始觉得有点儿不妙，果然，他说，"师姐，这么多年了，今晚，我也想亲你一下。"

这小子，还不死心，借着酒劲儿发疯呢。

"贾涛……"我有点儿忍不住，怕他干出什么出格的事来。

"干吗？我想亲一下我们敬爱的师姐，不行啊？"

"哎呀，你不会一会儿还要亲我吧？"雷丢丢战战兢兢地说。

"贾涛，你喝多了。"我开始拽他。

贾涛的那个眼神，我一辈子都忘不了。男人之间，兄弟之间，情敌之间，朋友之间，复杂但又转瞬即逝为迷离。估计他自己也没想好，在那一刻，我是他的什么人。

"要不，你替我亲？"

雷丢丢在一边起哄："哎呀，你们太保守了，亲一下有什么不好意思的啊？你看看我，过来！"她招招她的小胖手。雷丢丢的"小妾"马大威立刻凑过来，她扑倒他"啵"地来了一个。

众人开始哄笑。

贾涛好像是真的醉了，他直接扑到秦笑的身边，嘴里喃喃道："顾好，你不亲，我可就亲了。"

我一个箭步过去推开他，护住秦笑："贾涛！你干吗呢？"

然后呢？我应该怎么办？

难道趁着这个时机，我去亲秦笑？显然不合适啊，这样做岂不是显得我超级淫邪啊！

我轻轻护住秦笑："对不起啊，秦笑，他喝多了，你别介意啊。"

过了好一会儿，我觉得世界怎么突然安静了呢，都在等我表白吗？

这样的环境，根本不适合表白好吗！这群二货，真是猪一样的队友啊！

我镇静了一下，说出了当时我认为最贴切的一句话：“这辈子我会永远记住这个晚上。”

“啊！好浪漫啊！”终于有人尖叫着打破沉默，是牛梦溪，“要是有人这样对我就好了。”

然后，当晚最不可思议的事情发生了，李童特别紧张地大声说：“牛梦溪，我……我喜欢你，做我女朋友吧！”

牛梦溪本来没喝酒，结果脸一下子就红了：“啊！你讨厌！好讨厌！好的！”

这突然的剧情让所有人目瞪口呆，蒋心怡发出了美剧女主角般夸张的惊叹：“Oh my gosh！”标准的纽约口音。

我看到了贾涛和陶靓无奈和落寞的眼神。

然后我和秦笑也只好尴尬地默默分开，所有人一起为牛梦溪和李童的甜蜜尴尬地鼓掌。

39

我这辈子没有过几个风光无限的晚上，而错过了那晚的表白机会，似乎是我的一个终生遗憾。因为从那之后，好像一切都变了。

我的大学三年级，算是风风光光地结束了。雷丢丢、马大威和秦笑毕业了，他们离开了校园。

秦笑正式签约了上海广播电台，很快就开始主持一个节目。巧的是，她把那个节目取名为《全城都在点》。而我比赛的冠军合约，也为我换来了一张电台的临时出入证。

第一次走入那个飞碟形状的大楼，第一次见到秦笑的师父唐老师，我想，我的电台主持人的梦想，可能真的快要实现了。

“顾好啊，这一年实习期，你先打打下手，得先从编辑做起，你先跟着林露吧。”

林露是每晚六点《娱乐万花筒》的主持人，她烫着洋气的鬈发，热情地瞟了我一眼。

“叫我小露姐就好啦。嗯，我要先约客户一起去做个SPA，你帮我整理一下这一周的主题和节目稿件吧。写得越详细越好！每期节目两个小时，一万字左右的稿子就差不多啦，谢了啊！”

“哦，好的。”

我除了大四必修的课程之外，只要一有时间，就来台里。每个主持人和编辑老师都可以使唤我，一开始，我还挺乐在其中的。

“顾好，你帮我打印一下明天的稿子吧。”

“好。”

拿到稿子的他尖叫起来：“呀，我真的难以接受最后一张纸上只有一行字，你可以缩一缩打到上一张纸上啊！多不环保啊！我真的看不下去！”

“好好好，我下次注意。”我默念，万恶的处女座。

“顾好，帮我查一下《大哥你好吗》那首歌所在的那一张专辑叫什么名字。”

我表示没听懂。

“你没听过？”他特别娘地唱，“哦，大哥，大哥大哥大哥，你好吗？哦对对对，想起来了，《潮湿的心》。”然后他默默地走开了。

他应该只是单纯地想和我说话而已吧。

“顾好啊，你帮我催催那个广告商的尾款好吗？”

“嗯，好的，老师，多少钱啊？”

“哎哟！想起来我就气，一百块钱都不给我！”

“顾好啊，你帮我到楼下接一下嘉宾好吗？”

“哦，好的，接谁？”

“唉，是个刚出道的小艺人，叫什么来着，戚薇，还没我红呢。”

一个特别高大的男主持人永远指挥我换水：“不好意思啊，我力气小。”

每天我像个陀螺一样，忙到晚上七八点下班。离开广播大厦的时候，我偶尔会想，相比于在学校的“声名显赫”，在这里，我仿佛坠入了世俗的深渊，最底层的打杂工作让我突然自信全无。究竟什么时候才能有一档自己的节目，过上这个大楼里的主持人那样体体面面的生活呢，现在，这个理想怎么好像越来越远了。

“怎么样，还吃得消吗？”有一天在食堂，秦笑问我，“其实，之前我也是这么过来的。不过因为我是女生吧，所以大家都还挺照顾我。哎，你们男生啊，有时候确实挺吃亏的。”

听着她娴熟地开玩笑，我差点儿哭出来。混得这么惨，我怎么能配得上师姐你啊？

“但是如果你不坚持，恐怕这机会就错过了。明白吗？”她就像我的老师。

“我懂，我一定会熬的。”我叹了口气，这一刻，我再一次觉得师姐的脸开始陌生起来。是她变了，还是我变了？不不不，我们都没变，只是我们现在已经不在校园里，这种相处方式让我觉得不太自在和不太习惯。

我忍不住说：“好久没回广播电台看看了。”

“晚上我们约上陶靓，一起坐坐吧？”

40

晚上我却失约了，因为阿健老师临下班的时候要我陪他去录音。

“呃。”我还在犹豫。

“录一个日本料理餐厅的广告，你和我搭一下，没费用啊，只能请你在那儿吃个饭，挪威三文鱼，加拿大北极贝！”

“哦，好。”我立刻决定要去，就算是冲着那顿吃的去见见世面也好。当然，我更在乎的是我的声音可以出现在电台里，哪怕是广告。

第二天，秦笑一来就和我转述了她昨晚和陶靓会面的聊天内容。

秦笑：“现在是顾好要留电台的关键时期，你要帮他多分担台里的工作了。”

陶靓：“嗯，师姐放心。”

秦笑：“对了，陆鹏一直没消息吧？”

陶靓：“嗯。”

秦笑：“听说贾涛也全身心投入考研的准备中了？”

陶靓：“嗯。”

秦笑看陶靓满脸疲惫的样子，就说：“陶靓，现在开始，广播电台的重任就交给你了。要是节目做不过来，我可以回来帮忙。”

陶靓：“放心吧师姐，马上会招新人，现在我带着他们仨，还能应付。”

秦笑：“蒋心怡怎么样？”

陶靓：“这学期感觉她成熟了，特别会为我着想。”

秦笑：“这一年一年的，日子过得真快。”

陶靓：“是啊，我们都长大了。对了，师姐，这次招新工作，我想提前开展，而且想多招几个人。上学期的比赛让光华广播电台名声大振，我们在校园里的影响力比以前强多了。我走在路上的时候，那些我不认识的同学们看见我，都跟我微笑，对我竖大拇指，我真是从心底里觉得特别骄傲。为什么不借着这个机会，把我们广播电台这种亲如一家的气氛散播开来呢？”

秦笑：“也该是改改传统的时候了，你打算招多少人？”

陶靓：“招他十个八个的，省得以后再出现考研的、恋爱的、退台的台员，搞得台里冷冷清清，我们应该人丁兴旺才对啊！就算有人中途离开，有人走散，这段缘分和记忆留在脑海里，也是美好的。”

秦笑：“我支持你！”

秦笑和我说这段话的时候眼里闪着兴奋，我们知道，广播电台的陶靓时代，要到来了。

41

又一批大一新生军训完回到学校，广播电台的招新就轰轰烈烈地展开了。

海报上写着大大的“光华的骄傲”五个字，Slogan也出奇的显眼：这次，人人都有机会！而秦笑、我、陶靓和蒋心怡四个人的头像海报则贴满了海报墙。

同学们排着长队来报名，从食堂门口的报名摊一直排到了校园南门。

“大一大二大三大四，人人都有机会！走过路过不要错过啊！”牛梦溪喊得格外带劲。

她的大喊声引起了很多同学的兴趣：“我已经大四了，也可以在广播电台做一档属于自己的节目吗？”

“可以啊，这是我们大家的广播电台！报名吧同学！”

“我想做一档关爱男性的节目，《男人我最大》。”

“今年大三也能报名了？太好了，兄弟们，为了蒋心怡，我们全宿舍都报名！”

一堆男生挤进来：“陶靓师姐，我们不报名，我们排队就是为了和你说一句：欣赏你！佩服你！支持你！”

一堆女生挤进来："顾好师哥你好棒！可以给我们签名吗？"

"顾好顾好你最好，陶靓陶靓你好靓！"

雷丢丢也从人群中挤进来："哎呀妈呀，我上着班中午特意赶回来的，下午还要去崇明岛农场慰问演出呢。单位给我起了个英文名，叫什么Elva，我现在可算是'三下乡天后'了。哎呀妈呀，你们这太接地气了！"

我赞叹道："陶靓，你这才是校园广播真正的搞法！"

陶靓还是不忘撒娇："当年是谁说我不懂校园广播来着？"

持续一周的招新之后，我们收到了一千份报名表，这是有史以来最多的一次。又过了一周的例行笔试、面试之后，有天晚上我和秦笑回到学校，陶靓说选出来十个非常优秀的孩子们，都准备要，而且不想再搞什么试用制度了。

"我同意，咱们广播电台冷清太久了，也得有点儿人气了。而且，广播是很多人青春的寄托，我觉得我们应该尽量满足大家的心愿。"

"我也同意，我觉得每年淘汰别人的时候说的那段话特别不近人情，确实太做作太伤人了。"

说完这话，我们三个情不自禁地把手握在了一起。

42

广播电台的办公室从来没有这么拥挤过。

我一眼就看到了去年那两个没有考进的萌娃坐在第一排。

见到我，他们很激动："师哥，我们进来了，我们进来了！"

秦笑出现的时候更是引起了一阵骚动。这个没比他们大多少的师姐，已经成为师妹们心中的榜样，师弟们心中的女神。

陶靓作为准台长，很懂事地请秦笑给大家说几句。

“各位好，我是秦笑。按理说我是02级的，已经毕业了。但是，今天咱们台第一次来了这么多人，我一定要来见见大家。陶靓在比赛的时候说的那番话，当时我就在台侧，我比大家的感触更深，因为我从大一开始就在这里，到现在毕业，整整四年，说实话，非常舍不得离开。我知道，广播寄托着很多同学青春的梦，虽然我们只是一座小小的校园广播，但我们依然可以帮助大家把梦想放大。我们的老台员，你们的偶像，人气王顾好，现在也已经在电台实习。今天没来的贾涛，此刻正在准备考研，他的目标是复旦的新闻系。而大美女蒋心怡，小帅哥李童，小美女牛梦溪，都已经算是专业的广播人了。今天，我们热情欢迎各位的加盟，也希望各位和我们一起成就广播的理想。”

那一对萌娃还不放心，特别可爱地问：“这次还会淘汰人吗？”

秦笑看看陶靓，陶靓肯定地说：“这一次，我们不希望任何人和我们走散。”

广播电台一下子热闹了起来，无论什么时候都有人，他们在重复着我们当年的热情和梦想。我偶尔回去，他们会叫我一声“顾好哥”，请我帮他们录一篇文章，客串一下，我很满足了。

上海广播电台依然没有给我分配明确的工作，每个主持人有他们固定的节目，我也不知道什么时候我才有机会。秦笑倒是常常找我去做她的节目嘉宾，但我怕做直播的时候老师们找我打杂找不到人，因此只有周末的时候才勉强过过开口说话的瘾。

一天中午，秦笑突然和我说：“吕杨给我打电话了。”

“哦，他怎么说？”

“他没去读研究生，去了一家叫光线传媒的公司，你知道吗？”

“哦，知道啊，那个《娱乐现场》什么的。”

“嗯，他说公司在招新的主持人，希望我能过去试试。”

“好啊，那不就可以和李霞、索妮，还有何炅、谢娜做同事了？”

“不见得能选上。听说刚刚通过比赛签了两个新人，都是女孩，一个叫柳岩，还有一个叫谢楠。”

“那个比赛我没关注，但对这两人倒是有印象，她们好像都挺胖的。你比她俩美多了，去试试吧。”

秦笑沉思了一会儿：“嗯，我还从来没去过北京呢，就当去玩玩呗。我和领导请了一个星期的假，你给我代班。”

“嗯，我吗？”我尴尬了一下，“哦，好。”

“嗯，这两天去准备一下吧。”

43

我终于拥有了在电台发声的机会。

当我对着专业的话筒说出“大家好，欢迎来到《全城都能点》，我是顾好”的那一刻，我简直紧张和兴奋得不能自已。

而每天的这一个小时，总是过得特别快。

但是我知道，有很多司机在出租车上听，有很多大学生在宿舍里听，有很多白领在办公室里听。

我终于实现了上高中时候的梦想，现在，距离那个时候，整整六年。

这种感觉真的好极了。

44

秦笑今天竟然也在听。

因为我下了节目去餐厅吃饭时，看到秦笑已经坐在里面。

“节目做得不错啊！”

“啊，你回来了，光线传媒的面试怎么样？”

“嗯，等消息。不过还真有可能，光线传媒要开新节目，他们的李总对我还挺满意的。”

“哦，那你会过去吗？”

“我还在考虑。我在这儿熬了这么久，刚签下合约，就这么放弃的话挺可惜的。”

我犹豫了一阵子，还是说出了下面的话：“但是，北京机会更多啊，没准儿你能像李霞、索妮她们一样红遍中国呢。”

她倒是接得很快：“我也没想过那么多。”

她说这话的时候一脸的恬淡，感觉就像我第一次见到她的那天下午。

我轻轻地叹了口气：“我建议你啊，趁着年轻，去北京拼一把。你混好了，我也跟着去。”

秦笑竟然有点儿失望地撒起娇来：“你指望我啊，我还指望你呢。”

她这个语气，可是我从来没有听过的。

这时，我该怎么接话呢？留下来，不要走，让我们一起奋斗？等到将来我们成功了，过着幸福平静的生活，没事就环游世界？那些都是童话故事吧，现实里好像只有柴米油盐。当下，我连做这个小小的电台节目都是她施舍给我的，我还能说什么呢。

我竟然沉默了。

45

“你是不是猪啊！”贾涛一副哀其不幸怒其不争的表情，“我都快愁死了，祖宗！秦笑都那么说了，你怎么一点儿表示也没有啊？你是真傻还是装傻啊？”

“贾涛，你以为我真傻啊，我能怎么做呢？我现在就是一个电台打杂的，我仅有的节目还是秦笑让给我的。我能现在让她不要走，让她放弃她可能拥有的大好前程，在这儿陪我耗吗？秦笑她是有机会的，她去北京会有更大的未来。现在的我，能给她什么呢？”

“顾好，你太轴了。”

“也许吧。”

“你知道什么叫爱吗？你爱过别人吗？”

我也不想和他争论什么：“我只知道，我必须要有能力给她未来啊。”

秦笑果然申请了停薪留职，去了北京。同时，她的《全城都能点》继续由我代班主持。

雷丢丢刚好也辞去了上海的舞蹈工作，就陪她一起去北京。临走的时候，雷丢丢也是一副恨铁不成钢的样子，和我说：“顾好，你这个没出息的东西。行了，姐先帮你看着。”

吕杨去机场接她们。

雷丢丢说吕杨一见到秦笑就给了她一个大大的拥抱，然后说：“你动作真够快的啊，看来，我还是挺有吸引力的。”

我听了只想“呸”。

秦笑：“对啊，既然决定了，就不要拖泥带水。我和台里申请了停薪留职，就立刻来了。”

吕杨：“干吗停薪留职，干脆辞职算了。”

秦笑：“万一我在北京混不下去怎么办？”

吕杨：“不会，有我呢。混不下去，我养你。”

秦笑：“我要求很高的。”

雷丢丢还说吕杨带她们俩去了光线传媒的大本营。

雷丢丢说：“那个公司挂着满墙的大彩条，像一个大仓库，又像一个梦工厂。墙上贴着明星照片，真不愧是咱年轻人心中的圣地啊！

你猜我还看见谁了？邓超和孙俪！好像是来宣传什么花儿的电视剧，两人看着特别亲密，哎呀妈呀，他俩不会在一起了吧？哎呀，你不知道，我可喜欢邓超了，我觉得我们家马大威特别像邓超。”

雷丢丢说吕杨的爸妈给他在公司附近租了一套房子，他要腾出一间给秦笑住。

我立刻特别紧张地问：“她住进去了吗？”

雷丢丢说：“应该是住进去了。”

“啊？”

“不过秦笑和吕杨说好了，让他没事不能乱跑去她的房间，因为她可是名花有主了。”

然后吕杨问她：“怎么，交男朋友啦？”

秦笑说：“对啊，是电台的同事，很快也要过来。”

结果吕杨说：“唉，喜欢一个人怎么就这么贱呢。哦，我说我自己，我说我自己。”

说到这里，雷丢丢说：“我觉得吕杨挺可怜的。”

“哦。”我说。

“我觉得你挺傻的。”雷丢丢最后说。

雷丢丢在北京的每一天，晚上都会抽时间和我汇报秦笑的情况。

“今天吕杨带秦笑去和光线传媒的李总聊天了。”

“李总喜欢她吗？”

“好像还可以，说先让她做配音的工作，熟悉一下环境。”

“哦，不是主持人啊。”

“本来是的，但是好像新节目又不开了。我还听吕杨和秦笑说，让她没事儿就一直在公司待着，待着的好处呢，是可以随叫随到，万一哪天霞姐、妮姐有事临时来不了，就可以立刻代班了。”雷丢丢说，“对了，吕杨交代她，一定得提防柳岩和谢楠，她俩也是住在公司附近，随叫随到呢。”

“原来上位真的这么难啊。”

“可不是吗，你以为呢，你这个大傻瓜。”雷丢丢骂我已经成为习惯了，“你现在的节目不也是秦笑空给你的吗？老人不走，新人哪有位置啊！”

雷丢丢最后神秘地说：“你可不知道，光线传媒的竞争很激烈的，听说新人要是不随时待命卡着位置啊，好多编导、制片人什么的自己可就上了。”

“哦，那吕杨条件那么好，怎么待了这么久也没混出来啊？”我明显有点幸灾乐祸地问。

“嗯！”雷丢丢好像就怕我不问这一个问题，忙不迭地说，“吕杨说啊，他的那个直属女上司不喜欢男的！”

46

雷丢丢回上海之后，我就很少听到秦笑的消息了。我偶尔给秦笑打电话，不是匆匆一句“我在配音”，就是不接，很久之后回电话来说刚才在采访。我在上海看不到她参与的节目，她就好像在我的生活中消失了。

工作的忙碌配合着大四的课程结业，毕业设计，毕业实践，再到毕业论文，连毕业典礼我都是匆匆拍完照就赶去电台直播。我一直代班她的《全城都在点》，直到大家都忘了我是代班主持人。大学的最后半年，我过得无比充实。我在电台附近租了房子，偶尔回到台里，那些新声音和新面孔我已经对不上号了。

我常常黑灯瞎火地从电台回到自己租的小屋，突然感到莫名的孤独。没人说话，没人分享，一切都只有自己。

一瞬间，我从学校的集体生活进入社会的单打独斗。

一瞬间，原来在我身边的人，室友和同学，都消失了。

一瞬间，我的这个世界，好像全都变了。

一瞬间，我甚至开始害怕起来。

47

秦笑去北京的第二年，终于主持了一个新节目，那个节目在上海也会播出，时间是早上七点到八点，刚好可以叫我起床。

“欢迎收看《音乐早餐》，我是秦笑。”

秦笑瘦了，样子没怎么变，但整个人变得更有气质了。

我打电话祝贺她，问她：“还好吗？”

“我很好，你呢？”她说。

“哦，我也很好。”

“那就好。”她顿了一下，“你要赶快加油啊！”

“嗯，我会的。”我回答得有些勉强。

我想加油，可是，我光有油，没车可加啊！

我现在的身份依旧是上海广播电台的一名没有编制的小主持人，是一个新人，脚跟都没站稳。现在节目都和广告收入挂钩，没准儿哪一天说没就没了。一个月的薪水付了房租，加上吃饭、交通的花费，几乎没剩下什么，也就能勉强养活自己罢了。

买房？2007年上海的房价已经开始飙升，随随便便过万的房价，让我完全不敢奢望。

“你看看，就我们上海的房子贵，北京的房价都才六七千一平方米而已。”我的同事愤愤不平地抱怨。

那么，秦笑没准在北京买房了吧。

买不了房，那买个车呗？

“车牌比车还贵，要拍卖的好不啦，一看你就没经验。”

对啊，在搬到电台附近住之前，我基本都是挤公交车上班的，哪儿懂车啊。

曾经在大学里的豪言壮语，似乎离现实都太过遥远，而且也完全看不到有奇迹发生的迹象。

看来，我只能安稳地待在这里，先做好我的电台主持人了。其他的，我真的不知道该去做些什么。

有时候我会想，如果在大学的时候，我和她表白成功了，我们顺利在一起了，事情是否就不会发展到今天这个局面？

我努力地想了想，最后得出结论——好像也不会有什么改变。

48

有一天，我接到一个电话。

“顾好！”

“请问是哪位？不好意思，我没存你的号码。”

“我是贾涛，这是我的新号！”

“哇，你小子洋气了！你去复旦之后咱俩还没见过呢！”

“可不是，我现在正在学校后门的夏朵咖啡馆呢。我跟你说，复旦真不一样，特别有大学的感觉。我们班清一色的漂亮妞。”

“那你岂不是显得更寒碜了。”

“去你的，来我这儿坐坐吗？”

“下了直播就去。”

我快一年没有见到贾涛了。接到复旦的新闻系研究生的录取通知之后，他、我、秦笑、陶靓一起吃饭庆祝了一下。那时候，我们还穿着T恤和裤衩，在校门口的大排档狂吃烤串儿，没想到，再见面都快要穿羽绒服了。

“有秦笑的消息吗？”他一见面就问我。

“她每天早上叫我起床呢。”

“真的啊？”

“嗯，她的节目每天早上七点在音乐频道播出，我都会准时一边洗漱一边听她说话。只是啊，她的话说得太少了，歌播得太多。”

“哦，我们宿舍没电视。你不会告诉我，你靠这个骗自己她还在你身边吧？”

我不太想继续聊秦笑，就说：“行了，换个话题吧。”

“陆鹏回深圳了。”贾涛说。

“嗯，大城市来的孩子一般都愿意回去，只有我们这些小城市的孩子才想在北上广打出一片天。”

“你家才是小城市，我们洛阳可是二线城市！”

“行行行，大城市！”

“他走之前，陶靓还是不愿意见他。后来陆鹏找过我，让我告诉陶靓，他和乔静真的没什么。那天晚上，只是因为乔静没能进台，心里特别委屈，找陆鹏倾诉了一下。”

我忍不住说了真心话：“陆鹏啊，其实还真是挺单纯挺傻的，那时候可能他就是觉得乔静好。”

“咱们也挺缺德的，把人家那么好的姑娘给PK掉了。当时吧，我就是想和陆鹏对着干，我内心其实挺喜欢乔静的。”

“那你真是有病！”

“现在想想，那时候好幼稚啊。唉，都过去了，当时不是编制有限吗，是体制问题。你看看后来陶靓的改革，现在广播电台真的其乐融融。我考研最关键那会儿，老爱去台里，一去就被他们的快乐给感染了。”

“那也是因为时机到了，都是我们先人做的铺垫啊！”

“行，我代表同学们谢谢你。”贾涛敬我一杯。

我才想起，他仍然是一个学生。

多好啊。

49

冬去春来，春来夏至；夏至秋至，秋去冬又来。

这一年又过去了。

我像往常一样，每天早上七点打开电视机，让秦笑的《音乐早餐》陪我吃早餐。在节目快到尾声的时候，我开始穿衣戴帽准备出门。

“在今天节目的最后，要和大家告个别。从明天开始，秦笑将不再主持《音乐早餐》了，感谢各位整整两年的陪伴，让我有机会叫你起床，听你洗漱，陪你一起吃早餐，希望有机会和你在别的地方再次相见。”

我开始紧张起来，她要去哪儿？

我立刻给她打电话，平时我们很少打电话，而这回我似乎有足够理由打给她。

“啊，顾好。”秦笑完全是没睡醒的声音，“你起得好早啊！”

“你要去哪儿？”我问。

“什么去哪儿，我还在睡觉呢。”

这时，我听到旁边传来一个男人的声音：“谁啊？这么早给你打电话？”

我立刻一阵剧烈心慌：“我刚听到你说你不主持《音乐早餐》了，那你要去干吗？”

“哦，我可能会换个节目，是时尚方面的，但上海可能看不到呢。”

“哦，那我就看不见你了。”

秦笑呵呵地笑着：“你每天都在看啊？”

“也没有啦，起得来就会看，呵呵。”

“哎，你也太不关心我啦。”

那个男人又在旁边隐约说了声：“醒了就起来吃早饭吧。”

我紧张得不知该说什么，就听到秦笑捂住话筒，好像是说了句“好啦，爸，知道啦”。

我快要跳出来的心终于又收了回去，那时突然觉得自己好丢脸，就迅速地说了一句：“嗯，你好好照顾自己，我有机会就去北京看你吧。”

然后，我挂了电话，深深地叹了一口气。

这一年，我在干什么？除了主持节目，我一点儿没闲着。我考取普通话等级证书，考取主持人上岗资格证，成功竞聘频道副总监。我还报了英语班，拿了高级口译证书。去上戏申请了在职研究生，念传媒管理，还学着做了一手好菜。我想，总有一天，我会以最完美的形象出现在秦笑的面前，那时，我才是一个配得上她的男人。

50

这天，唐老师整理桌面的时候突然发出一阵惊呼：“哎哟，这不是秦笑吗，都出唱片了。”

“啊？谁？”同事们纷纷围了过去。

唐老师骄傲地说：“我们台出去的秦笑，去北京做主持人了，看来她发展得不错，现在居然出唱片了。”

“啊，自己人的唱片，一定要好好推推。”小露姐说，“我下午就播。”

“这小姑娘也真是，出了唱片寄到娘家也不打个电话说一声，现在什么阿猫阿狗都出唱片，每天收到这么多，差点儿就给忽略了。”

我一声不吭地从唐老师手里拿过碟："我今天中午就全台首播啊，你们谁也别和我抢。"

这首歌的名字让我浑身起鸡皮疙瘩，叫作《偷偷说一万遍我爱你》。

思念的风冰冻我空荡的双手
你的眼神缭乱我眼前的寂寞
每个失眠的夜里
每个念头都是你
心事里藏着秘密
尝试想把你忘记
却再次坠入更深的爱里
偷偷说一万遍我爱你
多希望听到你的回应
却找不到找不到对你说承诺的勇气
像恒星默默转动不停
像倒影默默寸步都不离
这样爱你，爱着你
或许就是我渺小人生的伟大意义

那天中午，一档节目中，我播了三次这首歌。

51

秦笑的这首歌竟然红了，在大街小巷总是能听到这熟悉的声音和旋律。媒体给她冠以"疗伤小天后"的名号，而光线传媒的王牌音乐节目《音乐风云榜》也开始交给她主持。

我又能每天看见她了，只不过时间换到了下午五点半。

我的工作作息也随之开始了调整，要么是必须准点下班回家看电视：“不好意思啊领导，我妈妈来了，我晚上要陪她吃个晚饭。”要么是看完节目再出门赴约，“哦，各位，不好意思，单位加班，让你们久等了啊，开吃，开吃。”总之，五点半到六点的时间，我必须陪着我的秦笑。

有一天，我看到了记者对她的专访。

“新专辑的主打歌好像是你自己作词，一定是亲身感受吧。”现在的娱乐记者真的特别贱。

“嗯，我想每个人都会有偷偷喜欢一个人的经历吧，所以既是自己的感受，但又不完全是。”秦笑已经学会了娱乐圈明星讲话的一些套路，这让我觉得她特别可爱。

“这首歌的MV最后的结局好像是喜剧，这是在表达什么吗？”

“我觉得暗恋最美好的时刻，莫过于发现你喜欢的人其实也喜欢你，但那个美好的时刻其实只有那么一瞬间，所以我把它放在结尾，然后戛然而止。因为两个人在一起之后，也许就……我不知道，留给大家想象吧。”

“嗯，会开始一堆鸡毛蒜皮的小事。”

秦笑把皮球丢回去：“看来你很有经验哦。”

现场的人都笑了。

记者继续追问：“所以，你现在是单身吗？”

“嗯，还没有确定的对象。”标准的娱乐圈式回答，听得我心里既高兴又有些发毛。

“意思是说大家都有机会？”

“当然当然。”

“你以主持人的身份出道，现在开始唱歌，那下一步应该就是进军影视圈了，有没有考虑过呢？”

“嗯，有在接洽，可是还没有碰到我喜欢的剧本。”

“你想要拍什么类型的片子？”

“啊，我比较俗套啦，想拍青春电影。我自己在大学的时候有个广播社团，里面有一些很好的兄弟姐妹，我们还有本公共日记呢，我特别想把那段故事演绎出来。第一次演，一定要演自己最有感觉的故事。有机会的话我也挺想自己写写剧本啦，你也知道我是幕后出身嘛。”

那一刻，我突然知道，下一步我要做什么才能配得上她。

52

第二天，我就找到唐老师，他现在已经是我们频道的老大了。

“老大，我们电台现在除了广播之外，也涉猎了杂志、电视节目、娱乐活动，我们能不能拍一部电影啊？”

唐老师看都没看我：“顾好，你可真能折腾，折腾了那么多还不够啊。年轻人，一步一步来，才走得稳。”

“老大，我就是都想试试。你看，我们电台联合电视台做的《我不爱记歌词》不就红了吗？还把我的小师妹蒋心怡都捧红了，电视台新一姐啊！我们电台出的音乐杂志《现代歌坛》，主编贾涛，复旦新闻系研究生，才二十六岁啊。我们新媒体部李同（李童把名字改成了李同）、牛梦溪，也是我的师弟、师妹，他们做的网络节目《全能综艺班》在网上特别火，他们现在也成了90后的偶像了。这是一个年轻人的时代，老大，你也还年轻呢，大把的机会，咱俩……咱俩搞吧！”

唐老师显然有点儿被我打动，疑惑地说：“你写剧本，你找投资，你拉来钱，咱俩就搞！”

我没有告诉任何人我在准备拍电影这件事。因为我除了看过电影之外，对它的制作一无所知。但有什么难的呢，不开始，就永远不会做。

我在家里憋了三个月，除了做节目之外所有的时间，我都在写。我把我们大学时所有的经历全部化成文字，然后再串成电影的语言。我把我的电影里面要呈现的每一个画面都在头脑里演，一遍又一遍。秦笑、我、贾涛、陶靓、陆鹏、吕杨、雷丢丢、马大威、蒋心怡、李同、牛梦溪……每个人的青春都是独一无二的存在。那些无法再回去的过往，在我的笔下重来，故事里的我演得大笑，演得流泪，演得浑身起鸡皮疙瘩，难过得不能自已。

青春，原本就是这样的一场痛并快乐着的年华。

53

《晴有风》的剧本终于躺在了桌上。

陶靓指着剧本："我看过了，亲爱的，我想说服校友会投资这部电影。"

"啊？你这是不是以权谋私啊？"我有点儿惊讶。

"才不是呢，这可是在宣传我们光华大学啊！我毕业能留在学校的党委宣传部，多亏了那次比赛，我这一辈子都要谢谢我们的广播电台呢。"

"那你也不能逼着校友们拿钱啊，这靠谱吗？"我有点儿不相信。

"我自己率先投。不行的话，我号召全校的师生一起投！我们学校这么多年的毕业生有好几十万人了吧，一人捐一百块，我们也能凑几千万呢。"

"你这么相信我啊，几千万，赔了怎么办？"

“要相信自己的能力，我们可都是当过台长的人。哦对了，你只是副台长。”

“你觉得能筹到多少钱？”

“我个人愿意出五千！保守估计，能凑个七八万吧。”

“啊？刚刚还几千万，怎么又变成七八万了？”

“哎呀，我也就是随便说说，你这个铁定是小成本电影啊，哪儿花得了那么多钱啊。况且，陶靓那个角色你还能找得到比我更适合的女演员吗？我免费本色出演啊。”

陶靓太适合留校了，这样逗比的老师，学生们能不喜欢她吗？

好消息接连传来。

我一到办公室，唐老师就找到我：“顾好，你的电影项目我上报到台里了，领导很感兴趣，可能会给你机会。”

“真的啊？”

“谁让你写的是电台的故事呢？我们台里的每个人，从老大到实习生，谁没有点儿广播情结啊。重点是，台里领导说找到了赞助。你准备一下，下午去和领导汇报一下。哎对了，演员是秦笑吧？”

我急忙说：“我拍这部电影只有两个条件：第一，我做导演；第二，秦笑演女主角。其他的我都没有要求。”

“你都当导演了，还不得什么都得听你的？”

“老大，你要对我有信心嘛！”

唐老师突然想起了什么：“那你告诉秦笑没有？现在人家可是很红的，搞不好没档期哦！”

“见完领导，我就给她打电话！不，我就飞去北京找她！”

“然后呢？”

“什么然后？”

唐老师深深地叹了一口气：“顾好啊，你还要让秦笑等多久啊？”

我有点儿不好意思了：“老大，你说什么呢？人家现在这么红，是女神！”

“顾好啊，有件事情秦笑一直不让我说，”唐老师顿了一下，“当年她走，很大程度上是为了给你让位子。”

“啊？”我浑身起了鸡皮疙瘩。

“其实光线传媒当时根本没有节目给她主持，她到那里只是做个配音员，并且策划、编导、记者的工作都要干。你知道待在光线传媒有多苦吗？你知道她怎么熬才慢慢熬到成为主持人的吗？她当时走，冒了很大的风险啊。”

我一阵脊背发凉，什么话都说不出来。

“她说她知道，你总觉得自己目前还没办法负担两个人的生活，作为男生，你的压力确实要比她大，她都懂，所以她给你时间，给你机会，让你成长到今天这个地步。你还要等多久，你还要等你成功到什么程度，才愿意开口？”

我呆呆地说：“老大，说实话，我真的不知道。我……我这几年一直在努力，但她好像跑得更快，我永远觉得追不上她，配不上她。”

“你要相信我，女人要的不是这些，我是过来人。”

唐老师是男的。

我点了点头：“放心吧，老大，现在我想明白了，我准备好了，也有信心了。我明天就飞去北京，不，我一会儿下了直播就去。我要请她做我的女主角，然后，请她和我在一起。”

“嗯，不要再让她失望了。”

54

2010年6月23日，中午十二点。

“上海广播电台103.7 love radio《全城都在点》，我是顾好。”

熟悉的片头响起，我推上话筒。

“我是董珂。”

董珂刚来没多久，她肯定不懂我今天为什么异常亢奋，她更加不知道两个小时之后我即将迈开人生全新的脚步。

“首先还是了解一下今天的娱乐头条。”我移动着鼠标，在电脑屏幕里上下点击着，然后，我播出了那条无异于晴天霹雳的消息，“知名女主播秦笑今天凌晨……”

我脱口而出，然后，世界突然“嗡”的一声静止了。

迷迷糊糊中，我隐约记得董珂不解的眼神。我想要回神，可是回不过来。就像被困在梦魇中，手脚被绑住一般，在冷气房中，我浑身僵硬。

几乎在同时，董珂迅速推上音乐，抢过鼠标，帮我救场。

“是的，知名女主播秦笑呢，今天凌晨通过微博晒出了结婚证书……”

董珂一边直播，一边斜眼看着我。

她说的内容，我好像都听见了，又好像都没听见。冷气“唰”地一下变得刺骨起来，我终于用尽全身力气挪开了我坐着的转椅，然后，打开播音室厚重的门，冲了出去。

我从二十多层的楼梯一路往下跑，是的，我不能停，一旦停下来我可能就会瘫软。我不能和别人说话，我怕我一说话就会忍不住掉下泪来。我就这么跑，一直跑出大院，回头看着飞碟形状的广播大厦，在极好的蓝天的映衬下，好像开始旋转起来。天气瞬间变得燥热，像是从冰库去到了屠宰场。我有点儿发晕，我是不是在梦里？刚才怎么了？秦笑结婚了？在我即将和她表白的几个小时前结婚了？这不可能，我一定是在梦里。

我试图使劲打醒自己，但是醒不过来。

那我跑起来可以吗？直到跑出这个噩梦。

街上车水马龙，我却只能一路奔跑。

55

我花了一个小时，硬生生地跑到虹桥机场，买最早的一班飞往北京的机票，麻木地呆坐在座位上。

飞机轰鸣着起飞又轰鸣着落地。

我上了出租车："师傅，光线传媒。"

56

北京。

宽大的马路，庞大的立交桥，超大的公共汽车，和上海好像完全不同。

这就是秦笑这三年磨炼和成长的地方。

光线传媒。

巨大的办公楼，红色的E标，色彩明艳的彩条墙壁，像迷宫一样的办公区，深不见底的机房和隐藏着的演播室，和电台好像完全不同。

秦笑竟然刚好录完节目，和一堆工作人员走出来。

她变了。

她真的变了。

她脸上的妆是我从来没见过的厚重，长睫毛、眼线、唇彩、腮红，耳环、项链、戒指、首饰，一件不少，精致不已。我后来才知道上电视基本都要这么化妆穿戴，但是现实生活中一看确实有点儿吓人。

"顾好，你怎么来了？"可想而知，她见到我有多惊讶。

"你要结婚？"我直截了当地问，不顾自己蓬头垢面的形象。

“哦。”她稍稍犹豫了一下，看了看周边的人，声音低了下来，“嗯，你都知道啦。”

“你要和谁结婚？是不是吕杨？”

“你胡说什么啊？”

“我等了你这么久，你……你竟然要结婚了。”我说这句话的时候真的是鼓足了勇气，因为我说了胡话。

旁边一个看上去像导演一样的人偷偷地示意摄像师：“赶紧拍，赶紧拍。”

秦笑显然觉得我在无理取闹，情绪几乎立刻崩溃：“你等我？”她竟然笑了，“好吧，你等我。那不好意思哦，让你久等了。”她的眼泪“哗”地流下来。

这时，摄影师冲了上来，记者还在旁边喊：“拍特写，往上推！”

我第一次见到秦笑这样的反应，立刻说：“对不起对不起，不是，不是我等你，是……”我看着凑过来的机器，也快哭了，“你们别拍了行吗？”

“拍！拍下来！看看这么些年都发生了什么。这个人，顾好，是我的学弟。大一的时候，这傻小子来考广播电台，最后他没考上。第二年，刚好我做了台长，我天天在报名处等他，终于在最后一天等到了，我把他捞回来。然后，我们共事了快三年，我们一起搭档主持节目，一起唱歌，一起旅游，一起比赛，一起进了上海广播电台。我们共同经历了那么多的‘一起’，你却从来没有和我说过一句在一起。你今天来找我是什么意思？我结婚了，你才来找我是什么意思？我不是要结婚，我是已经结婚了！”

我原本还幻想着她宣布结婚的消息可能只是一场误会和游戏，听到最后一句话的时候，我才彻底接受她已经结婚了这个事实。

是的，她，已经不可能再和我在一起了。

“就一天，为什么不能再多等一天？”我轻轻地说，好像是说给自己听一样。

“我每天都在想，我再等等，再等一天，再多等一天。等顾好有一天觉得他成功了，配得上我了，他一定会来找我。顾好，我知道你有责任感，有担当，在你无法给我未来的时候，你不敢轻易承诺。但是你要知道，你做出这样的决定根本就是自私！”

我脑子里瞬间闪过种种过往。

秦笑曾经给了我那么多的暗示甚至明示，我却因为自己的怯懦，没有勇气承担。到现在我也想不明白，这到底算是负责任，还是不负责任？

我们都沉默了一阵之后，秦笑似乎有点儿累，她用一段话结束了我们之间的所有可能：“我想要两个人一起奋斗的生活，同甘共苦，彼此依赖，而不是功成名就之后可以炫耀给别人看的幸福。所以，这是老天安排的，对你，对我，都是最好的。”

“对不起，秦笑。谢谢你，祝福你。”

57

秦笑没有嫁给什么高富帅，她嫁给了一个普通的摄影师，她在微博上晒出了他为她拍摄的照片。我看得出来，那都是带着浓浓爱意拍摄的作品，在男人的心中，镜头里的秦笑不是女神，而是自己的蜜糖。

然后，我又看到秦笑的访谈。

“每次拍我的时候，他都会直勾勾地看着我，一点儿都不害羞，反而是我会感到不好意思。”

“他很帅，而且他会用很安静但是很热烈的方式来表达情感。

比如，他陪我过马路的时候，会默默地站在车来的一边，过了中线以后，又立刻转到另一边。”

“他和我在一起不会有压力，我觉得这是他最棒的地方。我常常和他说：‘哎，你女朋友是女明星啊。’他会发自内心地说：‘这说明我魅力无限啊。’”

“嫁给他，我很开心。”

“你们不要采访他，他不会接受采访的，采访我就够啦。”

我在家里看着她的访谈，流下不知是悲伤还是感慨的眼泪。

我们的那些青春，终究已成往事。

“我们再也回不去了”这句话，此刻我才真的明白。

58

一周后，电视上播出新闻的时候，我其实有点儿蒙。

“近日，光线传媒宣布解散节目部，同日公司签约艺人秦笑也删掉所有微博。截至记者发稿时，暂时没有任何官方回应。有记者拍到疑似秦笑独自在首都机场逗留的画面，据猜测她可能是因为事业受挫去国外散心。记者尝试拨打秦笑本人以及经纪人电话，均无人接听，而光线传媒经纪部也表示暂时无可奉告。”

我立刻开始打秦笑的电话，开始时是转到秘书台，没几天就变成了空号。

在2010年这样一个信息高度发达的时代，一个女明星，竟然突然消失了。

坊间传什么的都有。

我只能不去听，不去想。

我不愿意猜测背后发生了什么，因为大家都在猜测。过去的这三年，我确实离她越来越远，她可能早就不是我想象中的那个她了。

所以，她既然主动选择了消失，那我也没有任何办法让她回头。

我们好像已经不熟了，对吧？

59

人一旦过了二十五岁，一年又一年，就过得快极了。

2015年9月的时候，贾涛突然打电话给我，希望大家聚一聚。三年前，他从台里辞职，加盟了一个视频网站，整天嚷嚷着要做什么生态产品，其实就是生产一堆锅碗瓢盆什么的，结果却没做起来，倒是无心插柳做的网络节目大红，把一堆网红捧上了天。反正我挺看不上这类节目的，老是笑话他。

“对啊，我就是这么low，从来没变过，也不打算改了。”他一点儿也没变，“对了，我年底要领证了，等我办事的时候，都去喝喜酒啊！”

“哎呀，真行啊你，我们这里边，你最早啊。嫂子长啥样，不漂亮的话，我们肯定继续笑话你啊。”

“哈哈，还行吧。”他打着马虎眼，“以后结婚了，大伙儿就更不容易聚了，领导，你组织组织呗！”

能联系上的也没多少人，也就我、陶靓、牛梦溪，李同还在上海。巧的是，雷秃秃和马大威竟然嚷嚷着要从澳洲回国探亲，而蒋心怡也想尽办法从剧组请了假出来，用她的话说，叫挪出了档期。

一下子，我们好像又回到了当年。

陶靓帮我们定了学校食堂的包间，我早早地到了。想着不少人几年没见，心里还挺激动的。陶靓第一个安安静静走进来的时候，我有点儿纳闷，她怎么完全没变啊，还是当年那样啊！她没有显得很激动，也没有准备拥抱一下的意思，只是一边放好包包，一边特别自然随意地说：“哎，顾好，菜你点好了没有啊？”

“还没呢，你点吧。”我一开口，就想起当年我们讨论去吃安徽料理时的画面，我不由得开玩笑说，“有双份大香肠炒饭吗？”

“哎呀，被你说得我也想吃，走吧，要不咱们换到大门口的路边摊聚会？”陶靓立刻完全恢复当年的样子。

我才发现，原来同学聚会并不像电影里面演的那么矫情啊。

大伙儿陆续到齐，基本都没什么变化，只有雷丢丢更胖了。

贾涛宣布了自己即将结婚的喜讯，蒋心怡忍不住做出夸张的表情：“Oh my gosh！谁这么幸福，即将嫁入豪门啊？”

“那可不一定，”牛梦溪插嘴道，“现在啊，很多女生自己就是豪门。”

“你是在说我吗？哦，谢谢。”蒋心怡这两年确实片酬涨了不少。

“李同也不错啊，”我发自内心地为当年的小徒弟高兴，“听说你把童改成了同之后，就变成意见领袖了，出书，演讲！现在我们这里面，要说红，还是你最红啊！”

“可不是吗，”陶靓接过话，“现在咱学校的学生，看见李同就疯狂得要死，就和当年比赛完了迷我俩似的。”

“妈呀，都什么年代了，还追星呢？”雷丢丢开了口，“我的两个孩子以后可不能这样。”

“都两个啦？马大威行啊！优生优育专业没白学啊！”

“滚一边去！我家大马马现在可是澳洲最大的动物园的园长，这次回来啊，要去湖南卫视谈一个明星和动物的真人秀。我家大马马可能还会上电视当裁判呢。”

“哎呀，湖南卫视啊，那肯定会红啊。”

“可不是吗，没想到这么多年了，还是湖南卫视的天下。”雷丢丢感慨道。

“哎呀，其实东方卫视也不错啊，接下来我的戏就是东方卫视播。”蒋心怡什么时候都不忘推荐自己。

“哎，还是国内好，热闹，我待在澳大利亚特无聊，净陪着羊了，都憋瘦了。”雷丢丢根本没有接话，看得出她和蒋心怡真的没什么感情，好歹也是以前自己带的徒弟啊。

“对对对，不如回来算了。雷丢丢，你这型的现在回来，各种网络节目上不完啊！哎，贾涛，你赶紧捧捧你当年的搭档啊！让她上上你那网络节目《屌丝说》。”陶靓揶揄贾涛，“哎，当年，你俩搭档主持那节目叫什么来着？《啊！五环》，哈哈哈，对对对！你知道吗，现在有首歌就叫这个名字，特别逗！”

“啊，五环，你比四环多一环！啊，五环，你比六环少一环！”

“真的啊？当年这名还是我取的呢。”雷丢丢来劲儿了。

“对，现在是一个叫作《煎饼侠》电影的主题曲。”贾涛说，“好家伙，票房十几亿呢。”

“大鹏当时找我演来着，我刚好档期排不开！”蒋心怡立刻插了话，“不然，哪有袁珊珊什么事儿啊！”她突然又想起了什么，“哎，对了，上次啊，我在深圳的头等舱休息室，你猜我看见谁了？陆鹏！哎呀天哪，我当年的男神，现在竟然发福了！我当年可是因为他才考的广播电台呢，结果我一进台，不知道为什么他就走了，那时候给我难过的。”

“是吗，他现在干吗呢？”竟然是陶靓开口在问。

“好像混得一般般，穿着制服，不知道是不是做地勤。按理说工作这么多年了，也许是个小主管吧。我也没多想，冲过去就和他打招呼。你猜怎么着？他竟然不认识我！哎，我都这么红了，他竟然不认识我！我也不能和他说我是蒋心怡吧！那么多人看着呢，多丢脸！”

大伙儿貌似都有点儿小心酸，又都忍不住暗笑。但谁也没有再提起那一段往事，即便时间已经过去了这么久，而蒋心怡还蒙在鼓里。

算了，都过去了。

“哎，也不知道秦笑姐姐怎么样了？”哪壶不开提哪壶，牛梦溪也挺得李同真传的。

“对啊，宣布完结婚就消失了。”蒋心怡怎么会错过八卦的机会，立刻发表意见，“估计是红过之后，看破红尘了。不应该啊，你看我的好朋友子怡啊，冰冰啊，还有幂幂、诗诗、丽颖和baby啊，红了那么多年还在拼。”

贾涛倒是一副看透了的表情：“人这一辈子啊，就该什么都体验体验，那些虚的名啊利啊的，都不重要。”

“对，我们大伙儿今天能在一起，最重要！来，干杯，干杯！”

60

那晚，我喝得有点儿多。

大家都散去了，只剩陶靓陪我走在广播电台楼下的小路上。

陶靓突然说：“秦笑前两天回来了。”

我一惊。

“她知道在学校一定找得到我。”

我根本没有任何心理准备，结结巴巴地问：“啊？她……她这几年去哪儿了？”

“洛杉矶。”

“哦。”我瞬间就全明白了。

“那，男孩儿还是女孩儿？”我问。

陶靓有点儿惊讶，我想她是觉得我太聪明了吧，她微微笑了一下：“我没问，回头你自己问她吧。”

“其实，就算当时是奉子成婚，也没什么啊，又不是什么丑闻，干吗突然就消失了，她也真是想不通。”我感叹着。

陶靓直接打断我：“如果她现在还是单身呢……”

“啊？离婚啦？”我有点儿吃惊，但心里立刻冒出了一丝惊喜，“那孩子？”

陶靓想了想：“哎，算了，我给你们建一个群，你们自己约见面吧。”

61

建完群好久，都没人说话，我甚至没有主动加秦笑为好友。我点开她的头像看了好几次，并不是她的照片，倒像是当年广播电台楼下的那一簇海棠花。

我在那一刹竟然想不起她的样子，近五年的杳无音信，让我们在群里都有些尴尬和陌生。

她的文字消息首先传来：顾好，好久不见！周末上午十一点，到广播电台的花园里坐坐吧，好久没听台里的节目了。

我立刻回复：好。

然后我也不知道该问什么。

她：听说你曾经写过一个有关广播电台的故事的剧本？

我：哦，嗯。

她：带来给我看看呗。

我想了想，觉得那个剧本挺幼稚的，就发了“算了吧”三个字给她，然后又心里特别紧张地立刻撤回消息。

62

那天，关于我要怎么出现这件事情，我想了好半天。

我曾经想穿得像当年那个男孩的模样，反正她已经结婚了，孩子都生了，我呢，还是单身，索性我就做回当年的小男孩呗。这是个什么心理，我不知道。或者，穿成成功人士的样子，把家里所有的名牌都穿上，像《来自星星的你》里的都教授一样，让就算结过婚生完孩子的女明星也怦然心动一次。这又是个什么心理，我也不知道。

我在家里换来换去，最后，时间快来不及了。

要不，还是穿那晚参加比赛的荣耀战袍吧。

那件Dior的外套，后来我才会念它品牌的名字，是秦笑在比赛前特意去恒隆广场帮我借的。我一直都不太会穿衣服，也没什么好衣服可穿，她当时非要去帮我借一身名牌西装，才让我上台。回想起来，那身衣服确实在当晚对隐藏我的屌丝气质起到了决定性的作用。后来我拿了大奖之后，她告诉我品牌老板知道这个消息很开心，就把这件衣服送给我了。

我竟然就相信了。

63

有多久没有在午后悠闲地坐在这座花园了？

以前上大学的时候，这里是我们去台里的必经之地，天天路过，觉得稀松平常，花开花谢都不会在意。在单纯快乐、永远没心没肺的那几年，总以为自己已经成熟，世界就这么简单，偶尔纠结的那些事情，现在看来是那么不值一提。可这就是成长不是吗，每个人都不会知道未来是什么样子，就算你已经三十岁、四十岁，你也依然不知道在你五十岁、六十岁的时候会发生什么，有谁会在多年以后在哪个地方等着遇见你。一切，都只有自己亲身经历过才知道。

然后我们用岁月换取了经历，便再也回不去了。

秦笑好像来了。

光影下，一个超有明星气质的女子翩翩而来。我瞬间脸红了，心开始狂跳，咽了口口水，准备上前打招呼，结果发现不是她。

松了口气，我开始左看右看。一个胖胖的女生背坐在那里，她的长头发被风吹起的时候，倒也有那么点儿感觉，她不会还怀着第二胎吧？我的想象力也太丰富了。我担心那就是她，但是还是走了过去，胖女生刚好转过头，我发现也不是她。

那她到底变成什么样子了呢？我努力搜索脑海中她年轻时候的模样，但那张刚下了节目浓妆艳抹的高端精致面孔一直在我眼前挥之不去。

我终于看到一个女士带着两个孩子在花园里玩，女士的背影显得温柔，太像秦笑了，没想到她都有两个孩子了。我微笑了一下，走过去拍拍她的背：“秦笑。”

她转过头来，真的是她。

但是她竟然像小姑娘一样。

她竟然穿着那年我报考广播电台的时候穿的那件宝蓝色连衣裙，完全不施粉黛，天哪，就像不到二十岁一样。秦笑面对着温柔的阳光，有一丝丝刺眼，她的眼睛眯了起来。

“顾好。”她开口了。

这幅画面太美了。那一刻，我想我应该像个王子，至少穿得是这样。而她，再也不是什么师姐、什么女神、什么天使，她，就是个小姑娘。

“好久不见。”我的声音温和而柔软。

“好久不见。”她笑得特别甜美。

“你怎么都没变啊，还和大学时一样，好像还变年轻了。”我说着说着就笑了起来。

“哈哈，你也没变啊，虽然你穿成这样。”

“后来几年我都是在电视上看到你，几乎忘了你不化妆的样子了，原来还是这么美。”

“其实，我们都变了，我们只是习惯在老朋友面前自然而然地让自己呈现出不变的样子，以至于自己都没意识到而已。”

“这话怎么听着这么耳熟呢？”

“嗯，好像是乔静说的。”

“我的天哪，那是多少年前的事了。”

“对啊，听说你现在是频道总监，你们频道搞得不错，做节目，做杂志，做活动，还准备拍电影啊。”

我也调侃她：“嗯，那不也是你的频道吗，那节目还是你让给我做的。”

“《全城都在点》这节目还有啊？”

“有啊，我不会让它停掉的。”

“啊，那我要去做嘉宾。”秦笑有点儿兴奋。

“复出首秀啊？我们这可是座小庙。”

“我现在的身份是光线影业的制片人。”秦笑恢复了端庄的气质，“这几年，我在UCLA读电影。”

“哦，和你先生一起吗？这是你的孩子啊？真可爱！”

这时，一个大婶跑过来：“天天，石头，总算找到你们了，就知道乱跑！哎呀，不好意思啊，小孩子不懂事，一转眼就不见了，谢谢你们啊。来，跟阿姨说再见。”

看着我有点儿惊讶的表情，秦笑忍不住笑了：“我……我还没结婚呢。”

“这……”

"我这次来上海能待的时间不多，赶快给我看看你的剧本吧。我正在挑项目，五年前我们公司的节目因为我黄了，电视事业部都解散了，现在我可得立功赎罪。"

"这到底是怎么回事啊？"我觉得自己在做梦，但隐约觉得好像是个美梦。

秦笑就一直笑，一直笑。

秦笑的自白

"嫁给他，我很开心。"

"你们不要采访他，他不会接受采访的，采访我就够啦。"

咔！

"老大，我越来越觉得有点儿不对劲，这样真的不会有问题吗？尺度会不会太大了？"从昨天在微博晒出结婚证书，到现在过去了整整二十四个小时，我的心情已经从一开始的异常兴奋到惴惴不安再到有点儿后悔。

"我告诉你，女明星和普通人的恋爱真人秀，这可是国外现在最新最火的节目模式，怎么着，要打退堂鼓啦？怕昨天你那个小男友跑啦？"

我一时语塞。

"你昨天那场戏演得多好啊！"老大发自内心地赞叹，"我们都能直接加一个前男友追婚的环节剪辑进去了。哎，我说，你昨天说的那些都是真的？我真以为你是为了宣传自己而故意设计的呢，那时还想说：秦笑行啊，够配合的，不通知节目组就来这一招！"

我有点儿想发作，又觉得自己很好笑，索性破罐子破摔地说："是啊，那段话我在心里演练过无数次了。"

“哎哟，我跟你说啊，这个节目到时候播出去，你绝对会火。”

我实在过不了自己这一关：“老大，我真觉得有点儿不合适，这不是欺骗观众吗？”

“唉，现在节目不景气，公司的节目都停得差不多了，这档《中国正在爱》可是咱们今年的大项目，也是老板的最后一搏了。这节目播出，应该可以救公司一把，你也能火。你就当做好事，我们啊，都靠你吃饭呢。而且，结婚证你都晒出去了，也没有回头路可走了。”

“我想不明白，其实有很多好的节目模式，干吗非要选这个明星假结婚的啊？”

“这才猛啊，明白吗？对了，咱们准备这个项目，只有大老板、你和我三个人知道内情。我们可得高度保密啊！一定要等到需要的时候，才能公布真相！你的那小子，也千万不能说！”

是的，一晃，我都毕业四年了。

我所在的这间公司，从领导到编导，换了一拨又一拨，和我一起进来的新人已经成了制作人，我也早已成了光线传媒的一姐。工作最多的时候，手上同时有六档节目。最忙的时候，一天要飞三个城市。虽然永远充满了新鲜和未知的刺激和乐趣，但我知道这不是我最终想要的生活。

昨天，顾好来了。

顾好。

我的顾好。

这个占据了我人生最美年华的名字。

不要问我怎么喜欢上他以及喜欢上他的原因，没什么理由也不需要理由。雷丢丢曾经说过，要的就是感觉。

我在遇到他的第一年，只是远远地看过他几眼。然后，这个干净乖巧和认真的孩子被淘汰了，我无能为力。

我努力成为可以决定他命运的人。第二年，我终于在招新的最后一天又见到了他，我让他加油，他也终于来到了广播电台这个大家庭。

然后，我们唱歌，唱了很多歌。我们唱《广岛之恋》，一直唱“爱过你，爱过你，爱过你，爱过你”。我瞟向他，他的眼神好像也有点儿想要飘过来，可是我知道，他还小，他害怕。

我们去KTV，我给他算账：“你看，我们一个人只要付三十九块钱，就可以欢唱三个小时。算下来一首歌才三块钱，而且还包一顿自助午餐。”看着他惊讶的眼神，我感觉自己就像居家过日子的小媳妇。

在采石的翠螺山上，他第一次拉起了我的手，我多么希望他别放开。

他比赛的时候，陶靓临时失声，我的心立刻揪了起来。我多么想立刻冲上去帮他解围，而他急中生智的一句《全校都在点》，我就知道，我们的默契真的从来没有减少。

我想要去非洲做志愿者，是因为可以有机会留在上海广播电台，我必须这么做啊，因为只有这样，我才可以先进台里，从而在他毕业的时候帮他一把。我知道，这是他从小的梦想，但他似乎从不敢奢望。

光线传媒招主持人的时候，其实我知道，一开始只有配音的岗位，可我还是要去，因为只有我走了，他才能在电台有节目做，才能有自己的位置。

但我的内心知道，我真的不愿意离开啊。

我当时多想说：“我知道你现在什么都没有，但是我不在乎，以后你都会有的，你有了，我也都会有的。”

可是，我要给他留面子，我不能说。

顾好啊，你太善良单纯，太有所谓的责任感。可我要的不是这些，我要的是你追求我，而不是追赶我。

终于，你来了。

我感到意外，又不意外。

我感到意外的是你终于开了口，而且是以那么激烈的形式。这应该是你唯一真正追求我的一次吧，虽然有点儿像一场闹剧。你知道吗，那段话，我真的在心里演练了很多次，我害怕有一天我真的结婚了，你后悔了，才来找我，我会在那时说出自己的心里话来！但我最终还是说出来了。

我不感到意外的是，你还是没有长大。有句话说得没错，男人永远是个孩子。我不怪你，就算我最后说了那么刻薄的话，也不是因为我恨你。因为，你还是个孩子，因为，你用谢谢我和祝福我，完成了你的再次退缩。

今天，我违约了，我退出了这个节目。

这是一个艰难的决定。

我删掉了所有的微博，断绝一切的联络。

我和我的老大，以及老大的老大深深地鞠了一躬。

我说自己一定会回来，一定会报答你们。但是现在，请你们原谅我。

我不知道做出这个决定是不是因为你。

我只知道，在这一刻，我不想欺骗任何人。

64

《晴有风》在秦笑的操盘下，很快顺利开机了。

牛梦溪被我们找来演秦笑那个角色，这是她第一次演戏，秦笑力荐她。没想到，她挺自然大方的，外加一点儿生涩，演得恰到好处。

我看着监视器，对秦笑说："你别说，牛梦溪还真有点儿像你。"

她立刻得意起来："我眼光不错吧。她一进大学我就注意到她了，我就是看她像我，才鼓动她报广播电台的。这样一来，贾涛立刻就转移目标了，你也就不会有压力了。"

"啊，真的假的？你这么有心机啊。"

"哈哈，开玩笑啦！"

这时候还需要争论那些往事吗？

"哦，不过人家还是没看上贾涛，和李同在一起了。这都多少年了，好在贾涛总算'嫁'出去了。不知道谁那么……幸福。"我感慨道。

此时，风吹过秦笑的头发，让她有一种别样的青春之美。

"你不自己演啊？"我记得当时她的愿望就是演这部电影。

"我这个年纪去演少女，不太合适吧。"她开始使用一种略带嗔怪的语气，"而且，我要是一不小心又演成影后了，你岂不是又得追我好几年？"

大明星都cue我cue到这个分上了，我要是再不开口，真的是天理难容了。

我靠近她，搂住她的肩膀，缓缓地说："影后的男人，不就是影帝吗？"

然后我看着她，她发自内心地笑了。

乔静的自白

“我真的很喜欢广播，我真的很想加入广播电台，我喜欢这些人，希望能和他们共事，我不明白为什么他们都不要我。我大二了，明年再考的机会都没有了。”

陆鹏紧紧握住我的手，不知道该用什么方式安慰我。

“等他们走了，我想再去台里待一会儿，可以吗？”

晚上十一点的时候，广播电台关了灯。陆鹏陪我到广播电台，那一晚，我们在那里坐了很久，这个我只待了两个月不到的地方，让我如此眷恋。

我翻看《晴有风》，看了很久，合上的时候，竟然默默地把它放进了自己的书包里。

我也有过一丝挣扎，但最终还是情感战胜了理智。

我要带它走了，这样我才能永远和你们在一起。

电影《晴有风》要开拍的消息传得挺热闹，我都让老爸准备好投资款了，却突然没声响了。

这一拖就是五年。

有一天，我又接到上海广播电台唐叔的电话：“哎，乔静，五年前那部电影《晴有风》真的准备要做了。这次光线影业主投，我们准备跟，你爸跟吗？对了，这次剧本有些改动，原来剧本的结尾不是男女主角在一起了吗，当时你还觉得太梦幻，太童话，不真实。最新版的剧本改了结尾，他们最后没在一起。女主角结婚了，新郎是别人。据说，这才是真实的故事。”

“哦，这样啊。”我心里不知道为什么，竟然有一丝窃喜，“很好啊，我喜欢真实。电影就是要真实嘛，因为生活就是有无数的未知和残酷，尤其是爱情。我老公一直以来都喜欢唱一首歌叫《糊涂的爱》，里面有一句话我觉得特别对，爱就是糊里又糊涂。哎，对了，唐叔，我还没跟你说我要结婚了吧？嗯，我以前的校友！在学校的时候啊，他就是个屌丝，现在啊，投身互联网领域。你知道的，那谁，嗯，我也没想到我会嫁给他啊……”

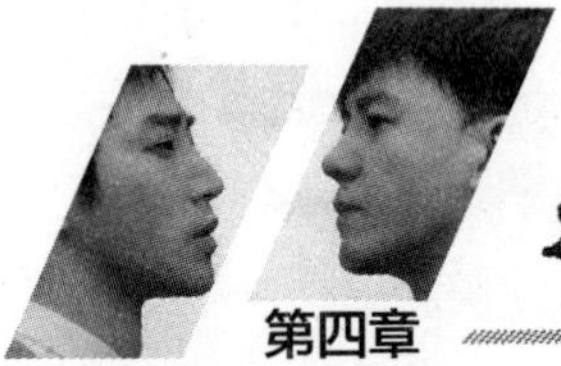

进击的男孩

第四章

低迷的时间再长，也一定有峰回路转的时刻，
这个过程中，千万不要放弃

这一稿我前后差不多写了半个月。

正值盛夏，我基本没安排别的事，就是写写写。写作这个东西，于我而言，就是把你想说的用大家看得懂以及看得舒服的语言表达出来，不一定需要特别的技巧。有的人天生有讲好故事的能力，那他就能吃这碗饭；而我们，不一定要吃这碗饭，但是这不妨碍写作。当然，除了文字功底和语言的运用，作品最终呈现出来的水准，和你对这个世界的认知也有很大的关系。所以，我现在想得挺明白的，出书，还是晚一点好。

写作的人都有这样一种经历，就是当这一段写得顺利的时候，几乎不用斟酌每字每句，想到哪里，键盘就敲到哪里，不用停顿，不用构思，行云流水般，可以一写一整篇。而且，你会在这个过程中突发灵感，有很多巧思。那些可以设置的小悬念，男女关系的小误会，喜剧包袱的小隐喻，前后呼应的小得意，让你自己都佩服自己。可是，如果某一段卡了壳，你可能写一段删一段，再写，再删，一整天都没有任何进展，然后你会变得很沮丧。

我后来又陆续写了几个故事。我总结出来，当你写不下去的时候，通常就是你在胡编乱造。你根本没有这样的经历，你身边的人也没有这样的经历，你可能只是为了创造一些人物关系或者戏剧效果，以及迎合一些流行元素，去胡编乱造一些情节或者无病呻吟一些情绪。所以，写不下去是因为那不真实，而且，你不爱。所以，就写你自己，写你最熟悉的故事，哪怕没有那么波澜起伏，之后可以再进行艺术加工，但起码那是真的，真实的故事最感人。我相信每个所谓的作家，最初都是从自己最熟悉的领域开始的。我加了所谓两个字的意思是，现在反正只要出了书，都是作家，连我都可以当作家了，你们当然也可以啊，对不对?

我还记得写完最后一个字那天，春秀路上的大杨树被夏天的风吹得沙沙作响。我如释重负，也对自己心生敬佩。我竟然把这个埋藏多年的梦想实现了，或者说是解开了一个情结。哦，这个梦想不是我要写剧本或者拍电影，而是我终于对我的青春，对我这个念念不忘的"职场初恋"有了一个交代。天知道我是多么爱它啊。

我读了好几遍，越读越喜欢。然后，我特别兴奋地直接给我的前老板——光线传媒的李总打电话。

我说："我写了一个剧本，您帮我看看呗。"

光线传媒彼时早已上市成功，并创造出《泰囧》的票房神话。

李总热情地说："好啊，你先把剧本发给我吧，我看完后约你聊。"

2009年底我从光线传媒离开，然后进行创业，在2012年我的事业小有成就的时候，我曾回光线传媒和她谈过一次合作，当时她表示很欣赏我的事业（这次合作甚至一直持续到2015年，双方都受益颇多）。我想，这一次，应该也没问题吧。

可是，她竟然没约我聊。

中间我曾催过她，她说："我安排剧本部门的人在看呢。"

我当时想说，剧本部门的人是谁啊? 真没眼光。

这一段时间，我其实依然沉浸在"我写了一个剧本"这件了不起的事情中。对于剧本本身，我没有再动它。偶尔有了一些新的思路和构想，我会修改一些地方，然后发给一些与我比较亲密的朋友。

他们通常会问："这是你自己写的吗?"

我说："是啊。"

他们说："写了多久？"

我说："大概半个月。"

他们说："好厉害啊，给我看看呗。"

我就发给他们看，然后，也没有任何下文。

没有回音还好，更大的挫败感来自被否定。

比如一些圈内的朋友会问："你学过编剧吗？"

我说："没有啊，为什么一定要学呢？"

他们说："写剧本是很专业的事情，不是随随便便就可以写的。你这个剧本我随便翻两下就知道，肯定不行。"

还有朋友说："你干吗要拍电影呢？是不是觉得现在电影市场很火啊？哎哟，不要跟风，你啊，要有点自己的判断，看看自己到底适合做什么。"

"嗯。"我点着头，但心里还是不太服气。

当然，我也慢慢开始反思，为什么大家对我和我的这个故事没有什么兴趣？首先，很现实的情况，我是一个新人。在这个越来越追求快速成功，充满泡沫和激进的圈子，疯抢已经成功的IP是常态。市场好，资本又多，无所谓，我就用钱买断你之前的成功，你要多少钱我都给你。但如果你是新人，对不起，我不想承担这个风险。OK，我接受这个世界的规则。

当然，我也慢慢懂得，更重要的原因是，这个故事本身，无论是题材还是内容，貌似都没有那么吸引人。

有个朋友说得很直接，要么强剧情，要么重工业。

否则，很难。

可我和我的作品，天生就没有这样的基因啊。

写完这个暂定名为《晴有风》的剧本之后，我没什么事做，便趁热打铁，又开始写第二个故事《沈珍珠的罗密欧》。因为也是有真实的故事原型，所以我写的时候格外带感。这期间，我依然时不时地和朋友透露我写了剧本想拍电影的事情，然后把故事发给他们，但很可惜，无人问津。我常常会打开电脑再看看这两部作品，却只能叹息一声。

2015年夏天，中国教育电视台开了一档日播的电影访谈类节目，找我去做主持人。虽然几乎没有什么收入，而且工作量非常大，但电影这个题材还是引起了我的兴趣。

我不是想要进入这个圈子吗？虽然电影节目还是属于节目，可毕竟是在聊电影啊，给你这样一个机会，就好好去磨炼吧。现在想来，这档《嘿！电影》当时录制的工作量之大，确实有点儿让我崩溃，但我非常感恩那段时光。我可以和几乎全中国最知名的影评人、学院教授、资料馆学者、电影业者面对面畅谈全球银幕佳作。我不懂的领域，我就做好功课虚心请教专业学者；我有自己想法的，就大胆和嘉宾交流；我喜欢的、不喜欢的，我都直接说出来。慢慢地，随着自己的看片量越来越大，又融合了不同嘉宾的观点，加上对中国电影市场的极度关注和了解，我开始变得有信心起来。有好几位嘉宾下了节目都说："其实你也可以做影评人了，你的眼光非常不错，而且你头脑很清楚，评价也客观，这很难得。"

我想，随着年纪的增长和阅历的增多，对于任何事物的判断变得越来越成熟是必然的。就拿电影来说，每个片子都有它可取的地方，也有它的不足之处，只是好和烂的比例不同而已。评价任何人或者作品都是一件复杂的事情，难以三言两语说清楚。如果非要有一个标准，那也很简单，就是好看和不好看。这一点上，豆瓣电影的评分算是客观可取的。

扯远了。这一段工作经历里还有一件对我有重大意义的事情，我要说一说。

2015年夏天，有一部动画片叫《大圣归来》，这部影片的发行方影联传媒的高亚明是我以前的同事。那时候，他们正在为这部戏的宣传苦恼，因为这是一部国产动画片，没人看好。我的个性就是爱帮忙，就对他说来我们节目做宣传吧。对方也很重视，出品人路伟先生亲自来，我俩坐在舞台上一边看片一边聊。我一看片花，就觉得这部电影和之前的动画片完全不一样。路伟很骄傲地介绍这部电影制作的来龙去脉，以及艰辛的过程。我听完之后，很有感触，也变得很兴奋，然后开始发自内心地向大家推荐这部电影。节目原本是一集，但因为我们聊得太多，最后剪成了上下两集，我还特意将它安排在一个朋友负责的新娱乐电视频道里反反复复播了一个月。

这部电影后来大火。当然这和我们的推荐其实直接关系不大，但影联的同事就是觉得我靠谱。

后来有一次我和亚明聊天，我说："其实我也想拍电影，自己在准备剧本了。"

亚明说："嚯，许老师你真能折腾，把剧本发给我看看呗？"但是因为剧本遭受过太多的冷遇，我自己其实也没什么信心，就说再改改吧。

2015年中国的电影市场出奇的好。《大圣归来》之后，更出现了《夏洛特烦恼》这样的现象级影片。但凡口碑不错的影片，都能轻松拿下几亿的票房，这让我一度沉寂的心又开始跃动起来。

我准备花一个月的时间，全身心投入到改剧本这件事情上。

这次，我跳出来，让我的90后同事们和我一起修改。他们就是最直接的观众代表。他们一遍一遍地读剧本，然后给我提意见。

孩子们对于这个故事没有特殊感情，所以说话特别直接。

"嗯，我觉得男主角和女主角不能整部电影都没在一起过，经历过在一起，然后分手了，之后再在一起。这样的故事才精彩，才会跌宕起伏。”

“感觉陶靓现在变成了女一号，平时古灵精怪，招人喜欢，一到工作场合又是嗓子打针，又是失声演出，又是校园改革，这个人物形象太丰富了，太立得住了，明明这才应该是女主角啊。我觉得陶靓所有的戏份都可以给女主角，这样女主角的形象就会特别丰满。”

“我觉得人物角色太多了，整个故事给人的感觉不像一部电影，很像网剧。”

“如果要拍电影，后面的新人其实作用不大，对男女主角的感情线和事业线都没什么帮助。”

“校园里的戏份太多了。说实话，其实我们很多人的迷茫是发生在快毕业或者毕业两三年的时候，大学时候爽着呢。我们想看和我们的内心更贴近的东西。”

“女主角对男主角一见钟情没问题，但最好还是给他设计一些独有的才华，这样更有说服力吧，不能就只是因为对方长得好看而已。”

“我个人更想看和职场奋斗相关的剧情，屌丝逆袭这种的，那些什么情啊爱啊的，太老套了。”

“许老师，你要把自己的特色写进去，你是文艺青年，但你又是网感特别好的综艺制作人，本身就是个两面体，你应该还原自我，做有情怀的喜剧，或者特别好笑的悲剧。”

我真的发自内心地感谢这些小朋友，也第一次感受到了团队的力量。他们的客观打破了我一直以来的主观，让我清清楚楚地知道我的优势在哪里，问题又在哪里。终于，半个月后，一个更成熟的剧本慢慢有了雏形。

首先，结构。这版剧本为了有更好的电影质感，把现实线，也就是一天的追寻过程，和过去的回忆线交织在了一起，产生了一两次跳入跳出的感觉，带出现实和历史的时空交错和人物关系的发展变化，画面层次更丰富，就不会像在写流水账。

第二，人物。这版剧本的男主角音乐特长非常明显，他会唱歌，会弹琴，懂音乐，是个非常有魅力的人，而女主原来极度完美的人设中加入了一唱歌就跑调的可爱设定，这让她对男主从单纯的对外形的喜爱中增加了对他的才华的崇拜。

第三，剧情。剧情也是在两个主角身上变化最大。之前两个人磨磨叽叽，十年后才在一起，而新版剧情让第一次高潮——主持人比赛的当晚，就成为两个人在一起的标志，之后又为后续他们的分手设立了很多新的故事桥段，让这些故事一次一次考验他们的感情，比之前当然要虐得多，也更好看。而其他的人物关系也全部做了巧妙的连接，八个主要人物的关系变得非常清楚又戏剧感十足。

这一版，有趣的地方更有趣，真挚的地方更真挚。好像，更像我自己了。

电影的名字也在这段时间确定了——《进击的男孩》。我不知道怎么想起了这个名字，就觉得它很像我的人生，而且，大家貌似都很喜欢，多像我此时的状态啊。

然后我发现，转机出现了。

我把这版剧本给影联的高亚明看。很快，他就帮我约了他们公司看项目的丹妮。丹妮是个90后的小姑娘，看了剧本觉得还行，见面听我一聊，才发现原来故事比剧本更有意思，于是我们的沟通非常顺畅。她直截了当地说，像我这样的剧本做院线电影，制作费控制在八百万以内。我问她三百万行吗？我不想花那么多钱。她很惊讶，但还是说最好不要，电影要上院线，品质肯定还是要有保证的，这不是那种极小成本实验电影或者文艺电影，那种只用几十万就可以，我这个剧本真的不行。然后演员选角方面，她建议以新人为主，这一块花不了多少钱，两百万左右。总投资差不多一千万（这和后来我的实际投资和资金分配比例几乎一致），票房只要上了三千万，就稳赚不赔。

所以，接下来就是要找投资。影联可以投，但因为他们是以发行为主的公司，所以投资基本是在后期，等片子差不多有个雏形，他们确定发行这部电影的时候，追投20%。也就是说，之前启动以及拍摄的费用，我还是要自己去找投资。

那天是2016年的元旦假期之后的第一个工作日，我记得很清楚。

不管怎么样，这一天，终于有人看好这部戏，并且表达投资意向了。

第一次有人认可我的电影项目，我之后再和别人聊，就莫名有了点底气。之后，圈里好几家公司表明了先期参投的兴趣。

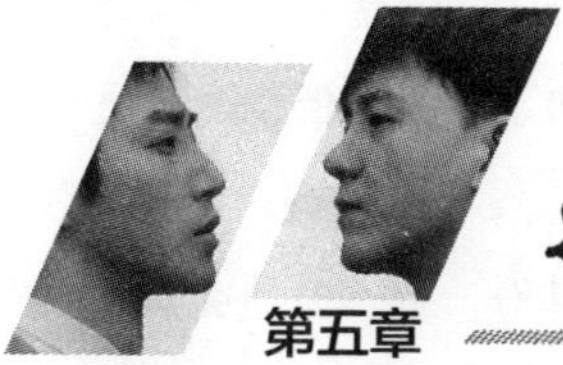

进击的男孩

第五章

做好人，会带来最大的运气

起这个标题的时候我蛮感慨的，因为，我的电影真正的起步，其实更加偶然。

十年前，我刚去光线传媒接手一个日播访谈节目《影视风云榜》，招了一帮刚毕业的新人。那时候我还年轻，没什么管理经验，一个人身兼制片人、主持人、统筹、后期配音数职，累得半死。大家也跟着我拼啊拼，搞得身心俱疲，但没多久项目就黄了。这帮孩子当时应该都蛮心疼我这个老大的，但他们也没办法，都陆续换岗或者离职了。其中有一位同学叫金开冬，当时也没有待太长时间，后来不知道什么时候我们加了微信，但也没有进一步的联系，只是存在于彼此的朋友圈中。

过完年的四月份，有一天他突然约我出去坐坐。我说那就喝个茶呗，于是我们就见面了。他发展得很不错，说起这些年的一些过往，其实我们共同认识的人已经非常少了。后来聊起我们当年那帮人都去做电影了，其实我也在准备，他立刻很感兴趣："你要做电影？准备工作做到什么地步了？"

我说了个大概，他就说："我帮你介绍啊。"

他很快约我去了南新仓，说这里有一家影业公司叫宸铭。我之前没听过这家公司的名字，但是一跨进他们设在大粮仓里的办公室，尤其是看到了《重返20岁》和《分手合约》的海报，我就觉得，哎哟，不错哦。因为这也是我很喜欢的两部电影，和我要做的电影风格有点类似。那么这家公司，应该是靠谱的。

我在会议室里等了一会儿，进来一个人，说：“你好，我是赵龙，我是宸铭影业的制片人。”

然后我们就开始聊天，聊我的经历，聊我做这部电影的初衷，聊我这部电影里的反转情节、喜剧点、人物设定、预埋的梗，他也觉得蛮有意思。最后我聊了自己对电影的理解和态度，以及我对现在电影市场的分析。我其实还挺自信的，因为我觉得我聊得很真诚。而且，重点是我那个时间点的心态很好，来的时候完全就是抱着随便聊聊的心态，并没有想过合作什么的。

而赵龙竟然当时就表示有兴趣，可以先看看剧本，然后细聊。

他说：“我正在做《陆垚知马俐》的后期，7月15号就上了，等我做完呗。”

回去之后，我给他发了剧本。

他很快就回复说：“还可以，蛮有意思的。体量也不大，就千万级别。要不我们公司全投吧，这样也有利于最初的创作。和你的合作伙伴说一声，回头再把份额分出去。”

我们就这么确立了合作。

回头再想想金开冬约我这件事情，是不是觉得很神奇?

正是那几个月，我无意中上传的吃喝玩乐小视频《爱玩大表哥》突然就踩着短视频的风口蹿红，还成了优酷的火爆视频，发现的人是十年前和金开冬他们一批进入光线传媒的张慧，而大力推广的人是十年前和他们在上海并肩作战的同事葛威。

还是那几个月，十年前认识的经纪界大拿喜天影视的老板宴西姐，旗下有吴秀波、海清、张歆艺、张天爱等一众大咖的人物，和我微信聊天时偶然发现彼此竟然是邻居。于是我们就约在楼下喝了杯咖啡，聊了这些年的近况，也聊了《爱玩大表哥》和《进击的男孩》。宴西姐当时就说：“添添，干脆签到我们喜天来吧。”

十年前认识的朋友突然集中出现来帮我，我可以说这是老天的安排吗？我把这段经历说给朋友听，他们都说，应该是因为我人太好累积的福报吧。

过完2016年的夏天，事情终于开始有了起色。

我和赵龙开始密切接触，正式启动这个项目。

我们如何分工呢？老实说，一开始我是纠结的。

这部电影太像我的孩子了，它极具个人色彩，所以，我恨不得爸爸妈妈、爷爷奶奶、姥姥姥爷都由我当。

首先，我也会参与一部分投资，所以，应该是出品人。

这部电影最终呈现的效果，演员要用谁，音乐的感觉，色调的处理，节奏的变化，我脑子里基本上是清楚的。那么，我应该是监制？但我还没拍过戏就先当监制，不能这么自信吧。

那，制片人？事实上，我确实干着一部分制片人的工作，但肯定不会全干，我也干不了。况且，赵龙就是制片人啊，这个身份我不用纠结。

编剧不用说，肯定是我。

演员嘛，这里面找一个适合的角色串两场戏也应该是没问题的。

最令我纠结的身份其实是导演。虽然节目总导演、活动总导演、演唱会总导演我都干过，并且还都是总导演。但电影导演总让人感觉那么高不可攀，那么神秘，那么有含金量。拍戏现场我也去过，一想到一条片子要各种角度拍十几遍，现场乱七八糟的，还有那么多人，要拿着大喇叭各种喊，灯光、摄影、道具、美术各种调度，估计嗓子都要喊破，处女座的我有点怕麻烦。（现在我才知道那是执行导演和各种副导演干的活，是我多虑了。）

所以其实一开始，除了导演，其他的角色我觉得我都可以胜任。

可是后来，我越想越觉得不对劲。

我做这部电影的初衷是什么？是要拍一个自己的“职场初恋”啊。之前说了，这部电影里呈现出来的每一幅画面、每一个音符都是我的情怀所在，每一个角色的一言一行都有我青春的回忆，充满我独特的审美情趣、欣赏品位和表现手段。这样的故事，我不来当导演，还有谁能诠释得更清楚呢？这样的电影，如果我不拍，别人拍出来不是那个感觉，我可是会懊悔死的！

不行，我要当导演。

不论多苦多累多难，我都要当导演。

其他的都不当，我也要当导演。

我们开始慢慢进入工作状态。

以前做节目，其实主导权都在自己手中，一个小团队，很快就能折腾出一个项目并且上线运行。而拍电影，真的是一门合作的艺术，前期策划、开机筹备、进组拍摄、后期制作、宣传发行，需要的都是多方的力量。那么在这个过程中，就一定有意见不一的地方，有的需要坚持，有的则需要妥协。这考验的，其实就是每个人的智商和情商。

赵龙的执行制片人汪思雨是个90后北京姑娘，我俩同月同日生，都是处女座，审美、想法都惊人的一致。对了，和我们同一天生日的还有范冰冰。

我们一边继续磨合剧本，一边准备制作班底，花了两个多月的时间，和执行导演团队、制片团队、摄影团队、美术团队，一一安排了见面和沟通。让我深感幸运的是，我这个新人导演，和他们竟然都一见如故，相谈甚欢，毫无违和感。感谢他们的包容，也感谢我们的缘分。我们进组之前，剧本改到第二十八稿，赵龙说：“嗯，我觉得差不多了。”

我看着这一版剧本，也表示：“嗯，确实更好了。”

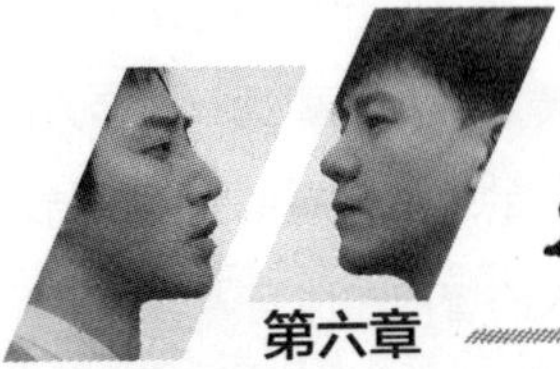

第六章

选演员那点事儿

这个戏的女主角定得最早，也是最顺利的。其实我之前和李艾完全不认识，刚好八月份优酷安排我去她的《亲艾的衣橱》节目当嘉宾，我才发现她和我一样真性情。

我回去仔细想了几天，就跟她说："找你拍电影好不好？女一号。"

李艾开心地问："好啊！演什么啊？"

我说："校园女神。"

她说："你别搞笑了，我是已婚妇女兼逗比啊。"我说："我觉得你可以。你来吧，我带你见制片人。"

于是李艾在没看到剧本的情况下就跟我去见了赵龙。

然后我们聊了一个下午，聊自己以前谈恋爱的经历，聊自己的大学生活和后来的工作，但几乎没聊这部电影。

我和赵龙都感觉，太合适了，就是她了。

我一直坚持这是一部小成本电影，因为我是新人，第一次出手，不赔本就是成功。在我不可能用超级卡司（既请不到，也不想用）的情况下，我选演员的标准首先是：合适，符合我对人物的期待和想象。而李艾，就是秦笑，她那么爱笑，笑起来那么美，连名字都符合。虽然一开始对于演一个大学生，她并不自信，可演着演着，到最后入戏最深的就是她。因为她的角色相对于其他人，是最难演的。但是，她做到了。

男一号很早之前我就看好一个人选×，赵龙一听也觉得合适，刚好他跟赵龙挺熟，赵龙就跟他打了个招呼，算是口头知会了一声。当时的情况是他已经签了一部别的戏，但是听说那部戏因为剧本的关系会往后拖一个月，所以，他刚好可以抽出三十天来演我们这部。是，你没看错，我们的计划就是差不多三十天拍完这部电影。

结果突然有一天，赵龙说："不好了，×先前签的那部戏竟然准时开机了。"

我说："啊，那我们能等吗?"

赵龙说："他要一直拍到明年春节以后了。"

这下就麻烦了。

拖到春节以后肯定不可能，因为所有的程序基本都按照进度在走了。李艾已经在家里自己琢磨好久，有一天她给我发消息说：我又看了一遍剧本，这部电影太好了，我一定要好好演，你一定要好好导。这里面属于你的独特综艺感是很多电影都不具备的，你要加油。我也准备好了，我们什么时候进组啊?

我不可能和她说，咱们的男一号要明年春节以后才有时间。再等半年，黄花菜都凉了。

"赶紧找人。"我和赵龙说。

于是，我、赵龙、思雨，还有我的助理小潘潘，在宸铭的办公室里紧锁眉头，冥思苦想。

通常对话是这样的——

第一个人："某某某你们觉得怎么样?"

另外三个人："谁?"

或者是——

第一个人："对了，某某某！"

另外三个人："不行不行！绝对不行！"

或者是——

第一个人：“他怎么样？我觉得合适！”

第二个人：“哎，好像还行。”

第三个人：“谁啊？”

第四个人：“就是那谁谁谁。”

第三个人：“哦！我觉得一般啊。”看看大家的眼神，又说，“好吧好吧，先问问吧。”

过了一会儿，我们收到答复：没时间。

我们的选择范围从1976年出生的老戏骨，一直到1999年出生的小鲜肉，但凡有点沾边的，我们几乎都讨论了一遍，最终还是没有一个合适的人选。我们差不多花了一个月在纠结这件事，而为了用谁、不用谁，我和赵龙都翻好几次脸了。

重点是，最后谁的妥协都没用。因为我好不容易违背着良心被他说服，同意去找那个他认为合适的人选，结果是：人家没时间。

也是，我们准备11月开机，9月底才开始找男一号。要会演戏，会播音，会唱歌，还要长得白白净净，乖巧帅气；要有一个多月的时间，还要喜欢这个角色，我们还没有什么预算。你说，怎么可能好找！

到了这个节骨眼上，男二号又出了问题。

男二号其实最初是给我自己设计的，虽然原著中男一的原型是我，但我这个没有演过戏的人怎么可能担任男一号呢，反倒是那古灵精怪的男二号和《爱玩大表哥》里的我的形象类似，演起来也没什么压力。虽然实际年纪大了一点，但我的娃娃脸让我看上去还是能说得过去的。

但是，我不要脸地夸自己一句，我成熟就成熟在这里。这么好的角色，我在有一天仔细地想了很久之后，和赵龙提出来，找好妹妹乐队的秦昊演，我觉得他更像这个男二号。赵龙并不知道秦昊是谁，我本人其实也不认识他，虽然我们之间有很多共同的朋友。然后我就开始疯狂地跟赵龙说好妹妹乐队有多红，秦昊有多么适合，赵龙最后终于说："好，咱们去聊吧。"

那一段时间，好妹妹乐队在各地演出，我们就先和经纪人奚韬见了面。真是巧，他就住隔壁楼，他们公司就在我家楼下。我们聊得还算不错，赵龙后来也觉得，秦昊不错。我松了一口气，在心里想，我这次让贤，让对了。

可没过几天，奚韬那边就抱歉地说，秦昊本人觉得这个角色的挑战太大了，戏份太多，点全在他身上，而他毕竟没演过戏，怕驾驭不了。

我当时就想呼天抢地，他根本就不用演，自然呈现就好啦！我想说连我都敢演……

这么一来，这部电影是肯定要往后拖了。

时间表一下子就乱了，这让我很没有安全感。在等待各种演员和经纪人答复的日子里，我感觉很烦躁。时间就这样一天一天过去，我却什么也做不了。

但是这会儿，和所有的制片部门谈好的时间已经一推再推了，作为导演，我必须立刻进组进行筹备。我和小潘潘、思雨一起来到了无锡。

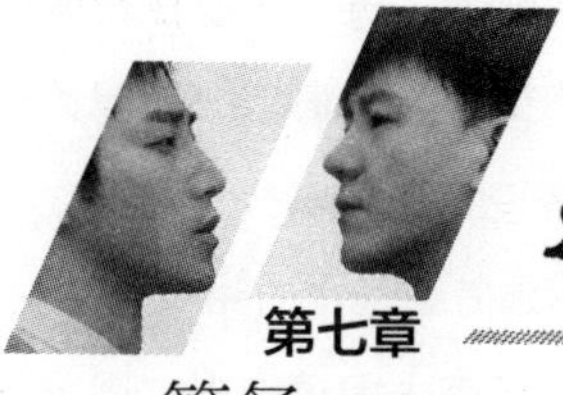

进击的男孩

第七章

筹备那点事儿

就这样，我焦虑地进组了。

导演组、制片组、美术组、摄影组、灯光组据说到最后加起来近百人，都住在同一个快捷酒店里。当然，筹备的时候只有各组老大在。先是大家互相介绍，互相认识。

在这儿，我也把电影的基本团队配置给大家介绍一下。

首先有一个导演组。这次，我的联合导演JK张正权是一个长得非常像周星驰的小男孩，小身板儿，却一副超级精干的样子。我们的沟通很顺畅，他很快就知道了我想要的风格。

导演组里有执行导演，就是在现场喊“Action”的那位。除此之外，还有人物副导演、美道副导演、演员副导演。

摄影组，包含灯光。美术组，包括服装、化妆、道具。制片组，负责外联、生活、交通、食宿、统筹演员档期、拍摄档期等等，算是大管家。

大家在筹备期是怎么工作的呢?

前三天，我们所有人围读剧本。因为到了现场之后，会发生很多的变化，场地、人员、时间、天气，各种不确定因素是不是满足拍摄要求，哪些可以努力解决，哪些必须妥协。

这三天每天都有新进展，大家有讨论、有争执，但最后都有一个完美的结论，效率也高得惊人。这时，就要开始做减法了。虽然我在写剧本的时候基本上没有安排什么大的场面，但后来改着改着就变成了有152场戏、78个场景，这要在一个月内拍完是绝对不可能的事情。所以，必须删，而且是大删。但当时做得这么满也是有道理的，为了让故事足够丰满，以至于现在我们坐下来要删的时候，有很大的选择余地。

首先删戏。把每一场戏的功效写出来，立刻就发现一些戏其实是可以被删除的。但凡对交代主线毫无意义的戏，还有事无巨细地交代，显得过度冗长的戏，以及可能令观众出现尿点的戏，全部删掉。

然后是合场，也就是合并场景。这也是考验大家合作的工作。把78个场景压缩合并成了一半，不仅解决了实际拍摄过程中大量转场浪费时间的问题，很多前后场之间的语言也变得简练了起来。但因为场景少了，其中的陈设以及拍摄的角度就要更加讲究，才能让观众不会觉得画面太过单调。

再然后是人物。在这一点上，我要求除了八个主演之外，其他的人物一律有特色而且反复出现，以节约人物的角色指标，尽量不出现无意义的群演。不过即便如此，到最后，大家还是会和我吐槽，这部电影，人实在太多了！那我也得坚持，这才是我的电影的特色所在啊。

三天，我们终于拿到了基本算是定稿的剧本。虽然主演还未定，特约客串的演员也要根据他们的个人情况来编写剧情，但大致上，我心中已经有了一个可以实操的剧本，这相较于上一版又迈了一步。

三天之后，大家各司其职。

我和JK（后来我们习惯叫他K导）开始一场戏接一场戏地磨合，我们和执行导演、摄影指导、美术指导以及分镜师一起谈每一场戏要如何拍，然后让分镜师画出分镜。画分镜这个事应该是K导在之前工作中养成的良好习惯，虽然看上去一个镜头一个镜头地画有点慢，而且到现场依然会有很大的变化，但绝大多数情况下，对于实际的操作过程是非常有效的。尤其是对于这部电影，编剧和导演合二为一，那么我的脑子里对所需要的画面呈现要求是最清楚的，但是对于现场所有的工作人员来说，要想让大家都明白我要什么，画出分镜是最有效的办法。在时间紧、任务重、投资少的情况下，把准备工作做得越细致，之后才会越保险。

当然，很多项目是同时进行的。比如分镜师在画分镜的同时，美术团队要去看景、选景，然后拍回照片让大家挑选定夺。这个过程是反复的，因为每个场景看完、选完，还要协调，还要出效果图，还要做陈设美术方案。当然，在这之前，专门的美术会议是早就开完了的，我们早就统一了这部电影的基调。当时我们就一致认定，现代部分，要干净简约，以浅灰色系为主。而回忆部分，要温暖和色彩斑斓，但一定都要通透。我们拿了国内外的很多电影来做比对。“对对对，就要这个。”大家都很兴奋，然后抬头看了看无锡十月阴晴不定的天空，又都叹了一口气。

但问题总是要解决的，这就涉及制片和统筹部门。根据剧本，他们开始做出大计划，如何根据现有的剧本，以及按照场景啊，演员时间啊，日戏夜戏啊之类的，排出一个粗略的三十五天拍摄计划。看到那密密麻麻的行程表，我真是挺佩服他们的。之前我做电视节目，涉及的人员比较少，嘉宾一个接一个，万一有谁来不了或者稍微迟了一会儿，都能临时想办法。可是拍戏就复杂多了，整个剧组一百多号人，会受到各种因素的影响。举个例子，很有可能这个场景，对方只能给你三天时间，还只能安排在周五、周六、周日，结果演员说，他也只能给你三天时间，但周末可能不行。好，那就只剩下周五一天了。这时候，搭戏的演员又说，啊，周五他不行，他早就说好了。那没办法，大局为重，你只能请他去协调。好不容易人家协调好了，结果，那天要拍晴空万里的外景，突然下了倾盆大雨，那一天就啥也干不了了。你说，这日子怎么过啊?

当然这个例子举得比较极端。所以，一般来说，拍戏要尽可能减少不确定因素。比如要求谈的场地尽量没有拍摄时间限制，演员尽量能够全程在组（超级大咖配合不了怎么办?那就不用了呗，反正我们也用不起。）。尤其是我们这种拍摄周期短、一天都不能浪费的电影，肯定经不起折腾。在筹备的日子里，我们随时汇报进展和变化，彼此当然会有一些抱怨，但那都无关紧要，最后都要解决，都要推进。我也越来越深刻地感觉到，电影就是一种坚持加妥协的艺术。

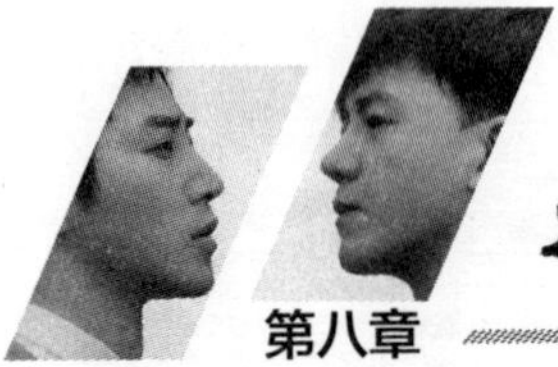

进击的男孩

第八章

选演员那些事儿 2

这部电影的主演一共是八位，真是够多的。女生很快都确定了，李艾演秦笑，包文婧演马澜珊，蒋诗萌演雷丢丢，她们都非常符合角色气质。而此刻，男生除了我之外，全都没定。你问我演谁？对了，我弃演男二号之后，男二号一直没有定下合适的人，但我肯定是不演了。因为男二号的戏份确实挺重的，万一我没把握好，毁戏啊。我又不是要当演员，干吗给自己那么大的心理负担？很多知名演员第一次做导演，都不敢自己演，何况我这种既没导过又没演过的。

最后，我给自己挑了一个戏份不多的角色，吕杨。吕杨是大师哥，是个只在中间和最后出现三次的人物，而且基本都是和男一号、女一号的双人对手戏，不涉及群戏或者大场面。也就是说，95%以上的时间，我还是可以踏踏实实地在监视器前好好做导演的。

然后他们都说："吕杨，合适你耶！"

敢情一开始他们都觉得我不适合演贾涛，只是不好意思开口而已！哼！

我自称男五号，这会儿男一号顾好、男二号贾涛、并列男三号马大威和陆振华（他俩真的是并列，因为戏份一样多）的人选，都还没有落实好。

我也不是没有找，身边的好多朋友都遭到了我的骚扰，但快到年末，大家的档期基本都排得满满的。那我只能找最熟的下手了，比如当年《全能综艺班》里的大活宝马睿，现在是知名的会长老公，坐拥千万粉丝和一个融了A轮的公司，每天全国飞，公务繁忙。

他说：“许老师，我就来客串一场吧，别给我安排主角的戏了。后面的宣传我全包，我的小老婆全都去看。”

我苦口婆心地告诉他：“这部戏那么有趣，那么适合你，你遇到一个好作品也不容易，对吧？我把剧本发给你。”

他说：“剧本我都不用看，你的东西我放心，但我真的要带着公司上市啊！”

我只好说：“你个人变得更红更有知名度之后，更有利于你的公司上市啊！你看我，我的公司以后也要上市啊，但我现在还选择出来拍戏，为什么啊？就是要给自己的公司加持啊！”

然后马睿说：“许老师，我来。”仗义！聪明！棒！

我超级开心地给各位报备陆振华的演员人选已定。

然后，赵龙说：“马睿是谁啊？”

妈呀，我真的要崩溃了。然后我立刻让他去看微博，看微信，看马睿跟他的粉丝小老婆们的互动。

赵龙说：“哦，你们主持圈我真不是特别了解，你觉得行就行吧。”

我估计他那会儿心思主要还是在男一号、男二号身上。

果然，赵龙很快和我说，他在北京谈了一个男二号，叫李林。他说他们谈得很好，对方对这个角色很认可，很喜欢，还有自己的理解。他觉得特别合适。

我也没忍住，问了一句：“李林是谁啊？”

他说：“你去看视频。”

不看还好，一看我当时就不干了。

这完全不是我想象中的贾涛啊。

贾涛应该是个小巧的南方人，表面自我感觉良好，其实内心有点儿自卑，然后有点儿小可爱……

“你见一见，真的，他不是你想象中的这种类型没错，但也挺合适的。”赵龙坚持说。

我承认我纠结了好久，也和赵龙争论了好多次。

中间我也曾静静地坐下看李林以往演的戏，他演戏没问题，只是我感觉他不是我心目中的贾涛。

我太爱贾涛了，我真的过不了自己这一关。

离开机的时间越来越近，定不下来的事情还有很多，我开始焦虑起来。同时，大家也都变得紧张。

终于有一天，和赵龙在微信里又一次长篇大论地争论，但谁也说服不了谁之后，我觉得我必须要解决这个问题。我开始换位思考，比如为什么我觉得这个演员不合适而赵龙觉得合适呢？大家都是为了这部电影好，赵龙一定有他的道理。如果这个角色真的不是我设想的南方小男孩，而换成了一个北京老爷们，会不会出现其他意想不到的效果呢？这个效果会不会更好呢？他和所有人的配搭会不会有违和感？还是可能会有别的火花？如果最后一定是李林来演，我需要他做哪些调整和改变？我开始特别理智地仔仔细细地思考。潜意识里，我相信这个演员在这个时候出现一定有他的道理，而且他那么喜欢这个角色，如果我也相信自己的这部电影是好的，那么两股正能量的交义一定是彼此加持的。我开始慢慢放下了抗拒的防线，第二天，我给赵龙发微信，就说了一句话：请他抓紧时间减肥吧。

几天之后回北京定妆，我见到李林本人，据说他已经瘦了五斤，我也没有忌讳说之前并不接受他的事实，就说，继续瘦啊，请继续瘦下去！到了电影杀青的时候，他一边拍一边瘦，竟然总共减掉了十八斤，整个人脱胎换骨。而他胖的时候演的是学校时期，瘦下来的时候演的是成年期，戏刚好还能衔接得上，真的是彼此成就啊，简直完美！

马大威的扮演者阿囧也经历了同样的过程。阿囧当年是我的《全能综艺班》的编导，被我推上了舞台。后来我走了，这个节目停了，他也失去了表演的机会。这几年他也一直在折腾，但不知道为什么，幕后出身的人想要在台前站稳，好像总要付出更多的代价。这么多年，很多人都说：“阿囧，你演得那么好，长得又有特点，为什么没有人给你机会呢？”

我和赵龙说：“马大威这个角色我准备用阿囧。”

然后赵龙说：“阿囧又是谁啊？”

我说：“他叫黄晋琨，长得很像包贝尔。”因为我知道赵龙和包贝尔熟。

然后我给他发了照片。

“不像啊。”

“嗯，他还像王宝强呢，还像濮存昕，还像阿雅。他是个怪咖，也演过电影男一号的，要不你也搜一下吧。”

差不多过了两天，赵龙说：“嗯，就他吧。”

我们都松了一口气。

至此，除了男一号之外，其他人全部到位了。

其实这个男一号，其间我们谈过好几位，最终都出于种种原因没能敲定。毕竟是男一号，除了合适之外，我们还希望在知名度上可以和李艾匹配，因此，从来没有考虑过新人。可是离开机时间越来越近，好像由不得我们做出选择了。

于是，一个叫庞瀚辰的同学在开机的前一晚来了。

老实说，我之前从来没有听过这个名字。我想此刻我和赵龙也都很难想象，对于每一个演员的选择都无比纠结的我们，就这样接受了一个几乎是新人的人出演男主角。全剧将近100场戏，他有70多场。据说，他在前一天刚杀青电视剧《夏至未至》，然后经过朋友推荐，就来了。

第一次演电影就是男一号，是他的幸运。我们在最后一刻有了他来救场，是我们的幸运。

这，应该就是缘分吧。

11月20日晚上，大部队终于全数进组，比原计划整整晚了一个月。还好，秋天还在，天气还好，一切都来得及。我不知道为何，没有太多的兴奋和激动，冷静地和所有的主创开完会。

制片主任通知我们第二天六点半举办开机仪式。

我回到我的房间，8906房，打开门，地上躺着一张明日的通告表。我将要在这间小屋里一直住下去，直到电影拍摄结束。我知道，我的第一部电影真正地开拍了。

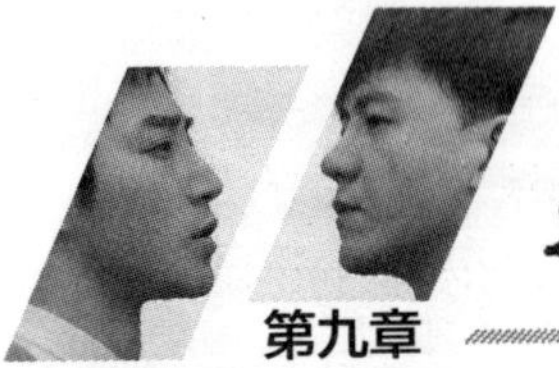

第九章 拍摄日记

2016年11月21日　第一天　阴转小雨

今天早上是开机仪式，放了鞭炮。我看到了几乎所有的人，有很多陌生的面孔，但接下来的日子我们就要共度了。发言时我只说了一句话，希望这部电影可以成就在场的所有人。我希望大家辛辛苦苦地从五湖四海聚过来，拍一部电影，不是挣个劳务这么简单，而是希望大家能喜欢上自己拍的这部作品，并且未来能够以此为荣。这是我的真心话，不知道从什么时候开始，我觉得这部电影已经不是我自己的了。我之前那么纠结这部电影“我”的个人标签，今天忽然觉得很可笑。这部电影，是我发起的没错，但是，现在是属于大家的。

仪式结束，在大堂里发早餐，是包子和粥。我也领了一份，突然感觉回到了军训集体生活的时候。我在军训时一直没什么存在感，这样挺好的，做人原本就应该低调。

大队伍八点出发，第一场戏在KTV。我的车到现场的时候，发电车、道具车、灯光车都已经停在楼下。工作人员在把拍摄的设备一件一件拿下来，运上去，再安装好。每天重复地干着这苦力活，真不容易。我给他们让路，招呼大家当心脚下。

今天有四个主角，顾好、秦笑、贾涛、雷丢丢。在闷热的房子里，差不多从中午正式开拍，一直拍到晚上八点。我和K导坐在监视器前，旁边贴着今天要拍摄的所有场次的分镜图，拍完一场，就打一个叉叉，很过瘾。房间很闷，拍戏的那一间屋子里有演员、两台机器、两位摄影师、摄影师助理、灯光师、灯光师助理、现场导演、副导演。人一多，房间里变得更闷，要是不偶尔出去上个厕所透透气，我们都快要窒息了。第一个镜头是顾好开门，他开了几遍，我简单讲了讲戏，这条就过了，原来第一个“Action”和第一个“Cut！过”可以这么毫无压力。

余老师打灯光打得真有水平，原本昏暗的房间竟然被搞得五彩斑斓，很有feel。

蒋诗萌就是雷丢丢，根本不用演，特别自然。李艾和庞瀚辰第一回碰面，彼此有点生疏，李林刚好可以调节气氛。但因为是第一天磨合，大家整体表演的节奏有点散，我常常跑进去，一人分饰多角地示范。因为我要的节奏是剪辑出来的节奏，但是演员在演的时候显然要有一个合理的思考和酝酿过程，再加上卡拉OK伴奏现场不收声，现场的节奏点很难踩对。哈哈，好吧，这场戏后期剪辑时可能要被剪死。

另外，为什么那么巧，李艾本人和原本剧情中设计的秦笑一样，是唱歌会跑调的？哈哈，真的是巧合，我事先完全没想到！她真的超可爱。

2016年11月22日　第二天　小雨

今天剧组进主场景，光华大学广播电台，会在这里连续拍五天。

拍摄地点设在南洋学院。这个学校我当时看景的时候就非常喜欢，什么都小小的，校区建筑很集中很古朴，之后我们好几个景都选在这里。一座独栋小楼里普通的里外间办公室，几天的工夫就被于浩然带领的美术组打造得相当温馨，陈设都弄成了十年前的样子，当年的唱片被摆在架子上，灯一开，满屋暖黄的色调。在这飘着小雨的阴冷冬天，几个小伙伴在一起，就是一个校园里的独立小王国，和我们当年一样。

今天主要是顾好、秦笑在直播间的对手戏，顾好有一大段秀音乐常识的拗口台词，拍的时候总是不顺，其实后期剪辑的时候是可以剪出来的，但我们还是坚持拍出了他终于背顺台词的那一条。画面中他真的有一点小紧张，嘴角在发抖，但感觉反而是好的。

今天收工蛮晚的，但很充实。我只是想说，每天早上六点起床真的好辛苦啊，天又冷。就写这么多了，太累了。

2016年11月23日　第三天　小雨

起床好艰难啊，但六点下楼时看见大队早就已经准备出发了，我便立刻收起怨言。

今天马睿和包文婧进组。

我好久没见马睿，昨夜他坐最晚一班飞机赶来，据说到了酒店还在处理工作。他一早就到了现场，带着创业老板深深的疲倦，第一场戏是他——陆振华致敬华妃娘娘。他打扮好的效果倒是极好的，但拍了几条之后，他自言自语道：“远离台前太久，好像骚浪劲儿有点不够啊。”我笑了，然后让他再来。直到拍完第九条，我喊了“过”。

这场古装大戏其实是过几天所有人都到齐的时候才拍的，但马睿刚好那天不在，好在他在这场戏里是最后一个出现的局外人，所以就今天一早先拍了他的，真是好一番安排呢。

今天除了马大威，七个小伙伴都到了。而且有各种三角关系的五个人的小故事、小误会已经开始了，开始变得好看，好玩了。

今天拍到很晚，连续三天这么辛苦，我真的累了，岁月不饶人啊。脚烤着“小太阳”取暖，偶尔等换场的时候我还有点犯困。拍完最后一场，已经晚上十点多了。可是，甭管多晚，我们一喊收工就撤，工作人员起码还要收拾整理一个小时。所以，他们真的更辛苦。

回到酒店，我还不能睡，因为我们的第一个客串演员，扮演田老师的苏丽姐今晚进组了。苏丽是八一厂的专业电影演员，之前老来上我的节目，知道我拍电影了，说一定要来支持。所以，不管多晚，我也要去她的房间聊聊明天的那场戏。

苏丽姐刚看完李安导演的《比利·林恩的中场战事》，一顿猛夸。我说我在这儿根本没机会去看呢，她说：“你一定要看，看了之后你才知道什么叫演员，什么叫导演，演员到底要怎么演戏。”苏丽姐看我困得不行，放我走了。

2016年11月24日　第四天　多云

今天天气好了一点，一早就拍田老师那场戏。昨晚我和苏丽姐达成一致，第一不化妆，第二说方言。她认为这样更真实，我当然举双手赞成。

老演员就是不一样，举手投足都自然地带着戏。当然，因为这场戏独特的设计，不那么好懂，我还是会仔细给苏丽姐讲戏。几条下来，没到中午就拍完了。午饭的时候，我看顾好一直拉着她问问题，我也说了这几天的一些困扰，因为其实我们这群演员基本上都没怎么演过电影，甚至连专业的演员经验都不多，所以在台词表现、肢体动作、面部表情上多少都有些不那么专业，比如每一遍台词都说得不一样，或者常有水词儿，以及动作、情绪太像偶像剧等等。我其实特别担心，遇到这种情况，观众会出戏。

苏丽姐说了几点："首先，不要演，别过，就真实。电影银幕太大了，一旦有演的痕迹，会被放大无数倍，观众就会觉得很可笑，觉得你在演，而且演技很差。当然，纯搞笑的那种夸张演法不在讨论范围内。另外就是，电影和电视剧不一样，台词一定要准确，一个字都不能动。然后就是节奏，这个就很难用一两句话说明白了，慢慢琢磨吧。前提是，你要想着当一个好演员，而不是想着当一个明星，你自然而然就会把心思放在表演上面。"

晚上是贾涛和顾好的一场"床戏"。顾好不知道是不是受了苏丽姐的启发，拍其中一条的时候，说起自己的过往伤心事，竟自然地掉出几滴眼泪。这在剧本设计之外，但挺好的。

对了，今天还有我的一场戏，是大师哥吕杨的第一次出现。简单的两句话，却折腾了蛮长的时间，对于我这种已经不再年轻的老脸来说，灯光、角度、化妆，可都得精心设计。先拍了两条，我硬着头皮看回放，在棚内的黄色暖光映衬下，我的脸又圆又平，像个大白馒头，实在是无法让我满意。我一看就紧张了起来，整天调教演员，告诉他们怎么演，可不能在自己这掉链子啊。好在很快摄影师就找好了我的角度，灯光师重新布局了光线，再拍两条，人就顺眼多了。怪不得大家说在剧组要讨好摄爷和灯爷呢，这调整好了角度拍出来的画面可真是千差万别啊。但可能是偶像包袱还是没能彻底放下，我的第一次出场感觉始终处于半僵硬状态。

拍了六七条吧，K导说可以了。我松了一口气，还好我的戏份不多啊，要不可得把我累死。

（补一件最开心的事，最后，这场戏剪掉了，哈哈。）

2016年11月25日　第五天　阴天

今天又有一场我的戏，最早一场，是和顾好的对手戏。内容是我要毕业了，假模假式地教育了他一顿。但我比他矮一截，也瘦一圈，演他的师哥得站在箱子上，真是尴尬。

今天的戏很零散，是在广播电台这个场景里现代部分的最后几场内容。中间天稍稍放晴了一阵，统筹组早就做好了准备，把顾好的两场暑期戏临时挪到今天。于是，在我们所有人裹着羽绒服还冻得瑟瑟发抖的时候，顾好要脱得只剩T恤和短裤，在室外装作很热的样子。说话之前喝冰水，身上喷点喷雾当汗珠，冬天拍夏天的戏的手法，我算是见识到了。

晚上是马澜珊的两场单人戏，很简单。这次很对不起包文婧，她进组的时间很早，但因为马澜珊这个角色其实整体戏不多，我们要照顾场景，所以她的时间安排得很散。来无锡之后，基本上是隔一天才拍她一次，每次呢，要么是群戏，没有台词，要么就一句“嗯”，基本都是各种用表情演，用身体演。总之，她自己说，演得超级不过瘾。其他时间，她都闷在酒店里。“好不爽啊。”她嚷嚷。恰好我的朋友刘美人也在无锡拍一部剧，时间多，便常常来探班，她们也很熟，我们一直喊着要不要一起去吃个饭，但我每天收工之后累得连澡都不想洗。

2016年11月26日　第六天　小雨转多云

今天的戏是我的得意之笔，因为是在向我最爱的电视剧《甄嬛传》致敬。在看剧本的时候，这一段就打动了很多人。顾好和贾涛第一年被淘汰后却各自为了理想愿意顶着压力再来一次，心理压力和入宫差不多了。我选取了《甄嬛传》里最著名的入宫朝拜那场戏，原本想完全复制，却把制片和美术部门折腾得够呛。后来我觉得既然是致敬，那还是要以保留自己的喜剧内核为主，因此设计了很多巧思，真真假假，虚虚实实，在场景上就没有花太多工夫。没办法，小成本电影，一定要懂得取舍。

今天特别感谢梁艺馨同学特意飞来为我客串了一个角色，宝鹃。对，就是甄嬛里的她自己。

终于要告别学校广播电台这个场景了，我忍不住这里拍拍，那里拍拍，有点舍不得。这几天我忙忙碌碌地一直拍一直拍，又冷又累，但每每紧盯着监视器的画面，隐约梦回当年我在广播电台的岁月，心中还是会泛起幸福的波澜。今天终于收工早一点，我和包文婧、刘美人一起出去吃了一顿椰子鸡火锅。

2016年11月27日　第七天　多云

今天开始拍东海电台。这个场地人家一共借我们使用三天，两天拍摄时间，中间一天要修改陈设。因为一个场景是2008年，一个场景是2015年，电台的办公室和直播间总归要有一些变化。时间很紧张，美术组每天都熬到深夜。

今天拍2008年的部分，就是顾好进电台被老DJ们使唤来使唤去的情景。这需要很多DJ同事。我对电台很有感情，这批DJ的词儿必须要出彩。在原剧本里，我特别设计了一句话，请我的朋友戚薇来客串，但很可惜，一个星期前，戚薇在日本拍戏的时候面部受伤，她特别遗憾，也觉得特别抱歉。那我必须临时找一个人来代替这个角色，而且要重新设计台词。

剧组里有跟组演员，我们这个剧组有四位，我常想，他们应该也是学表演出身或者热爱这个行业，只是可能暂时没有那么好的机会吧。比如经常帮女一号秦笑试光的吕芸，工作的时候基本上是素颜，面无表情，她的气质很特别，我常看着监视器里她的样子，和K导说她这张脸超适合拍文艺片。所以，我就想到了她。

昨晚吃完火锅回去，我约她在副导演的房间见面，看得出来她很开心。我编了两句新的台词，满有效果的，但很拗口。让她试了几遍，她有点紧张，但还行，因为只是一闪而过的画面，第二天拍摄的时候再调一调，应该没问题。我在她“谢谢导演”的感谢声中准备出门，随口问了一下副导演房间里的另外一个女孩是谁，才知道是帮女二马澜珊试光的李彦秋。哦，因为马澜珊的戏份本来就不多，所以我对这个女孩没有什么印象。我站定，想了想，说：“这样吧，刚才那两句词儿太拗口了，而且是一个长镜头，停留时间太长会影响节奏。拆一下，吕芸，你的压力也小一点，第二句台词就分给她说吧。”

这个意外的小惊喜，让李彦秋也立刻变得超级开心。

副导演说：“快谢谢导演。”

我说：“真不用，是我应该谢谢你们。”

在这个圈子，干这行，最初有多苦多难，只有自己知道。好好演，有朝一日可以成为自己想要的样子。如果可以成全大家，我倍感荣幸。

果然，她俩都没掉链子。

2016年11月28日　第八天　多云

开机整整过去一周，基本都在下雨。因为事先得知天气预报，不管准不准，统筹组基本都安排了室内戏。今天终于要拍外景了，然后，雨就不下了。

今天相对轻松，都是一些外景过场戏，包括我（也就是大师兄吕杨）在校园阶段的最后一场。当我把主要精力都放在做导演上的时候，有时候看到通告上有自己的戏，反而会觉得烦。这意味着，我拍完自己的每一条，都要回来看一遍，然后再做决定，这样会耗费更多精力。好在我这一条毕业离校戏是一个长镜头，也是一个喜剧点。拍了好多条，我的胳膊也被撞青了好几块，终于有了一条完美的，不出意外的话，这将会是你们在电影里看到的画面。

做导演和做演员真的是两种完全不同的状态，相比之下，我更喜欢做导演。至少在这部电影里，每次我给演员讲戏，讲着讲着就可以说“来来来，我给你们演一遍啊”，然后一人分饰几角地帮他们把戏走完。那个时候我完全进入角色，忽男忽女，而且放得很开，演完我自己都感慨怎么演得这么好啊。不过，偶尔有几次被摄影机拍到我讲戏的画面，我回来一看，表情真是太夸张，太狰狞了，我直冒冷汗，然后立刻背上偶像包袱，冷静了好一阵子。

这部电影里，我的角色其实是很无趣的，和大部分人都没有互动，只和男一号、女一号有一些道貌岸然的对话。所以，可以说是个腹黑的反派。最后一版剧本中，我一共只有六场戏，不知不觉我就已经拍完了毫无存在感的三场，这在表演上来说，会不会失败了一点?

说实在的，从筹备到开机，不管是心理还是生理上的疲惫，都让我根本没有时间考虑自己的这个角色。所有的演员都叫我导演，他们拍完每一条之后都要和我聊，我要判断，要和他们沟通。他们终于拍完了，可以休息了，可以有时间琢磨戏了。而导演呢，需要最早到现场，然后一直盯到收工，一刻都不能停，一天都没得歇。所以，我庆幸我有一位联合导演。我在拍完这条毕业长镜头之后对JK说：“之前我的三场戏，我都不满意，但还好，分量很少。而后天也就是30号，要拍我成年部分的第一次出现，我想好好琢磨一下。今天的最后一场过场戏，要不我就不盯了。”

我约了造型指导回驻地，花了整个晚上和他们商量和调整吕杨这个角色。然后我开始琢磨台词，开始把吕杨这个人物从学校到社会的变化做一个心理分析。再次出现，我一定要给观众耳目一新的感觉。

当然，我担心的还不只是这个。30号那天，我的好朋友悦悦要来客串，早就说好要来，但她只有30号那一天有时间，只能是早上的飞机来，晚上的飞机走。那天，按目前的计划是我和顾好的天台外景。可是，第一，如果下雨，外景就拍不成，我还不知道要拍什么；第二，如果不下雨，我和顾好的天台戏只有几句对话，我也不知道她来了之后拍她什么。

这就是电影拍摄中很多超级可怕的不确定因素，但我就喜欢这种不确定带来的新鲜感，以及临场解决问题带来的成就感。

2016年11月29日　第九天　阴转小雨

今天阴转小雨，我们刚好计划回到室内拍摄，就是这么棒！

今天拍东海电台2015年的戏，也就是电影刚开场的时候顾好播出秦笑结婚消息的那一段戏。一个主观长镜头拍了好多次，演员一个眼神的变化，立刻主观转客观。电影当然不仅仅是表演，拍摄中的各种玩法也是很有意思的。

我本人非常喜欢长镜头，尤其是在快节奏的片子里，长镜头能够让情绪和状态保持完整。拍的时候辛苦点，多拍十几条甚至几十条，但用在后期剪辑里是相当爽的，一整条扔过去，这一场就齐活了。

到了中午的时候，我之前的一个同事丹华提着咖啡来探班。

丹华是我们公司刚成立没多久在南京招聘的应届毕业生，后来她跟着我们去了北京，慢慢做到了主编的位置，但没等到我们公司走到最好的时候，她就被家里人逼回了无锡老家。知道我们在无锡拍电影，她早就说要来探班。

然后，她就被我拉上阵，拍了电影。

事情是这样的，我突然发现在原剧本设计中，电台的同事们第一都过于年轻，第二对于顾好受到情伤的反应都是一致的，戏剧效果不够。我需要一个不同的形象做出不同的反应来增强戏剧效果，然后我就叫化妆师给丹华化妆，把她的头发梳成恨天高。

她说："不要不要不要，我怎么能拍电影，许老师，你别搞笑了。"

我说："可以，我对你是了解的。你就说这句台词，然后做这样的表情，拿着这个道具。"我塞给她一把扇子。

"真的不要，算了。"她一直扭捏。

其实我知道，她心里没谱。我也没谱，但我想逼一逼她，让她试一试。

我亲自给她演示，那妩媚的画面铁定是惨不忍睹的。

"导演又放大招了。"我听见有人在议论。

然后她按照我示范的演了几条，一开始放不开，后来不知道怎么就豁出去了。

哈哈，她演得好好笑啊。每个人都说她演得好。

"这是哪里找的特约啊？没出现在通告单上啊！"JK问我。

"啊，不是，是来探班给我送咖啡的一个朋友。喏，你喝点。"我高兴地把咖啡递给JK。

2016年11月30日　第十天　阴

我从来不觉得演戏是一件多么难的事，对于很多初入这一行的人来说，只要你真诚地对待表演，你都可以找到属于你的机会。当然，演得好不好，或者能不能红，这另当别论。但是演戏，没有那么高的门槛，比主持、唱歌、跳舞什么的门槛低多了。而作为导演，我觉得很重要的一个能力就是观察、发掘和设计，要让哪怕完全没有表演经验的路人在镜头前也能放松地展现出他最自然和讨人喜欢的样子，同时又能够符合角色的设定。

我认定悦悦会演戏，因为我觉得她什么都不怕，足够自然，足够放松。我们相识于我在光线传媒做的节目《时尚风云榜》，她当固定嘉宾；后来我做脱口秀《娱乐开讲》，她有时连续录十八集，讲整整一天；我出来创业，她和戚薇成为我的当家主持；我在2008年拍的第一部微电影，她就是主角，状态极其自然，貌似那就是她自己。这次拍电影，在很早之前我就和她聊过，她给我看了她录到天荒地老的《养生堂》通告，我就说："我不管，你无论如何都要来客串一下。"

悦悦最终给了我30号那天的时间，我让统筹调换了很久，也没有调换到我原本希望她出现的场次。那，她来了，怎么办呢?

考验我的时候到了。其实我特别喜欢这种考验，我在她来的前夜，反复思考今天要拍的这场戏。我和顾好的对手戏，天台的外景，就我们两个男人对峙。而悦悦只能出现在这一场，她要如何出现？凌晨的时候，灵光乍现，我把她的三句台词写好了。

今天的天气如我希望的一样，阴。太阳躲在云层背后，偶尔有露出头的趋势。一大早，我和顾好站在天台上，穿得单薄的我们冻得要死，脸快要贴在一起。然后我发现，我做了人物分析和预设，也顺了无数次台词，但真的到了开机的时候，怎么好像还是没有办法表现出我希望呈现的效果？那一刻，我在想，我是不是真的不会演戏啊？我跌跌撞撞地跑回监视器前回看，JK说：“我觉得还行啊，你看看。”啊？是吗？我后来回想，我站在那里的时候其实没有很专心，我在担心会不会角度不好看、头发被风吹乱、眼睛眨太多次、法令纹太重之类的问题，但回看一下，真的还好耶。摄影师Tony王育萌已经很专业地避开了我不怎么好看的角度，而阴沉的天气里自然光线下的我，基本是素颜，但好像还蛮上镜的，比之前室内戏里各种化妆看着舒服多了。哎，这是怎么回事呢？我来不及细想，但我知道，和我以前录节目一样，只要我对自己的画面满意了，我就可以专注于内容了。

我这个角色其实不好演，永远不动声色，连表情都没有，更别提夸张的肢体动作，是这部喜剧电影里为数不多的“正常人”。好吧，现在有团队的保障，我就可以放心地酝酿情绪来出演这个人物了。

K导在那边喊：“这一条，过！许导要不要过来看一下？”

我刚披上大衣，悦悦就在我身边出现了。

“你俩怎么没吻上呢？”

我们大笑，拥抱，她给我看她刚刚偷拍的我的剧照。

她6:35起飞，落地后马不停蹄地赶到现场。我把写了台词的纸给她：“喏，三句话。”她一看就开始笑：“许老板，我们的风格最好永远都不要变。”

她先找了一个没有风的楼道化妆，我则接着拍我的下一条。

轮到她那一场，很快就拍完，快到连她自己都惊讶，然后我们上午就收工了。她订的机票是晚上八点的，北京到无锡的航班就一早一晚两班，没法改签提前。刚好下午没戏，我就说我们一起吃顿饭，喝个下午茶，等送她走了之后，我再去打晚上那场硬仗。

因为她喜欢大象，我们就去了万象城，吃吃喝喝，逛逛书店，聊聊天。我们这一帮当年的兄弟姐妹，最后竟然是我们俩走上了“健康”这条路。悦悦的《养生堂》成为全中国大爷大妈心中的健康圣经，我的《美味人生》虽然没有那么大声势，但“选对、做对、吃对，自然舒食每一天”的饮食理念也坚持到了第七年。我俩聊着过往的人和事，聊圈里圈外，最后深深地感慨自己在现在做的领域里任重道远。

我说：“我在电影里也会见缝插针地教大家怎么吃得更健康、更舒心，怎么活得更自在、更明白。”

她说：“真好。”

然后她去书店买了一本散文集《过日子》，说是在飞机上看。

送走她，我赶往片场。今晚是我们第一次拍夜戏，而且是车戏。

我觉得我以后如果再拍别的电影，依然不会选择拍惊悚、战争、魔幻之类的题材，也绝对不会拍什么爆破、追车、厮杀的场面。我对于任何过于激烈的东西都很抗拒，就连这场超简单的车戏，原剧本里都是没有的。马澜珊去接顾好和贾涛，三个人的一番对话我原本设计成在餐馆里完成，后来大家觉得不能老在屋里待着，才改成了接机路上。

我想也好，看看车戏怎么拍。

没有飙车，没有超速行驶，就拍一辆车慢慢地开，这阵仗都不小。一个超大的拖车，拖着我们的道具——马澜珊的敞篷跑车，我们坐在拖车驾驶室后面露天的平台上，前面要有车开道，旁边和后面还要有车护航，工作人员也要尽量精简。

在月黑风高的晚上，我们来来回回地在车辆稀少的路上开了十多趟，各个角度地拍啊拍。我当时想，这么简单的镜头都这么折腾，那些追车、碾车、翻车的镜头都是怎么拍出来的啊？算了，我也不想知道，反正我的电影里不会出现。

2016年12月1日　第十一天　多云转晴

一转眼，12月了。

今天的戏也很零碎，要转三次场。之前时常下雨，预计今天会晴，于是就把很多外景戏都挪到了今天。我再一次佩服我们的统筹，小翟和金虎。对了，你们还能在《甄嬛传》那一场戏里看到金虎，他演了一个完全没有台词的虎答应。

我们一早来到了大学的宿舍，拍顾好梦遗起床。这是一段略带腐感的戏，这场戏是临时换到今天的，因此原定和顾好演对手戏的室友的演员萧传勋来不了，我灵机一动，临时叫了一个原本要之后才出现的男孩王锵来替补一场。他来了之后我才发现，他特别合适，而且和他原本要演的角色既有呼应又有反差，真是人算不如天算。王锵的外形条件不错，他拍过很多广告，但从来没有演过电影，所以拍戏的时候一度有些紧张。电影表演就怕演员紧张，因为银幕实在太大，演员的一点不自信和不自然都特别容易被看出来。而他的镜头特写居多，我有点担心。

他为什么会紧张呢？这和要拍的内容也有关系。这场戏原本是让他帮男主角洗内裤来营造一点腐的感觉，但拍了一遍，两个演员都很尴尬。腐感太足而喜感不够，节奏就有问题。然后我和JK一商量，让下铺的另一个圆滚滚的可爱男生也拿出一条内裤让他洗，这样，整个戏的性质立刻就转变成喜感了，他也顿时感觉放松多了。

这也是一个长镜头，拍到第六条，我和K导相视一笑，喊："过！"

然后这个从来没有拍过戏的小孩，看完回放，确认他出演的片段不会被剪掉之后，兴奋地说："哇！我出演的第一部戏就是大电影耶！而且我演得还不错耶！"

晚上又是一场包文婧和李林的夜戏，我们在宾馆楼下的便利店门口拍摄。围观的群众立刻将马路堵了起来，途经的车啊，人流啊，有停下来看热闹的，也有拿手机拍小视频的，弄得我们超级头大。很多镜头因为群众的各种穿帮需要不停地重拍，好在也就这一场，辛苦大家了。

2016年12月2日　第十二天　晴

今天重新回到南洋学院拍外景，而且主要是一些空镜头。老天开眼，天晴了。

电影里一般都会出现一些空镜头，我们这部戏尤其需要，因为校园喇叭声响起的时候，一定要有同学们在路上走来走去的画面。一般来说，这种戏会在当地找一些群众演员来演。

但我偏偏不要。

空镜头我也要设计得滴水不漏。

空镜头里的路人有七位，他们一共出现三次，关系却非常复杂。两个美女每次在林荫道遇见胖女孩的时候，胖女孩身边都跟着不同的男朋友，而且都超级帅，让这两个自我感觉良好的美女非常抓狂。尤其是她俩穿上精挑细选的衣服后，还和胖女孩屡屡撞衫，更让她们超级想死。这两个美女有一个小丑女跟班，她跟着美女们久了，也觉得自己很美，看到胖女孩之后，她也更加生气。最后呢，我一定不会让这些人物没有结局，所以他们后来的戏都在大礼堂的观众席上有了一个完美的结局。

如果你们去看电影，请你们一定要注意看这些细节。

在这几场戏里，这七个人没有一句台词，像演默剧一般地演绎着。直到接下来几天拍的大礼堂那场戏，你们才会知道她们的名字。胖女孩和小丑女跟班都有一个非常符合她们气质的名字，两个美女也有，但是梗埋得很深，你不一定能猜出来。

我就是喜欢拍这样的东西，嘻嘻。

七个路人非常出色，完美地拍完了这三条，他们超级兴奋地约着一起去吃饭。

幸亏今天收工早，因为接下来的三天有我们的一场重头大戏：大礼堂的主持人大赛。除了主角秦笑之外，其他九位演员基本人人有戏，一位主持人有戏，三位评审有戏，七位路人同学作为观众都有戏，他们衍生出来的两位男女朋友也有戏，三位疯狂校花有戏，贾涛、顾好、马大威、雷丢丢都有戏。整场需要弹十首钢琴曲，还要设计停电、骚乱、合唱、起哄、欢呼等各种场景。之前我们特意画了一百四十多个分镜头，准备用整整三天的时间完成拍摄。

我也在这一场把我可以邀请来客串的朋友都请来了，整个宾馆一下子变得非常热闹。我一间房一间房地去和他们打招呼，很多人好久没见，但聊不到五分钟我就要去下一间。我还没跑完就接到通知，饰演两位评审的寇乃馨和黄国伦也到酒店了，这二位综艺圈大咖来参演也是机缘巧合，他们对给他们的那一页剧本一头雾水，说一定要找导演先聊聊。

我只好立刻赶了过去。

没想到我们一聊就聊到了深夜。我讲了一下电影的剧情和背景，又介绍了一下我自己的经历，我们慢慢就聊开了。国伦老师是著名音乐人，更是冷面笑匠。乃馨姐横跨起码十个行业吧，和我超级聊得来。我们聊很多台湾综艺，我说曾经每日必看的四个节目，大热的《康熙来了》《麻辣天后宫》都没了，平淡的《娱乐百分百》《女人我最大》却还活着，任何事物，好像都是盛极必衰，平平淡淡倒也很好。我们还聊了很多冷门的节目和艺人。两位讶异于我对台湾综艺的熟悉程度，我说那是陪我长大的青春记忆。他们最后感慨，这部电影有机会在台湾上映的话，一定会火！

今天我们聊到好晚，聊到我眼睛干得隐形眼镜都快要掉下来了。

2016年12月3日　第十三天　晴

硬仗终于开始了。

今天有三十多位演员要化妆，最早的一批大概四点多就起床了。

我做好了心理准备，我们把分镜脚本挂在墙上，白花花的一片。

对了，还有四百个群众演员。

拍整个大全景，走几遍。

拍整个中景，走几遍。

拍舞台下全景，走几遍。

拍评审特写，走几遍。

拍单个评审，走几遍。

拍七位路人和两位衍生人物，两两一对走几遍，三角关系走几遍。

拍三位校花，走几遍。

拍观众，全景走几遍，中景走几遍，特写走几遍。

台下的马大威、雷丢丢用各种角度走几遍。

贾涛、顾好用各种角度走几遍。

这简直就是蚂蚁啃骨头啊。

你看出来了吧，我累得写日记都在敷衍。

2016年12月4日　第十四天　多云

今天继续啃。

不过看这势头，原来安排三天拍完的戏，今天估计可以拍完。

今天以拍台上为主。

一号选手走几遍，二号选手走几遍，三号选手走几遍。

主持人开场走几遍。

秦笑走几遍。

顾好走几遍。

弹琴走几遍。

停电、来电走几遍。

一道追光走几遍，两道追光走几遍。

点歌走几遍。

唱歌走几遍。

颁奖环节，季军走几遍，亚军走几遍，冠军欢呼走几遍，冠军领奖走几遍。

两人拉手走几遍。

贾涛、顾好对视走几遍。

各种非常规的角度走几遍。

终于结束。

这场大戏，竟然在第二天的半夜一点就全部拍完了。

看着墙上的最后一镜被我们打上叉叉，我和JK瘫坐在导演椅上。

这场硬仗终于漂亮地打完了，而且提前一天完成了任务。

我要感谢所有来客串这场戏的朋友，因为这场戏太重要了，人物也多到不可思议，所以很多人只有一句台词甚至一个镜头，但他们也必须配合地待上整整两天，感谢黄国伦、寇乃馨、Alec、许瑶璇、刘美人、张猛、王薇、廖娟、郭涛、李峙、刘梁、夏果果、笑笑、诗晨、海扬、逸夫、圆圆、车畅、姜晖、傅国翔、金海旺、王锵（对，他又来了）、裘斯、嘉丽、舒娴、张驰。

谢谢你们，我保证，尽量在后期不剪掉大家的戏。

2016年12月5日　第十五天　晴

因为前两天的辛苦打拼，今天变得轻松起来。

上午，我们花了一个小时把疯狂校花的三场过场戏拍完了。

然后，我们就收工了。

今天，是客串大礼堂这场戏的朋友们离组的日子，这里面几乎没什么专业演员，但都表现得很棒。我感到很欣慰，就像我之前说的，我找到了他们最闪光的特色，让他们放松地呈现出来，自然而然地，他们在此刻就成了演员。

这几天的剧组生活显然令大家觉得很开心，他们彼此拉群或者留个微信，然后一拨接一拨地赶往高铁站或赶往飞机场，慢慢散去。

我却无法轻松，因为从明天开始的三天，又将是一场纯外景的硬仗。

而且，七个主角今天晚上第一次全部到齐，他们的春游大戏明天将正式上演。

2016年12月6日　第十六天　晴

今天拍太湖游乐场，一大早竟然隐隐有点朝霞，今天肯定又是个大晴天。

思雨在车里说："天气真棒。"

我说："你没发现我们开机以来，要什么天气就有什么天气吗？要阴天有阴天，要晴天来晴天。我们从来没有因为天气调整过计划，真的太顺了。"

思雨说："哎，别说得太早，咱们接下来还有很多外景戏呢。十天之后的天气谁说得准啊，尤其是最后的大篷车那场戏，你知道吗？那时候几位演员的时间都卡得很紧。老天保佑，千万别出岔子。"

我说："我相信不会有问题。因为，从我发自内心地觉得这部电影不是我一个人的，而是大家所有人的之后，我就觉得一切都开始顺利起来。"

思雨有点不解。

我说："之前我很纠结，因为这部电影我的个人色彩很重，我想掌控一切，比如不让别人碰我的剧本，希望大家都懂我要的东西，演员必须完全按照我写的台词来演，生怕它不如我的意，不完美。但不知道从哪一天开始，我突然不这么想了。这不是我一个人的电影，而是这一百多个人的电影。你第一次做执行制片人，这是你的电影；JK第一次导演院线电影，这也是他的电影，李艾第一次演女主角，这也是她的电影；庞瀚辰第一次演男主角，这也是他的电影。这部电影参与的人太多了，昨天那三十多个特约演员，都是第一次演电影，这也是他们的电影；还有摄影、灯光、道具、美术、化妆……这么多的工作人员，他们比我们还要辛苦，每次拍到有意思的情节他们也很开心，很多角色我经常看着合适就请他们来客串一个，这也是他们的电影……这么多人都在保佑这部电影呢，老天看得到的。"

然后我就有点想哭。

游乐场的戏拍得很真实，七个小伙伴就像真的回到了学生时代。

我在监视器前看着他们，他们既是七个葫芦娃，又是七条神龙，还是七仙女，各种笑啊，闹啊，拍合影啊。他们还问我："导演，咱们什么时候拍续集啊？导演，咱们这个会拍剧吗？导演，实在是太开心了，咱能别拍完吗？"

他们真的像我的七个孩子啊，包括比我大的艾姐。

唉，我为什么是大师哥吕杨，没法和他们在一起呢？唉，不开心！

2016年12月7日　第十七天　晴

上午我们拍了五个主角一起吃饭的戏，场地太小，拍得那叫一个累啊。然后竟然可以有点休息时间，连续这么多天高强度的工作，我其实是随时可以睡着的。我就回房间睡了会儿，等着晚上拍三个女生说悄悄话的戏。

在最初读剧本的时候，这场戏因为全在谈论男人，是所有女观众最喜欢的。但因为场景相对单调，所以我们起码换了十个机位，足足拍到晚上十点。她们仨穿着浴袍，在假桑拿房里吃了好几桶爆米花。

然后，女三号雷丢丢的扮演者蒋诗萌就杀青了。

大家高声呼喊："祝贺雷丢丢杀青！"

她很不情愿地嘟囔："哎呀，怎么就拍完了呢？真的太短了，不行不行，咱们一定得再拍啊。"

我们拥抱，告别，在这寒冷的夜里。

当然，回到酒店，我们又被她拽着去KTV玩了一通之后，伤感荡然无存。

她说："待在这个剧组我觉得特别高兴，回北京约起来啊！"

凌晨三点，我迷迷糊糊地回到房间，倒头就睡。

2016年12月8日 第十八天 晴

早上我依然准时醒来，我想这已经成了习惯。

上午拍完了马澜珊和贾涛的搞笑床戏，下午我竟然又可以休息一下，等着晚上的重头夜戏——男生泡温泉。

越拍到后面，我们的节奏越轻快，这感觉真好。

大家也都有这样的感受，越拍越顺。有小伙伴说："在这个剧组待得真开心啊，拍得也开心，作息也正常。"然后其他小伙伴就说："唉，大伙儿刚开始变熟，就快拍完了，都不想结束了。"

我是第一次进组，听到这种话无法判断真假也无法做出评价，直到有一天JK和我说："我们这个剧组真的太好了，你第一次拍戏就遇到这样的团队，太幸运了。我也很幸运，因为我遇到了你。"然后我说："因为这是我们所有人的电影啊，这是我们所有人的幸运。"

下午我们出发去温泉，拍男生的戏。按理说，在冬天拍露天温泉还算是挺舒服的场景，但可能这池温泉是专门为我们拍戏准备的，水温应该是重新调整过，温度高得吓人。但在温泉外拍摄的我们并不知道啊，四个男生穿着泳裤泡在里面，刚下水的时候走戏还行，很顺畅，然后调节灯光、机位花了点儿时间，但一到正式开机，我就感觉他们都不怎么在状态，而且状态越来越差，连台词都说不利索了。可他们也不说，应该是不想拖进度，所以都忍着。后来一个个脸红得跟猴子屁股似的，我们发现不对劲，才赶紧让他们出来好好休息一下。

这帮傻孩子。

光泡温泉不够，这场戏还埋了三个梗，其中最重要的一个，就是顾好和秦笑唯一的一场吻戏。

秦笑的银幕初吻啊！李艾一直有点小纠结，据说拍戏前一天还请教了她的闺密朱丹，第二天就若无其事地来了。其实我一开始还说要不然就借位吧，因为本来这场吻戏就是顾好想象中的情景，朦胧虚幻些也可以。但这次K导的反应很大："不行，观众不是傻子，会吐槽的！"我一想也对，就开始鼓励李艾，什么专业演员啊、金马影后啊的高帽子都用上了。李艾就假装大大咧咧地站到了老树下。

然后，顾好就凑上去了。

"Cut！"K导喊，"顾好，你别啃啊。"

大家都爆笑。

2016年12月9日　第十九天　晴

今天又是一个好天气，我们又要拍一场外景戏。

今天拍整部电影的第一场戏。设计这场戏的目的是要让所有的观众一上来就蒙了，所以我想的是按绑架片拍，越真实越好。顾好蒙着脑袋，被两个黑衣大汉按着坐在车里，他挣扎着，咒骂着，还踹了两脚。

黑衣大汉由剧组的工作人员直接出演，他们扮上以后，一个个还真像那么回事。但是问题来了，他们不大好意思或者是不太敢真的对男一号上手，以至于一点都不凶狠，所以就显得特别假。拍了好几条，我也说了好几次，情况都没有太多好转。最后我在副驾驶座上看着小监视器终于急了，第一次发火："你们俩行不行啊？会不会演啊？不会演赶紧换人，别浪费大家的时间！摄像师，一会儿拍的时候躲开他俩的脸！"

我相信他们肯定也在心里骂了几句脏话，他们毕竟不是专业演员，多少会有些紧张，再加上本身都是好人，哪能瞬间化身凶狠的黑帮人呢？但我没办法啊，不这样的话，就得一直拍下去，顾好的情绪、精力都消耗完了的话，这场戏就拍不了了。我当面说出这些恶毒的话，也真是恨不得他们能立刻把脏话骂出口，这样至少情绪就有了。

顾好也急了，说："来吧，真打真踹吧。来来来，把我绑起来，我动不了，便会挣扎得更真实，骂得更凶，你们也会更真实。"

再拍时果然就好多了，两位黑衣大汉憋得脸红脖子粗的，再拍了两条，终于过了。我下了车，拍拍他俩的肩膀："刚才我说的话别介意啊。"他们嘿嘿笑着："我们懂，导演。"

今天晚上还有一场马澜珊的机场戏。下午没事，我终于可以好好地洗洗衣服，整理一下了。

更加令人开心的是，明天，也就是10号，因为所有的演员都不在，所以由航拍组小分队出去拍一些城市空镜头，其他的人都休息。

2016年12月10日 第二十天 晴

我们终于迎来了可以休息的一天，但我还是起得一样早，因为已经习惯了。

我在房间里看看剧本，和统筹再商量一下通告，印象中接下来还有好几场硬仗，天气、演员档期、客串演员时间、场地，都要逐一确认。

然后我还要为剧组的同事们解决很多健康问题。

因为我进组的时候做好了打持久战的准备，比如带了两大箱子衣服（事后证明根本没机会穿，我在剧组天天都是穿一件羽绒服、一件披风、一双UGG），买了一个小洗衣机（也没怎么用过），买了简易的健身器材（每晚累得像狗一样，一次都没用过），买了泡脚桶和艾叶（这倒是常常使用），当然最重要的，是我带了我生命中不可或缺的厨房小电器——调理机。我每天让小潘潘买好各种蔬菜和水果，用调理机打成精力汤，装在超大的农夫山泉的空桶里，带到现场去喝。我做健康美食节目这么多年，深深地知道该吃什么，不该吃什么。我们剧组的伙食真心不错，但毕竟属于快餐，蔬菜、水果的分量和种类肯定都是达不到健康标准的，所以，精力汤成为我每天的必备品。

这每天一大桶引起了很多人的好奇，听了一堆营养学专业知识之后，对健康超有概念的摄影指导Tony和灯光指导余老师首先提出要尝尝。说实话，因为我的“段位”比较高，所以水果放得很少，菜味儿很重，但他俩居然非常喜欢。后来我也做一些多放点菠萝、火龙火、香蕉这种颜色、口感都更好的精力汤给大家喝，慢慢地，接受的人越来越多。到后来，我带一大桶带过去，自己没喝多少，都被大伙儿瓜分完了。

其实我特别高兴，因为这么多年我一直在电视上和大家宣扬健康的饮食观念，多吃全食物，多吃粗粮，多吃蔬菜和水果，要均衡饮食等等，很多观众因此受益。而这一次，我实实在在地影响着身边的人，尤其是有了孩子的包文婧，立刻让助理买了一台调理机，说要做健康的食物给女儿吃。还有阿囧，他一直饱受各种肿胀的困扰，在剧组就时常蹭我的喝，后来他杀青之后回到北京，依旧每天喝一大桶精力汤。他告诉我，现在他整个人神清气爽，舒服极了。

所以在剧组，我和小潘潘成了大家的健康小卫士。

我还有其他很多宝物，比如酵素。这也是我和小潘潘每日必喝的，而且我们还直接从研发的工厂拿到了酵素原液，平时带一小瓶在身上，随时滴在舌下，那来自植物天然的原味真的是棒极了。还有一个宝物也超级神奇，是宝岛台湾的一位专门从事自然疗法的老师在澳洲研发的。老师叫李蓉，整日环游世界，还去尼泊尔、秘鲁、西班牙这样的地方修行。这个宝物依靠的是自然界的花的能量，近似芳香疗法的原理（但肯定不是，我也说不明白），可以让身体循环和代谢达到一个比较好的状态。简单地说，如果在身体淋巴的部位，比如腋下轻轻擦拭和按摩，你就会看到你的整个面部线条很快变得紧致，真的是屡试不爽。看到这个效果之后，大家都疯狂着迷，都问我要。很可惜，这是老师自己研制的，并没有公开发售，我只好每次尽量请老师多拿几个试用装过来。

有时候我觉得，自己不仅仅是个导演，也是挺有意思的事。

世界之大，等待我们体验和探索的东西真的太多了。

人是如此的渺小，为何要纠结于那些虚无的事物呢?

我每每这样想，只觉一切都海阔天空起来。

2016年12月11日　第二十一天　晴

今天我们去江南大学拍摄。

我念的大学是中国纺织大学（现在叫东华大学）的服装系，懂行的人知道，它在这个领域算是王牌院校。但一般人提到纺织两个字，总会带有一点戏谑的感觉。因为电影以我作为原型，因此我索性把专业更加极端地改成了毛纺专业。实际上，有纺织专业，有针织专业，但毛纺这个专业是没有的。但是，拍电影嘛，这不重要。江南大学和中国纺织大学原先属于同一个系统，所以我熟悉的这些专业这里都有。

其实，我们并没有借用到缝纫机房之类的场景，因为后来我觉得，全班同学特别统一地织毛衣这个画面就足够了。

当然，除了基本的交代信息之外，这里我们依然安排了好几个梗。

我的前任经纪人金宸希来饰演毛纺老师的角色，台词方面我早就做好了设计。他是会演戏的人，早在几年前我拍第一支MV，他给我讲戏的时候，我就看出来了。后来他也一直纠结是在幕前还是幕后，不过年纪大了就随心所欲起来，想在幕前就在幕前，想在幕后就在幕后。

晚上拍顾好高中时代的生活，他在家里睡在床上听各种广播。执行导演吴永杰在旁边模拟收音机“嗞嗞”的声音：这里是《流行歌曲现在时》，嗞嗞……这里是《午夜悄悄话》。满满的都是回忆啊。

2016年12月12日　第二十二天　多云

最近我完全沉浸在拍摄里，根本没有想起要在“双十二”零点抢东西。

这段时间的工作节奏蛮好，夜戏开始多起来，但下午基本都有休息的时间，我整个人就没那么疲倦了，缓过来了一些。

今天一早，又有一位好朋友坐早上第一班飞机来客串。方家翊，有一年我在长沙和马睿一起洗澡的时候认识的他，他超贱，超可爱，有趣又放得开。当时他的身份竟然是湖南卫视新闻中心的主持人，我的天哪，也太不搭调了。他也一直有一种很不得志的感觉，感觉自己满腔才华无处施展。今年他终于辞职来了北京，然后迅速在各大网络综艺节目中如鱼得水。真好！我由衷地为他感到高兴。和他拥抱时，发现他又胖了，我抱不住。

他来客串的场景是秦笑和顾好的婚礼。这个场景我们选在湖边，陈设弄完了才发现，出乎意料的美。

他只有一句两个字的台词，但他的表情一出来，就已经赢了。

“怎么样啊？”演完后，他还是操着那副贱贱的腔调问我，“这也是我第一次演电影呢，处女作，就献给你了！”

“最佳女配角！”

“谢谢金猪奖组委会！我会继续加油吃的！”

2016年12月13日　第二十三天　小雨转阴天

今天有小雨，但没关系，我们原本就计划在室内拍摄。

我们布置了秦笑的家。秦笑走后，顾好就一直住在这里。

顾好一个人默默地做饭，一个人看电视，一个人写剧本，以及和秦笑的争吵，都发生在这里。但是，因为处在不同的时间，所以三场戏要布置出三个不同的场景。大家不停地换衣服、调机位、变灯光，真的是螺蛳壳里做道场。

这一整天我都闷在这个小屋子里，有点难受。

更重要的是，这个时候，秦笑和顾好正儿八经的感情戏居多。他俩的压力很大，因为一部喜剧片，喜剧点再多，如果感情线立不住的话，就会让人感觉不知所云。这几天，李艾和庞瀚辰经常大段大段地给我发微信，聊他们的想法、意见和困惑。他们也会把他俩在微信里讨论的内容截屏发给我。到后来，我觉得情况好像很严重，于是我们约好第二天当面好好地聊一次。

2016年12月14日　第二十四天　晴

今天，方龄一早乘飞机来客串。

我常笑称方龄是我们这一拨主持人当中唯一一个还在坚持的。她也是赶巧，本来给她设计的角色她没时间来演，她的档期就安排在今天，于是她就化身成采访秦笑的女主持人。台词都是我临时想的，完全符合她的性格，比如采访别人还要临时加词夸自己：我也主持了一万多场电影发布会呢，可为什么从来没有导演找我拍电影呢？好羡慕你啊。

自嘲嘛，观众最喜欢。

然后，奇妙的事情发生了。就在方龄演了这第一部电影的第二天，她就接到了一部剧，她好像离演员的梦想越来越近了呢。

我们开开心心地收工。方龄飞去深圳，继续主持电影发布会。我和思雨叫上庞瀚辰，去了李艾的房间，准备好好把这两个人接下来的情感大戏的脉络给理清楚。

那天我们聊得很痛快，大家各自把恋爱的经历说出来分享，用以寻找剧中两位主人公心理和行为的合理性。李艾说："导演，我和瀚辰都觉得还少了一点东西。误会之后的分手，没有拉来扯去、纠缠一番是不可思议的，一定有一些让两个人不再联系的理由，我们一起想一想。"

我确实每天沉浸在具体的导演事务中，很难从每个角色自身出发去想清楚每一个细节。我顺着他们的思路想，发现确实少了一个理由。这个理由在剧本没有删改之前，如果内容很丰富的时候，问题是不大的，但是后来我们做了最后一版剧本删减，场次一少，这前后的矛盾立刻就爆发出来了。

此刻，我非常感谢这两位演员。说实话，因为我们是跳着拍的，如果他们对于自己的角色不多加思考，就照着每天安排的剧本演的话，是发现不了这个问题的。但他俩都是超级认真的主，遇到想不明白的事情，绝对不会轻易放过。

最后，那天的结论是需要临时加一场戏，是顾好的单人戏，安排在后天晚上拍摄。

然后，庞瀚辰说："导演，那场戏的台词我写好了，你看看呗。"

2016年12月15日　第二十五天　晴

今天要拍顾好时隔六年第一次来找秦笑的戏。在婚纱店里，顾好表白，秦笑落跑。因为这中间有太多的事件经过和心理变化，所以这一次的碰面对于情绪的处理格外重要。他俩私下沟通了好久。我们讨论的细节除了台词之外，还包括每个脚步、眼神、道具，以及到底要不要流泪这个问题。大家心里有数了之后，我们最后说，一切看现场真实的情绪表达吧。然后顾好说："我们拍摄之前都不要再见面了。"

调整灯光、机位是由光替完成的，顾好和秦笑各自在不同的地方酝酿情绪。不一会儿，秦笑来找我去现场："导演，我觉得，我们拍的不是一部喜剧吗，所以，这场戏其实拍起来会很像传统的爱情片，那我能不能设计一下？其实我特别想打他，我随手抄起了一个金属的烛台要扔，然后残存的理智告诉我，不能打，会打死人的。之后，旁边有挂婚纱的衣服架子，我抄起来准备动手，又一想，这个打在身上也是很疼的。最后，我其实就是拿了一个最没有伤害力的抱枕，在他身上猛砸，这样既表现了……"我立刻说："好，按这个来。"

然后他们俩走戏。其实我们心里都知道，这种比较激烈、要带有真情实感的戏，演员的情绪一般在走戏或者拍第一条的时候开始起来，到第二条、第三条的时候一般会有一个比较好的状态。而一旦超过五条，基本就没法拍了，要么声嘶力竭（因为累了），要么泄气了。所以，我们一直和演员说，走戏的时候hold住，别浪费情绪和力气，就念台词。

但他俩念着念着就入戏了。

好在我们其他部门的配合都非常棒，基本一遍之后，所有的调度都摸顺了。

开机。

天气依然是冷的，江南的冬天没有暖气，室内比室外暖和不到哪里去。李艾穿着婚纱一直在那儿演，落跑的时候还要穿着高跟鞋，一遍又一遍美美地跑，位置还要踩对，起幅落幅都不能错，真不容易。

2016年12月16日　第二十六天　晴

又是一天外景，当然，肯定又是一天晴天。这是电影里的最后一场戏。陈汉典特意从台北过来帮忙，因为有了他，电影最初的梗才得以呼应。我代他走位，他在一旁看着，然后我们商量台词的处理。

他一上阵，我立刻明白为什么他当年可以在那么多人中脱颖而出，站到《康熙来了》的舞台上。

这场戏是我喜欢的一镜到底，入镜的人很多，我最终把K导也逼上场了。哈哈，到时候一定会有惊喜。

回到驻地，我们就开始准备晚上要拍的顾好的那场单人戏。

场景就选在我们住的快捷酒店，找了一个最破的临街的房间，小到连机位都架不进去。我们的监视器放在隔壁房间，工作人员就都挤在走廊上，给人的整体感觉超级压抑。

这场戏之前并没有设计，而且只有一个人，也没法拍出什么花样来，那么，就是拼情绪和细节了。我自己先坐在演员的位置上体会了一遍，发现完整拍摄一条下来，估计需要三分钟。三分钟就三分钟吧，这将是整部电影里最动人的一幕，索性就虐到极致吧。

我们不走戏了。用K导的话来说，演员最多演五遍，撞吧，一次机会也不要浪费，撞上哪条是哪条。

顾好是真喝，寒冷的屋子里，他“咕嘟咕嘟”，每一条都要干掉两三听凉凉的啤酒。

秦笑特意赶来，和他搭词。他们没有对手戏，只有电话里的词，但李艾坚持要来。她坐在我身后，说：“我要让他在电话里听到我的声音。”

顾好开始进入状态。这场戏是他主动提出分手，这对于戏中的他的性格来说，是完全没法做到的事情。酒壮㞞人胆，最后他喝得衣服都湿透了。

每拍完一条，他就来找我们一起说问题，他的眼神已经不再像之前我一直要求也是他自带的那种无辜的眼神了，现在的他有点混不吝的感觉。挺好，这样的状态在这场戏里就对了。

他继续喝，继续沉浸在那种超级复杂、只可意会而无法言表的情绪里，然后开始说话。

对于一个自身感情经历没那么丰富的二十多岁的小朋友来说，这其实蛮难的。所以，我给足他酝酿和表演的时间。

最后有一条，他演得鼻涕、眼泪、口水都流了出来，我给了他大特写，拍摄了超长时间，也不喊cut。

李艾说：“不行了，心疼死了。”

我们等到他演完，才喊了一声“过”。

然后顾好穿着湿湿的T恤，红着眼眶跑过来，亲我们每一个人。

我发了一条朋友圈：这部电影拍到最后，好笑的部分都差不多拍完了，剩下我们三个，每天在情感中纠缠，只能靠喝多了才能放开彼此。

2016年12月17日　第二十七天　晴

今天的戏其实没什么，都是校园里的一些散场景，很顺利，很快就拍完了。我担心的事情是接下来的天气，因为我们还有一场很重要的幸福大篷车压轴戏（也就是倒数第二场），必须是纯外景。本来我们安排在20号拍摄，但所有天气预报都显示19号之后连续下雨的概率会很高。

我不知道为什么很早就有强烈的预感，于是一直在提，这场戏最好能提前到19号拍摄。其实统筹的同事也在关注，只是可能我有强迫症而已。到了今天，各家的天气预报仍然不明朗，我觉得不行，我要做个决定，就正式和大家开会商量调时间。

这个节骨眼上，19和20号的戏如果对调，会涉及很多问题。首先是大篷车的道具完不成；其次是包文婧已经进了另外一个剧组，就等20号来拍这一场她的杀青戏，时间调不过来；19号的一大堆特约演员都已经请好假，计划18号晚上进组，19号拍摄，20号返回，如果戏份对调的话，需要他们至少挪后一天再走；另外所有原先定好的场地都要重新协调等很多问题。但是，为了避免下雨拍不了这个最大的风险，这一切问题都必须解决。

然后，大家各自协调、沟通、赶工。今天得到消息，一切如我们所愿，19号可以改拍大篷车了。

但仍有很大的压力，因为19号一早原定的一个场景死活调不开，也就是说，我们原本可以踏踏实实地拍这一场大篷车的戏，但现在必须早上先拍一场戏，再转场拍大篷车。所有人在所有环节的时间都很紧，但是没办法，电影，在某种程度上就是妥协的艺术。

所以，那天我们必须更早起床，才能在四点天黑前拍完那场大篷车的戏。

是的，现在已经到了北半球白天最短的时候。

2016年12月18日　第二十八天　多云转阴

今天的两场戏比较轻松。上午在无锡的一个老街区的咖啡馆，一场简单的过场戏，一个长镜头。我把思雨逼上场，对她说："想当十亿票房的电影的制片人，就得自己的每部戏都要客串一下。"然后，我突发奇想，竟然还设计出了一个四角恋爱的小桥段，让我很有做导演的成就感。下午我们转到机舱拍摄，中午竟然还有时间吃了顿好的。

今天主播周帝来客串空姐。我算了算，这部戏里来客串的主持人已经有二十多位了。其实主持和拍戏，不管是专业上还是状态上，差别都非常大。主持人不管怎么样也要稍微装一装，毕竟节目大都是有仪式感的。而拍戏，要的是真，而不是演，一演就完蛋了。对于绝大多数没有太多演戏经验的主持人来说，只有让他们做自己，给他们设计和自己感觉最搭的台词和桥段，才能让他们最舒适、自然，而且出彩。之前的悦悦、刘美人、方龄、郭涛、李峙等等，基本都是这样安排的。

周帝一开始有点放不开，我一边不断地给她调词，一边给她看刘美人的片段。

“啊！”她说，“我懂了！”

果然，她的表演也获得了大家的高度评价。

2016年12月19日　第二十九天　阴

我一早起来发现天空果然阴沉，但应该不至于下雨。

大左也是搭乘第一班飞机从北京赶到无锡。

他也是时间和角色都好不容易可以碰上的。我们前后沟通了一个星期，终于在今天早上八点半，他到了现场。

演自己，毫无压力，也非常有趣，很快他就杀青了。

从我俩第一次见面到今天，应该差不多有十年了。2006年，他准备放弃在合肥稳定的生活北漂，一看到我当时在北京租的小房子就惊叹怎么这么简陋啊。隔年他来北京，也租了一间差不多的房子。不过很快，他有了第一个可以糊口的节目。我去光线传媒没多久，他也通过面试进了光线传媒，从外景主持到代班主持，从小节目到大盛典，慢慢坐稳自己的位置，然后也唱歌、拍戏，终于成了自己当年想要的样子。

我们俩吃午饭，开始聊的话题是：中年危机。

哈哈。

下午，是大家期待已久却压力很大的大篷车戏。因为这场戏拍的是顾好给秦笑送结婚礼物，为了拍这场高潮戏，我们也不惜重金，把之前在学生时代出演的一堆同学都找了回来。刚好我们原本要拍摄的19号那场戏是贾涛训斥他的九个奇葩员工，这场戏虽然挪到了20号，可九个各具特色的特约演员还是18号就来了。他们也没白来，我不能让他们闲着，这一场，他们全都上。

真是太经济实惠了！我不由得赞叹老天爷安排的这一切多么鬼斧神工，水到渠成。

这场戏不好拍，因为人多，机位设置复杂，又是外景，环境嘈杂。秦笑穿着单薄的婚纱一直在那儿站着，哆哆嗦嗦地做各种表情：惊恐、讶异、惊喜、无奈、感动、含泪。而其他配合的演员，有的是专业演员，有的是特约演员，有的是群众演员，表现力有点参差不齐，于是各种NG。最重要的是，本来天就阴，而且四点就天黑了，这可是大中午的戏！

终于，我们在华灯初上的那一刻，拍完了这一场。

晚上，还有一场纯外景的夜戏，冷风“嗖嗖”的，这场戏最后拍到夜里十二点。然后，马澜珊杀青。

要不怎么说今天压力大呢。早就说好马澜珊回来拍完这场戏杀青后，大家要一起出去庆祝一下的。李艾下午那场拍完后，就一直陪我们等到现在，但是此刻，所有人都快累趴下了。

那，我们就回北京再聚吧。

2016年12月20日　第三十天　小雨

今天果然下雨了。但是没关系，我们拍的是室内戏，哈哈。

九个特约演员作为贾涛贾布斯的员工，被他苦口婆心地训斥。这里面的每个人也都有着小小的设计，但就像我之前说的，因为档期常常调整，所以剧本里最初我们设计的九个人和今天实际到场的九个人，其实有一半以上都换了。

曼玉，当年和阿囧同期的《全能综艺班》的编导，也是被我推上了舞台之后才发现自己与生俱来的搞笑天赋。我很早就叫她来，结果她被派去出差一个月，完美地错开了我们的拍摄期。有一天她突然和我说可以来了，我问她怎么了，她说："老娘我辞职了。"我说："我们快拍完了，能客串的角色都没了。"她说："啊？"人生真是一出喜剧。我想起刚好还有这一场群戏，虽然戏份很少，但我觉得她就算不说话也是可以抢戏的，就立刻通知她赶在我们这部电影拍摄结束之前来露个脸。不然，万一以后阿囧通过这部电影红了，她是要嫉妒的。

当年《全能综艺班》同期还有好多小朋友，比如Kiki、金迪、幸芷、苏媛、家兴、皓皓、叶子……（还有其他很早就说好要来客串的朋友，田淼姐、青妤姐、明娜姐、乐同、子子、周芸、王橙……）我都是尽量想办法叫他们来玩，但有的是实在没有合适的角色；有的是距离太远，来回折腾一趟，大家都受不了；有的是适合但通知得太晚，刚好时间不行；有的是正在拍别的戏，很难请假协调，加上我这里的计划也变来变去。最终，除了一直在做演员的瑶璇比较有经验，成功协调了时间之外，其他的小朋友都遗憾地错过了。但我没想到周玥竟然在最后一天来了。

当年她因为在节目里模仿范冰冰而在光线传媒内部获得极高关注，但临近毕业的她却选择了家庭，这些年结婚生子，也慢慢混成了川台一姐。偶尔他们2006级播音主持回北京聚会，我们总能碰上，《全能综艺班》让大家结下的缘分一直延续了下来。电影刚开机的时候，我和她说有致敬范冰冰的角色啊，她要是来不了，这个角色我可就删掉了。结果，她台里有工作要做，我就把这个角色删掉了。后来，我又发现有一个地方可以致敬范冰冰，就又问了她一次，她还是来不了，我就又把那个角色删掉了。到最后这一场群戏，我在设计这九个奇葩员工时，就随口又问了她一次，她说："我以为你都拍完啦。"我说："确实快拍完了。"她说："我还是有主持工作，但是，这次我一定要去！我去调我的时间啊，你等着我。"

还有一个小朋友萧传勋，是个新人，很早之前就定好要来演顾好的室友，结果因为我们的时间变动，他原定来的那天改了戏，最后他的戏也换成了这一场，成了群戏中的一位。因为知道他会跳舞，我特别给他设计了蔡依林的经典曲目《舞娘》，其实只需要跳一点点，最后也只会播出一点点，可是他在家里把整支舞蹈都练会了。

拍完戏，我和曼玉、周玥吃饭，晚上她们就要离组。我们聊这些年的过往，然后拍照，还打印出来。她们说要纪念一下这短短三天的剧组生活，因为不在这个行业，所以这次的经历，值得回味很久。

今天，贾涛杀青。感谢李林，而且你真的瘦了，特别好。

全片还剩两天的计划，可是剧组里杀青的情绪已经弥漫开来。

2016年12月21日　第三十一天　小雨

就剩我们仨了。

就是这么巧合，不知道是不是老天想让我之前安安心心做导演，所以吕杨成年之后的三场戏都被安排在了最后两天。今天上午吕杨要和秦笑亲热，下午顾好要壁咚吕杨。

越到最后，气氛也越和谐。

因为剧组的伙食太好，而做导演的压力太大，所以这三十天我基本无时无刻不在吃，除了担心自己吃到最后有点胖之外，在表演上我已经没有什么忌惮。因为这一个月来，我给太多的演员讲戏，轮到自己时，也不会那么放不开了，该怎么着就怎么着呗。

但吕杨真的好难演啊，这个人太装了，算是这部戏里唯一的反派吧，但又几乎不动声色。

“勉强过关吧。”我看完自己的表演之后说。

最后顾好壁咚我，这一次我俩的距离比上次在天台靠得还近。

我俩都快贴在一起了。

我强忍住不笑。

“Cut！过！”K导喊。

然后，顾好杀青了。

这个演着我的故事的男孩，这个开机前一天晚上才匆忙进组的男孩，这个一直被我要求强化眼神里无辜感觉的男孩，这个我越看越像早期的刘烨和赵又廷的男孩，这个和我在天台脸碰脸时笑场无数次的男孩，这个说话嗓音低沉、全剧组都在模仿的男孩，这个我在片场从来都只叫他顾好的男孩——认真努力着的庞瀚辰，谢谢你，谢谢我们的缘分。

2016年12月22日　第三十二天　阴转多云

昨夜竟然临时出了一个大状况。

大家晚上去剪辑房看剪辑好的片段，发现之前我和顾好在天台的戏有一小段现在呈现出来的画面特别怪。之前这个问题被提出来过，我们认为可以通过后期解决。但赵龙和思雨觉得不太保险，昨晚临时和导演组商量，既然场景不复杂，也不需要重新陈设，看能不能大家辛苦辛苦，上午补拍一下。

本来最后一天就剩我和秦笑的杀青大戏，我们都准备好好酝酿一下情绪，现在临时加了一场戏，大队人马有点措手不及。但思前想后，为了保险起见，我们一大早顶着超级大的风，上了天台。

然后，顾好又出现了。

大家都笑话他。

风狠狠地打在我们脸上，我们红着眼，泛着泪光。这一场戏在这个时候拍，好像确实比半个月前拍的状态要好。

那一刻，我突然好想重拍整部戏啊。

大家都说："好啊好啊。"

我当然是开玩笑的，但是，对大家的不舍是真的。

李艾昨晚和我微信聊今天我俩要拍的这场戏，她给我发了她的一些心得，我看着看着，就忍不住流下泪来。从第一次邀请她来演女主角，到如今要杀青了，这一切就像一场梦一样。我们所有人在这个过程中经历了很多坎坷，但总算顺利地拍完了。都说杀青那天会哭，我却是在杀青前夜幸福地哽咽了。

下午，顾好就飞回老家去看望家人。因为上一部戏一结束他就立刻进了我们组，接下来没两天他又要进下一个组了，所以他甚至来不及和我们吃个杀青宴。其实，像他这样的小朋友是幸福的，处于上升期，有得忙是好事。

我和秦笑这场戏拍得很顺利，大家都有媒体工作的经验，对这场戏的内涵都深有体会。李艾真的是个好演员，她每次对情感和反应的把握都特别准确，最后一幕她带着委屈、坚定和泪光走出大门，我追上去，然后K导喊"cut"，结束。

K导说："你们都来监视器看看，我觉得不错，很自然，要不要再保一条？"

我们好像都还没有演够，立刻说："好啊好啊。"

李艾说："这样，我再去酝酿一下情绪，等我一会儿。"

我看到K导在偷笑，我知道他要玩什么了。

拍了一个月戏的经验告诉我，往往保的这条都没有之前的那条好。因为，之前过的那条已经是各个部门配合之下平均分最高的了，一旦说再保一条，各个部门都想做得再好一点，就有可能会用力过猛，过犹不及。当然，也有那种再保一条之后，大家都特别放松自然，出现意想不到的效果的。

我和李艾演着最后一条，演着演着，大家就开始收拾东西了，但李艾还沉浸在自己的台词里："哼！"

K导从她背后走来，拍拍她："哼什么啊，早就杀青了。"

大家大笑，欢呼："杀青啦！恭喜秦笑、吕杨杀青！全剧杀青！"

我有些激动，但更多的是感谢。

我们彼此深深地鞠躬。

我们拍照，我们拥抱。

他们把最后一场戏的场记板封存起来，副导演金奇彦将它郑重地交到我的手上。

是的，整整三十二天，我的导演处女作《进击的男孩》杀青了。

晚上的杀青宴，大家并没有如之前传闻或预想的一般喝得烂醉。敬酒、感谢、发红包、抢红包，无比清爽，无比和谐，没有任何江湖气息，大家就像高中或者大学同学聚会吃饭一样，质朴而真诚。

"导演，什么时候拍下一部啊？"有人问。

"快了快了。到时候，大家还来帮我啊。"我说。

在此，感谢所有帮助我的人。

不一一列举了，我们感受得到彼此心里的默契。

2016年12月23日　第三十三天　多云

筵席散得就是这么快。

剧组离开无锡。

我依依不舍地整理我的房间，8906房，我在这里待了整整三十三天。带不走的东西，我拍了张照片留作纪念，然后请我们在当地的司机梅师傅帮忙处理。梅师傅一直负责开导演车，今天，他将送我和小潘潘去高铁站。

我们拥抱，然后告别，不知道以后何时才会再见。

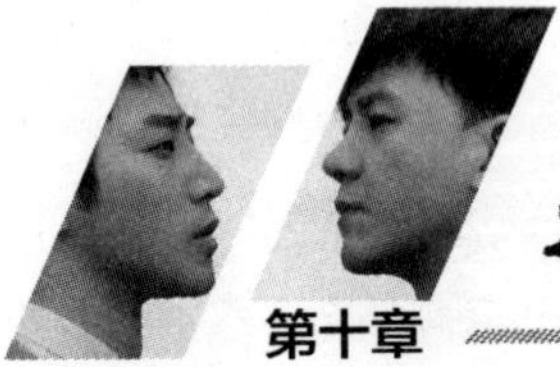

进击的男孩

第十章

万里长征刚刚走完第一步

回来之后，我一度感到不适应。连续一个月的拍摄，加上之前一个月的筹备，因为兴奋和全力以赴，所以伴随而来的身心疲惫我并没有什么感知。早上我还是六点就准时醒了，不用去拍摄现场，突然不知道该干点什么，好几天才适应过来。回到公司，同步一下各个部门的小伙伴们的进度之后，我给自己放了一周的假。

跨过了2017年的元旦，我们开始进机房。

然后，这一周，我们“孩子”的模样逐渐清晰起来。

其中的过程是煎熬的，用大起大落来形容丝毫不为过。

150分钟的素材，剪辑到现在大约剩下90分钟。我每天盯着屏幕，一个镜头一个镜头地过，一个细节一个细节地磨，大段的删减让我心里有着双重痛：痛快又痛苦。每天我不知道要把电影素材翻来覆去看多少遍，今天觉得还不错，第二天来看又觉得好糟糕，然后心灰意冷，我们一次次地尝试，一次次地推翻，偶然碰撞出小火花，人家欣喜若狂，如释重负。剪辑，就是二度创作，创作的空间竟然如此之大。

这期间，我出版社的同事一直在和我协商。最初，我们打算只出《进击的男孩》这本小说，可是越到后来我越觉得，出一本电影创作记录的意义似乎更大。我想让所有有电影梦的人知道，不管你现在是什么年龄、什么身份，处在什么位置，你都可以像我一样，勇敢地走出做电影的第一步。当然，无论你想做任何事情，其实，过程是一样的，因为本质上，这是一个实现梦想的过程。我和编辑小玩、许逸一拍即合，于是，在2017年1月11日，我写下了开头的文字。

今天是2017年的1月18日，星期三。当然，我绝对不是仅仅花了一个星期就写到现在这里。当中有很多的感受和文字，是我在整个过程中随时记录、整理的，很原始，很粗糙，但是，我希望就这样给你们看。

这本书的剧照来自一个1993年的小帅哥浩，当然，还有一些是我用手机随手拍下的瞬间。

我就是这样，幸福地走过了2016年的冬天。

你们看到这本书的时候，这部电影应该还在后续的制作过程中，我们还会面临很多艰难却有意义的环节，直到最后，你们在大银幕上看到它。

我可以说，这其实就是梦想实现的过程吗?

但这早就不是我一个人的梦想了。

帮大家实现梦想，才是我最大的梦想。

鸡年很快就要过去了，我们这部《进击的男孩》，即将从冬天走向春天。

感谢所有为这部电影付出努力的人。

感谢所有为这本书付出努力的人。

祝我们的电影和书大卖。

电影院见!

2017年1月18日

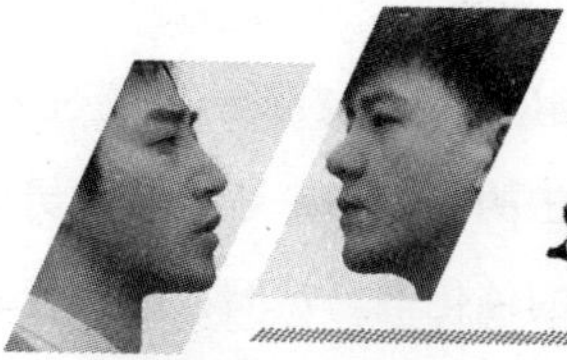

进击的男孩

进击的男孩女孩们，他们有话说……

李艾说：

杀青宴后第二天早上五点，我起床，开始收拾东西。

离别的感伤毫无预兆地袭来。将那些放在那里一个月的日常用品一件件地装箱，我感觉鼻子酸了起来。

我坐在车里，看着空无一人的街道，看着大雾中的无锡，没有人说话，真是个适合说再见的氛围。

答应来演这部电影那天，我不曾想过今天，不曾想过，我会如此用力地活在秦笑的世界里。

这是一部喜剧，但从秦笑的眼睛看过去，却有无法抑制的悲伤。

电影叫《进击的男孩》，所以，以男孩的视角为主，女孩在这部戏里是男孩进击的催化剂。然而，因为我要演这个角色，她的感情和成长需要有脉络，剧本里虽然没有写出来，但我得在自己的心里把这些缺失的东西都填补起来，以便演的时候，她更真实。

导演兼编剧许添告诉我，其实顾好和秦笑都是他。这是个多么自恋的人啊，写自己和自己相爱，却又如此残忍，因为自己和自己终究不能在一起。

在这个所有人物都活得很恣意的电影里，秦笑是一个克制的存在。在外人看来，似乎她就是为了给满屏的热闹调一点灰，让人别乱了眼，吵了心。但在我心里，她却是每一个活得特起劲的都市年轻人关上门后的样子。

欢声笑语在门外，似乎很近，却又很远。

“我只是不想欺骗任何人！”这是杀青戏里的台词，在我看来，是秦笑最重要的台词。

这个任何人，我认为，不是什么任何人，其实就是自己。

早上六点，我还在车里，高速公路上，车辆三三两两飞驰而过，雾仍然没有散去，我在正式地和秦笑告别。

结局如何已经不重要了，重要的是，如果她真的能诚实地面对自己，也许就能更自由，更轻盈。

祝福她吧，也把祝福送给自己。

谢谢许添的信任，谢谢他在剧本没完成时就来找我。谢谢赵龙，见一面便愿意给我发片酬。谢谢庞瀚辰，因为他是顾好，有了他，秦笑的所有动机才能成立。谢谢JK、Tony，谢谢整个剧组所有人对我在演戏上还不成熟的忍耐和帮助。谢谢所有因为这部戏结缘的小伙伴，青春不散场，友谊地久天长。

庞瀚辰说：

我想写封信给刚进组的顾好。我想告诉你，《进击的男孩》是你拍过的最幸福的戏，还有，剧组驻扎的那条街，即使每天吃一家饭店，吃到杀青也吃不完。现在，我又进组了，《浪花一朵朵》《一起同过窗》同时两部戏一起拍，要一直拍到明年五月中旬。那时候，这部电影应该快要上映了吧，我要和你们一起参加宣传，太喜欢这个组了。哎，我这一年半一天都不带歇的，也算进击男孩的代表了！是吧，导演！

马睿说：

添哥叫我来演，是因为他还忘不了当年在光线传媒做《全能综艺班》时一个个人物身上的鲜活，好比一个以写字为生的人在现实里碰到了梦中的人物。都想说时光如流，发生过的不会被抹杀，可总有些细节怎么用力也想不起，我们都写得出青春的梗概，但就连当初的自己都变得陌生了。

我是陆振华，我不是一个演员，更像是一个体验者。有幸和大家一起，进入到了这么一个独特的空间里，找到自己。并在事情和回忆都已经结束之后，获得新生。导演记录了所有流动着的时间，留住了每一个值得欣慰的断点，他那么神奇，可以把线性的逻辑变成一幅平面的画，只要你钻进银幕里，便能明白一切。

阿囧黄晋琨说：

很过瘾，但还没演够。剧本里面展现的篇幅不算多，可功课却没少做。在片中，我和“雷丢丢”组成了最坚固、最安全、最甜腻、最暴力的CP。女强男弱这一类型的恋爱关系在生活中有很多，如何将这种关系的“笑”果和人物性格的特殊性展现出来，成了我的功课。起初拿到剧本时，我个人认为马大威感情线离奇，学业线低沉，事业线没有……活脱脱一个全宇宙最失败的屌丝。但是，最能够体现人物性格的戏份，导演全放在了这一段恋爱关系上。所以，其中难得的几场看似搞笑的感情戏都十分珍贵。我在戏里的造型和导演的想法都特别“惊艳”，这个词很贴切。除了“马大威”，我在片中还演了“马妃”“宝宝”，演得实在是不能再爽了。我个人很喜欢，你不许不喜欢。对不起，我是天蝎座!

悦悦说：

许老板，至今他仍然是许老板，他会一直是许老板。

大概是2007年吧，大学毕业没多久，电视台的实习工资不够支付房租，于是我谋求发展，去光线传媒兼职做主持人。最早是刘同介绍我去的，他把我介绍给了许老板，要他试试这个新人。然后我就做了《完美造型团》《娱乐开讲》《全能综艺班》《向尚看齐》。许老板是制作人，他说那个胖姑娘很有想法，很敢讲，表达得非常好。

我那时候的肥肉均匀分布在脸和腿上。

后来许老板偶尔还会在朋友圈发那些节目，然后里面出现的一众人都开始唏嘘，时间好快，命运的轨道又是那么千差万别。

许老板是很多人的贵人。

巧合的是，这么多年后，他和我居然都耕耘在健康领域，我们很像两个骁勇的武将，最后选择了种植有机养生蔬菜。

许老板说要把心路历程拍成电影，希望大家都回去客串一下，我就斗胆献出了银幕的第一次客串。不需要剧本，也不需要知道自己要干什么，因为许老板安排的不会不妥。

时间会帮我们做出选择，也会不断给我们出题，永远不毕业，永远没有满分，永远没有标准答案。许老板说“做自己就好了”。

做自己，进击。

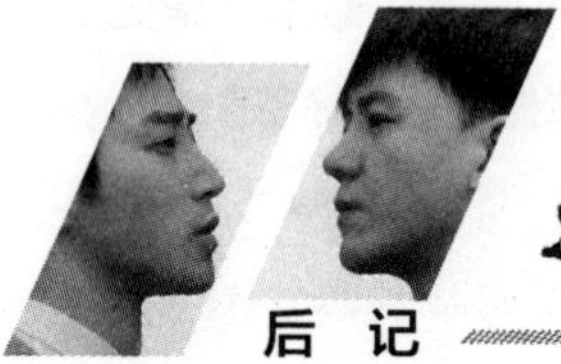

进击的男孩

后记

今天是2017年8月8日。

我怎么也不会想到，这个后记，比原文迟了半年多。

这半年里，鬼知道我经历了什么。简单用一句话说，就是，改了又改，改了又改，改了又改。

创作，真的是永无止境。

而且我真的这才明白，为什么很多人说，电影在后期阶段，比拍摄阶段要磨人100倍。

真的，100倍，一点也不夸张。

回看1月份，我信心满满地剪完的那个版本，其实和现在的版本天差地别。我当时怎么能对那样的片子就满意了呢？哈哈，一定是我哪里出了问题。

这半年的剪辑，其实也不是你们想的那样每天泡在机房。基本的状态是，一周一轮。集中剪个三四天，然后缓一缓，这一个星期就开始在脑中各种回想，跳入，跳出，再看，然后再改。

到了后期，我自己对整部电影已经完全没有感觉了。我就叫上公司从来没有参与过的一些90后、95后的同事，听他们的意见，再改。也会叫上一些完全不是我的受众的人，比如中年业内人士，听他们的意见，再改。总之，在这个过程中，痛苦和欣喜并存，越来越明白自己想要什么，也越来越明白，自己第一次拍电影，在所谓的一切顺利之余，自身的不足到底在哪里。

这本书在我自己的要求下，一拖再拖，就是为了能把这些经验更多地告诉你们。

总结出来，给你们参考。

当然，就算你们参考了，等你们第一次拍的时候，很多毛病一定还是会犯。这一条路，不自己亲身走过一遍，很多感触是无法理解的。

最重要的一点是，一个新导演，在功力尚浅、资源不全、配置初级的情况下，千万不要试图讲太多东西，而要抓住故事的主要矛盾来讲。第一次做导演的人，似乎总有很多东西想要表达，想笑料不断又想立意深刻，想简单直接又忍不住埋很多烧脑深梗，想雅俗共赏又想设计点阳春白雪。我其实已经算是非常理智的了，毕竟是制作人出身，也做了很多年的市场，权衡把握拍摄成本以及找准片子在市场上的核心卖点还是有一些经验，所以每一场的拍摄都是精打细算。但是，就是因为想要的东西太多，所以还是拍了太多太多，最后所有的素材堆在一起，主线却模糊了。

一开始，肯定舍不得删啊。

我就是在这半年里，不停地说服自己，不停地做出调整，直到今天这个版本的定剪，真是血淋淋的教训。

如果一开始想得更清楚一点，不要那么多，我们就可以把原本有限的资源集中到更重要的戏中去，可以拍得更久，磨更多更好的镜头，让整个故事的画面和表演看起来更加完美和精准。

现在这一版，我也算是尽了我的全力。看了我的小说的朋友一定了解，把原来八个小伙伴的故事快刀斩乱麻地集中在男女主角身上，真的是不容易。而且因为他们的人物关系彼此环环相扣，还不能简单粗暴地剪掉。最后，我想了各种办法，让他们在各个地方画龙点睛的出现，进出又显得相对合理。我想，我应该做到了。

下一次再拍戏，我一定不会要这么多。

当然，还有一些经验。比如，电影，一定不能台词太多，一直叨叨来叨叨去，呈现在大银幕上的感觉特别不好，毕竟不是电视剧；电影，要学会留白，这一次，我的空镜拍少了，所以留白的内容、带情绪的内容显得不够多；电影音乐，极其重要，我好歹也算DJ出身，音乐品位还算不错，我们这次选了两首主题歌，《我的心里只有你没有他》以及《你最珍贵》，都是KTV点唱排名前十的金曲，而片中刘思涵的《走在冷风中》和崔子格的《过山车》，也都柔情蜜意，非常配合情绪，对了，命中注定吧，我自己的两首歌《偷偷说一万遍我爱你》《专属浪漫》也安插在片中了，倒也非常合拍，此举非常节约预算啊。还有一点，其实不太好意思说，就是如果因为种种，整个片子实在无法全部都很精彩，那么一定要把最精彩的部分留在最后，因为其实观众看完电影后的感受很大程度上来自电影的后半部分，而口碑发酵更是在他们走出电影院的那一刻。当然，我们希望整个片子都好看，可是如果实在做不到的话（确实也很难做得到），保个开头，十分钟到三十分之间的情节可以稍微弱一点，接下来的一个小时一定要渐入佳境，整个电影的节奏应该是：喜，悲，悲喜交加，最后还是喜，这样看上去会比较舒服。

当然，最后，我一定要强调的是电影最重要的两个字：动人。

这是一部电影的魂，也是最难做到的。

我希望我做到了，哪怕有一个地方可以打动你，都可以。

好了，终于完成了定剪，可以送审了。

后续的流程依然专业而繁杂。制作方面有作曲、配音、调色、制作特效、混音；宣传方面有营销策略、海报、预告片、各种物料、广告植入、异业合作；发行方面有院线、网票平台、新媒体、路演、发布会、首映礼……我已经做好继续打一场场硬仗的准备。

写到这里的时候，我突然笑了。原来自己半年前经历的，不过是走了一部电影的最多三分之一的路程而已，洋洋洒洒写了那么多，也是无知无畏。不过还好，我总算在路上。

想要感谢的人有很多，甚至在此时还未出现。不一一列举，恩情铭记于心。

愿一路繁花，舞动乾坤。

2017年8月8日